Oceani. 85

Claudia Petrucci
L'esercizio

La nave di Teseo

© 2020 La nave di Teseo editore, Milano

Published by arrangement with The Italian Literary Agency, Milano

ISBN 978-88-346-0140-2

Prima edizione La nave di Teseo gennaio 2020

*Se dunque la luce che è in te è tenebre,
quanto grandi saranno quelle tenebre!*
Matteo 6, 23

Antefatto

Non c'è nessuna distinzione tra quello che crediamo di conoscere e ciò che conosciamo: quello che crediamo di conoscere è tutto ciò che conosciamo. Mauro dice che è una questione di semplificazione, semplificazione fino all'osso, una strategia che applichiamo senza averne coscienza. Non siamo in grado di tollerare il peso delle infinite possibilità – *semplifichiamo, semplifichiamo* –, scegliamo una possibilità che intuiamo adatta a noi – *semplifichiamo, semplifichiamo* – di tutte le infinite possibilità, nell'unica arbitrariamente scelta noi crediamo. Ci crediamo fino alla negazione dell'evidenza, su quell'unica costruiamo operosamente, e i più capaci fabbricano per venti o trent'anni, alcuni riescono a edificare anche su scelte arbitrarie già morte insieme a coloro che le hanno compiute; scelte arbitrarie fortunate possono riprodursi e ingrandirsi e diventare città, imperi, giganti finanziari.

La mia scelta arbitraria è stata Giorgia. Giorgia è stata la storia che ho raccontato a me stesso, in una narrazione ininterrotta, inconsapevole. Avevo costruito intorno a lei una dimensione provvista di leggi fisiche, un mondo itinerante che la seguiva dappertutto – esondando nel passato, dilatandosi nel futuro. Se non fosse successo quel che è successo, lei sarebbe ancora lì, io potrei tornare a nascondermi in ciò che credevo di conoscere, che era tutto ciò che conoscevo: un istante uguale in eterno. Irripetibile. Irriproducibile.

Io non posso tornare, la mia creazione mi è stata tolta. Come dice Mauro, Giorgia sarà d'ora in poi, per sempre, per me, un esercizio.

Mi sono spinto molto in là, con il mio esercizio, così oltre che mi sembra di poter ricomporre tutto dal principio.

**

Il principio si consuma nel capannone medio-grande di una catena della grande distribuzione, in via Pitteri, poco lontano dall'appartamento dove io e Giorgia conviviamo. Nei capannoni di queste catene tutto è organizzato allo stesso modo, le mappe delle corsie, la disposizione dei generi alimentari e non alimentari, anche i prodotti sono sempre uguali a se stessi e stoccati in quantità incomprensibili poiché eccessive. In questa specie di luoghi, ovunque, tutto è identico – le planimetrie, i beni, i consumatori – e da quelle diaboliche somiglianze derivano una serie di confusioni: non si capisce dove ci si trova, quando si crede di saperlo la piantina ha una deviazione minima che sposta il pane fresco dall'angolo a sinistra, come in Certosa, a quello di destra, come in via Rubattino – perché è qui che siamo, vero? – e tutto crolla, si provano spiacevoli sensazioni di spaesamento.

Giorgia odia i supermercati, sa che li odio anche io, lei

li odiava già prima di iniziare a lavorarci, io solo da quando l'hanno assunta. Eppure l'abbiamo desiderato come un figlio, questo supermercato, l'abbiamo sorvegliato a lungo nei mesi travagliati della sua disoccupazione, ci siamo chiesti dove ci avrebbero portati i suoi colloqui in tre step.

Giorgia ora sa com'è lavorare in un posto che da cliente ha sempre cercato di evitare: le fa schifo, il supermercato. In tutti i supermercati tutto fa finta di essere uguale e questo rende le persone infelici; per i primi novantuno giorni, Giorgia li ha guardati tutti in faccia, centinaia di volti che scorrevano insieme al nastro trasportatore, centinaia e centinaia, tutti giallastri sotto le luci tutte giallastre. Non c'è nessuno felice di fare la spesa, lei ne è sicura, nemmeno le coppie con il gelato e il lubrificante riscaldante, anche loro iniziano a essere un po' felici solo quando si allontanano da lì.

Giorgia definisce la psicosi che le appartiene *il mio problema empatico con le persone*.

"Tesoro, per favore, tieni le mani giù da lì."
La cliente è una donna sui quarantacinque, supera con dignità la prova delle illuminazioni fredde e del lunedì pomeriggio. La bambina, circa cinque anni e due trecce scure, non sposta le mani dal nastro trasportatore: fissa Giorgia che fa scivolare i prodotti sull'occhio elettronico. Tra le dita, con le unghie tagliate dritte da qualcun altro, si allargano macchie di pennarello verde. Giorgia vede nelle macchie una scuola e nella scuola la bambina che ha tutti i vestiti giusti al posto giusto e si confonde tra i coetanei, una cosa che a lei non succedeva spesso, per via del peso. Pensa che i bambini grassi si di-

stinguono come bozzi su una superficie. La bambina somiglia molto alla madre, che ora riempie le borse con una certa fretta, lanciando occhiate ansiose al cliente successivo: la paura di fare tardi, di essere sollecitata a togliersi di mezzo. Giorgia somma la bambina alla madre come fattori interdipendenti e la sua mente elabora in automatico, raccoglie i dettagli in dati e quelli si accumulano. La borsa di pelle è firmata ma vecchia di almeno due stagioni, le braccia sono toniche, la tinta dei capelli è professionale, i movimenti sono secchi e tradiscono uno spropositato nervosismo; la bambina è infelice.

"Io non ci voglio andare, a danza" dice, a voce bassa.

La madre paga, la carta di credito ha inciso sopra il nome di un uomo, lancia ancora uno sguardo al cliente successivo.

"Non ci voglio andare" ripete la bambina, guardando di nuovo Giorgia.

"Bea, muoviti, fai tardi a danza."

"Non ci voglio andare" continua a ripetere, allontanandosi "Non ci voglio andare."

Giorgia vorrebbe che tutto si interrompesse a questo stadio. Invece i dettagli iniziano a organizzarsi in strutture. C'è la bambina, le trecce, la madre, ora anche il padre, c'è la famiglia e la figlia unica arrivata appena in tempo, la maternità poi nient'altro. C'è una casa nel quartiere curato ma periferico, un appartamento uguale a quelli di tutto il circondario, con un corridoio che è un treno e con le stanze che sono i suoi scompartimenti. La vita di questa famiglia si svolge quindi in sezioni, in transito dalla cucina al salotto e dal salotto al bagno, che è l'anticamera alla notte, ai giochi, alle routine fisiologiche accessorie. Oggi piove e allora Giorgia immagina un padre come potrebbe essere uno qualunque, di quelli che iniziano ad appesantirsi e ingrigirsi in circonvallazione. Questo padre pensa a un briefing e molto poco a tutto il resto, si sente stanco, dalla bambina in poi il weekend è diventato un'adempienza faticosa da affrontare nel rispetto delle regole – così i fine settimana sono uguali ai giorni feriali ma senza camicia. Giorgia pensa al padre e al senso di soffocamento che si è quasi sopito e torna in conati raramente, per esempio il lunedì in circonvallazione sotto la pioggia, o la domenica, che è il giorno del film e dell'accoppiamento silenzioso. Giorgia riesce a capirlo, ogni tanto anche lei si sente così, incapace di ricordare cosa ha provato solo tre anni prima, quando senza di me tutto era differente. Tiene la madre a distanza, la guarda sfiorarsi le rughe intorno alla bocca di fronte a uno specchio, poi il cliente successivo si introduce nel flusso con la sua identità da definire, i suoi dettagli.

Giorgia non riesce a frenare i pensieri, è sempre stato così. Lei sa che le persone normali non funzionano allo stesso modo. Per lei la realtà circostante scorre a un'intensità maggiore, è più vivida, come certi sogni prima di svegliarsi al mattino. Nella sua mente proliferano quantità di elaborazioni ideali sulle vite di questa gente che non incontrerà mai più, immagini delle attività che la occupano nell'esistenza privata. Guardare le persone la aiuta a combattere un certo senso di disagio che la tormenta – pensarle mentre tendono lenzuola in stanze che odorano di sonno, scoprirle intente a riempire lavatrici, macchiarsi di olio da motore in qualche officina, sbadigliare in un ufficio; poi ri-pensarle mentre cucinano, comprano, mangiano pranzi, vanno a prendere bambini a scuola, sulla novantacinque stanno tutti schiacciati in piedi perché dietro si siedono soltanto gli scarti, al rientro c'è qualcuno che apre la porta e li abbraccia.

Il supermercato acuisce il fenomeno. Giorgia non ha mai lavorato in un posto dove tante persone si avvicendano così rapidamente: è impossibile resistere. Alla fine del turno si sente esausta e vorrebbe solo dormire.

Nello spogliatoio le colleghe parlano sempre, con lei o senza di lei, sono sudate, accartocciano i camici nelle borse o riparano il trucco prima di scappare.

"Madonna, non ci credo che è già lunedì" dice una collega che sta quasi sempre in corsia, a rifornire gli scaffali.

"Davvero, che strazio. Però oggi è andata, no?" Giorgia le sorride mentre varcano l'uscita, come sa di dover fare, anche se sta ancora pensando alla bambina.

Questa è un'altra delle sue specialità: il funzionamento a più livelli. Giorgia è insieme alla sua collega e sparlano un po' del capo reparto – che si è tinto i capelli, *ma come si fa, a sessant'anni?!* –, allo stesso tempo, in un punto più profondo di se stessa, è la bambina sconosciuta e si sente triste. Il suo corpo regge lo sdoppiamento: sorride, si gratta un avambraccio, saluta la ragazza con un bacio; sotto la superficie la bambina non ha spiegazione alla sua infelicità. Quando resta sola, Giorgia vorrebbe dirle che non è colpa sua, che prima o poi imparerà a non essere solo un filtro.

Giorgia completa tutti i giorni lo stesso tragitto, non devia mai dal percorso. Tra casa nostra e il supermercato c'è il parchetto, un'aiuola sovradimensionata con uno scivolo, un'altalena e uno steccato intorno. Le ricorda sempre i recinti dove si lasciano liberi i cani. Oltre il parchetto inizia il perimetro della Caserma Mercanti, un fortino nel bel mezzo di Lambrate, con le sue mura invalicabili e il filo spinato: è enorme. Il nostro appartamento è al piano rialzato all'interno tre di un complesso di condomini. C'è l'aria che ha un odore particolare, a Lambrate, diverso da quello degli altri quartieri di Milano in cui Giorgia ha vissuto. Lo stesso odore, più denso, si trova dentro a casa nostra – non sa decidere se è l'aria che da fuori soffia tra le nostre cose o viceversa.

All'ora in cui Giorgia rientra, quasi tutti i giorni, io sto preparando qualcosa da mangiare. Oggi mi sorprende nel mezzo di una telefonata.

"No, non la possiamo fare, questa cosa."

Giorgia capisce che parlo con mia madre da come stringo il telefono in mano. Ai suoi occhi sono una visione riposante: dopo tre anni insieme non c'è davvero nulla di nuovo da decodificare, nessuna identità da assemblare. Io sono Filippo. Sono sempre qui, presente negli spazi che mi competono. Anche questo permette a Giorgia di rilassarsi, il fatto che entrambi abbiamo i nostri posti, quelli che condividiamo e quelli che sono esclusivi, abbiamo i rumori dei nostri passi che sono gli stessi e uguali ogni giorno, ci muoviamo come treni giocattolo su binari. Gli schemi ripetitivi sono confortanti, per Giorgia, perché la sollevano dal dovere di assimilare.

"Ma', siamo d'accordo che questi soldi da qualche parte si devono trovare, e li troviamo. Ma non ti puoi agitare così."

Giorgia sa che questa è stata una brutta giornata per tutti e due. Lei non riesce a togliersi dalla testa la bambina, ci pensa anche mentre solleva il coperchio della pentola, annusa, poi mi bacia la spalla, si spoglia in camera. Il problema sono le correnti. Dalla bambina in poi si è aperto un canale diretto con il suo passato, una perdita in un tubo. Da lì, riflessioni scomode si dipanano senza coerenza.

"No, non sto dicendo che non ce la facciamo. Davvero, è tutto okay. Poi adesso che Giorgia lavora al supermercato – sì, sì, te l'ho detto, a tempo pieno."

Ogni tanto, specie quando si infila nel pigiama, Giorgia vorrebbe dirmelo. Vorrebbe davvero dirmi come si sente e perché per lei è tutto così difficile. Solo che non può, sta pagando il ritardo. Certe confessioni, lei lo sa, si devono tirare fuori all'inizio di una relazione, quando è ancora tutto da decidere. Non è onesto aspettare che si instaurino gli equilibri, che il rapporto si assesti, e poi scatenare il pandemonio. E il tempo passa così veloce che tutte le opportunità le sono sfuggite, è ormai incastrata. È stato gestibile, fino al supermercato. Il supermercato ha complicato le cose.

"Te la saluto. Adesso vado, eh? Di' a papà che la faccenda delle vecchie cartelle è a posto, ora risolviamo questo problema ed è tutto okay, va bene?"

È proprio una questione di quantità, Giorgia ne è sicura. Ci sono troppe persone.

"Ehi, eccoti" le dico, confinando il cellulare in una tasca. "Quella donna mi drena."

Giorgia mi sorride. È tranquillizzante, non scopre i denti, è stabile.

"Com'è andata al bar?" mi chiede, dalla sua sedia.

Sa che mi piace parlare. Sa che appartengo alla categoria di persone che ha bisogno di domande per sentirsi autorizzata a esprimersi. Lei fa sempre moltissime domande. È un inganno bonario: lascia che io racconti, nel primo livello, e, al secondo, elabora strategie. Pensa nello stesso momento a me e ai debiti che non so come coprire, a se stessa e alla soluzione del suo problema – come evadere dalle persone?

"Oggi tanta gente, ho chiamato Nico per un aiuto. Solo che poi quello vuole essere pagato subito, in contanti. Non so se lo chiamo ancora."

Durante la cena continuo a raccontarle delle mie discussioni surreali con i clienti, dell'ordine del caffè che ho dimenticato di fare, della saracinesca che chiude male. Giorgia mi ascolta davvero e pensa che tutto questo è molto fragile. L'appartamento, io, le nostre cene insieme, i nostri problemi: potrebbe tutto sgretolarsi da un momento all'altro e la colpa sarebbe solo sua.

"Tu, novità?" le chiedo, quando abbiamo finito di cenare.

"Mi hanno rinnovato il contratto" dice.

Assiste al mio sollievo, all'ondata di immotivato ottimismo che mi invade, capisce che la notizia mi fa sembrare tutto risolvibile, perché io sono fatto così. Mi guarda aprire una bottiglia di vino – ogni tanto si deve pur festeggiare –, beve un sorso con me.

Come non perdere tutto questo? – si chiede, quando la trascino a sedere sulle mie ginocchia. Le ripeto, come faccio spesso negli ultimi tempi, che andrà tutto bene.

Nel campo visivo di Giorgia si incastra per caso uno dei miei libri, aperto sul mobile che affianca il tavolo. Dovrebbe parlarmi del sovraccarico, di come si sente.

"Senti, ma non è che mi presteresti un tuo libro da leggere?"

"Cosa? Cioè, sì, certo" seguo il suo sguardo e allungo una mano. "Dici questo?"

Giorgia annuisce.

"Perché no?"

"Non sapevo ti piacesse la fantascienza"

"Ho bisogno di svagarmi un po', in pausa."

Giorgia sa che deve andarci cauta, con la lettura. Ha un suo metodo, come per tutto: legge lentissima, non più di due o tre pagine al giorno. Un po' segue la trama e un po' la distrugge. Alla cassa, ora, cerca di lavorare a testa bassa, di isolarsi.

Le voci delle persone continuano a battere contro il vetro, ma Giorgia le copre con la storia. Il libro parla di un pianeta lontanissimo, che non esiste, e questo rende il processo più semplice. Giorgia pensa al pianeta, a quello che succede sul pianeta, alle navi spaziali, ai cieli senza gravità, e subito dopo si ripete che tutto questo non è reale, smonta le costruzioni immaginarie fino a ridurle a quello che sono, cioè lettere stampate su supporti cartacei. È faticoso.

Un giorno, in pausa, la solita collega le sta parlando di un problema con il suo ragazzo, mentre fuma una sigaretta nel parcheggio. Fa freddo, le loro parole si condensano in mezzo a manovre, posteggi precari.

"Così lui mi ha detto che non gliene frega niente, capito?"

Giorgia ha capito. Punta i piedi alla tentazione di pensare al ragazzo della collega, ai suoi motivi, a come si appaiano questi due sconosciuti. Pensa al pianeta Solaris, è così che lo chiamano nel libro.

Poi succede.

L'allucinazione è una cosa che c'è dove prima non c'era niente. Non si forma, non segue le regole degli oggetti che da lontani si fanno vicini, non la vede arrivare. Questa allucinazione è enorme. Occupa tutto un lato del parcheggio e si solleva verso il cielo.

"Io inizio ad avere un'età, non è che ho voglia di aspettare tanto. Tutto okay, Giò?"

Giorgia annuisce ma arretra. L'allucinazione ha una consistenza colloidale, ne conosce il nome solo perché sa che proviene dal libro.

"Non mi sento tanto bene" dice, stringendosi nel giubbotto.

"Sì, c'hai una faccia."

"Forse è meglio se torno a casa."

Giorgia rientra in fretta, lascia la sua collega un po' spaesata, non guarda indietro. Parla con il capo reparto e sente il terrore risalirle in gola, la bocca asciugarsi. Il capo reparto non fa fatica a concederle il permesso di uscire, le dice che ha il colore di una che sta per vomitare.

Nello spogliatoio sbottona il grembiule in fretta, sa che non deve smettere di muoversi o finirà per paralizzarsi. Tra sé e sé, inizia a recitare la filastrocca delle emergenze. *Andai passeggiando alla chiara fontana*. Una volta fuori dal supermercato, devia dal solito percorso, si dirige verso la fermata dell'autobus. *Lì ho trovato un'acqua così chiara che mi ci sono bagnata.* Mentre aspetta l'autobus, insieme a una signora anziana, il terrore si annoda dentro al suo stomaco. *È da tanto tempo che t'amo, mai ti dimenticherò.* È una giornata di sole, Giorgia sceglie un posto libero vicino al guidatore, dove può vedere poco altro a parte la strada. *Mi sono asciugata sotto alle foglie di un castagno.* Chiude gli occhi. *Sul ramo più alto cantava un usignolo. È da tanto tempo che t'amo, mai ti dimenticherò.*

Dal supermercato al bar sono quindici minuti. Giorgia scende alla sua fermata e tira su il cappuccio del giubbotto. *Canta, canta usignolo, tu che hai il cuore gioioso.* La via è trafficata, la fermata della metro è poco lontana; Giorgia si confonde tra i passanti, sceglie il gradino di un ristorante chiuso, si siede e aspetta. *Hai il cuore per ridere, io ce l'ho per piangere.*

Dalla vetrina del bar, io sono visibile solo quando sosto dietro alla cassa. Giorgia sta a guardare e respira profondamente, dopo un po' il battito rallenta. Quando è più tranquilla, percorre nella sua mente la fantasia che non ha mai il coraggio di materializzare. Immagina di alzarsi e di attraversare la strada, di entrare al bar facendo tintinnare il campanello sospeso sulla porta, che è lì da trent'anni ad arrugginire.

Immagina che io la guardi con una certa sorpresa, che mi chieda perché lei è qui e non al lavoro; poi di soffocare sul nascere il mio brutto presentimento, dicendomi che è solo uscita prima. Se davvero ne fosse capace, aspetterebbe la fine del mio turno, mi guarderebbe dall'ultimo tavolino, mentre presso caffè e sorrido alla scarsa clientela. Tra un avventore e l'altro parleremmo di cose neutre. Il momento dovrebbe raggiungerci verso sera: lei dovrebbe dirmi tutto, proprio tutto. "Oggi ho avuto un'allucinazione, Filippo. Non mi succedeva da molto tempo. Credo che lavorare al supermercato mi faccia male. Sono malata, Filippo, ma ce la posso fare, sul serio, io ce la faccio. Argino tutto dietro a un muro, ce la cemento dentro, questa cosa, e arriverà il giorno in cui non tornerà più in superficie. Io non voglio che ti preoccupi, capito? È un problema di lunga data, ma lo risolverò. Se tu ti preoccupi, però, la malattia comincia a esistere dappertutto, anche quando non c'è. Io smetto di essere in parte sana. Ho bisogno di sentirmi in parte sana. Tu mi fai sentire in parte sana."

È da tanto tempo che t'amo, mai ti dimenticherò.

La fantasia resta una fantasia e Giorgia non si è mossa dal suo gradino, ma si sente lo stesso meglio, come se mi avesse raccontato la verità. Resta seduta a guardare la sera che scende intorno alla cornice del bar: fuori le strade si fanno scure e dentro ogni cosa si schiarisce. Dall'interno dell'acquario io leggo, mi raddrizzo di scatto all'arrivo di un cliente, quando nessuno mi può vedere stresso i capelli con le dita e ho lo sguardo autentico di qualcuno che si è perso. Allora Giorgia fantastica di lasciarmi andare senza nessuna spiegazione. Di non tornare più, come ha fatto suo padre. Nessuna avvisaglia, nessun discorso preparatorio, lo stesso potere di un'allucinazione: una cosa che non c'è più dove prima c'era.

Giorgia si ripete che è solo un brutto periodo e che sta tremando per un motivo banale, per il freddo. Dall'altra parte della strada, io lotto con la saracinesca fino a che quella si arrende e si chiude con un botto. Lei mi segue da lontano, alla distanza da cui potrebbe confondermi con qualcuno che mi assomiglia.

Io ascolto la musica con gli auricolari, Giorgia pensa che le dispiace. Sa che i miei sogni erano tutti diversi – ne parlavamo prima della convivenza, spesso a casa sua, nel suo posto letto affittato. Molto prima di Lambrate e del supermercato, tutte le nostre possibilità erano l'argomento che preferivamo. Io le dicevo che mi sarebbe piaciuto vederla tornare a studiare, vederla laureata – "Sì, Giò, faremmo la festa, con la coroncina. Ché, non ti piace?" Mentre noi costruivamo, la realtà ci collassava intorno, imboccando un percorso a corrente contraria.

Giorgia lo ricorda, il secondo infarto di mio padre, c'era quando avevo ricevuto la telefonata, una sera a un concerto. Le è rimasta impressa la corsa dalla macchina al pronto soccorso, il suono secco dei suoi tacchi come le lancette di un orologio e la paura dell'irrecuperabile ritardo. Lei c'era anche quando mia madre aveva convinto mio padre ad andare in pensione e il bar era rimasto scoperto. Avevamo trascorso sei mesi disperatissimi alla ricerca di un lavoro che mi permettesse di schivare le mie responsabilità. Alla fine mi ci ero ritrovato, nel bar dei miei, malgrado ogni sforzo. Da lì in poi, le paure avevano iniziato ad avverarsi una in fila all'altra.

Giorgia sa che non sono felice. Non ce lo diciamo mai ad alta voce. Lei vede la tristezza nei movimenti del mio corpo, che si sono rimpiccioliti – sono stato uno che occupava molto spazio con le braccia, ora non mi allungo mai più dello stretto necessario. Non è colpa nostra. È che le possibilità sono tutte belle prima di realizzarsi, sono il quadro che immagini di disegnare, la canzone che immagini di ballare. Solo quando si deve stare dentro alle cose le si capisce davvero.

Io salgo sul trentanove che mi riporterà dritto a casa, Giorgia invece sceglie un'altra linea. Vorrebbe dirmi che apprezza il mio impegno, ma non può, perché così tutta la nostra simulazione fallirebbe. Sa che abbiamo il dovere di ripeterci che si tratta di un periodo passeggero e sfortunato anche se non siamo in grado di formulare altri programmi: tutti i nostri sforzi di pianificazione si inceppano nelle finanze e nelle scadenze fiscali, nei termini mensili, nelle spese. Per gran parte del nostro tempo pensiamo ai soldi o facciamo finta di non pensarci. Anche lei è immobilizzata, come me, in una curiosa situazione: il suo stipendio ci permette di respirare un poco e al tempo stesso ci terrorizza. I giorni precedenti a ogni scadenza del contratto entrambi vorremmo che tutto saltasse, che qualcosa ci costringesse a muoverci verso un'alternativa, poi, però, accogliamo il rinnovo con sollievo. Quando ne parliamo tra di noi, rivisitiamo la nostra situazione in chiave fantasiosa, descrivendola come una parentesi – *può andar bene, per adesso, può funzionare, per adesso* – ma di fatto, lo sappiamo senza dovercelo dire, non stiamo lavorando a nessuna soluzione, nessun progetto a medio termine. E dove sono finite le cose che volevamo, quali erano, noi non lo sappiamo più – *per adesso*.

La linea di Giorgia porta poco lontano da casa, deve percorrere un tratto a piedi. Mentre cammina, le mani nascoste in tasca per via del freddo, pensa che vorrebbe licenziarsi. Il volere e il non potere sono gli assi di rotazione della sua vita. Vorrebbe demolire o abbandonarsi alla malattia, e non può. Vorrebbe mentire o dire la verità, smettere o ricominciare, esplodere o soccombere. È costretta alla via di mezzo. Se lo chiede ancora, ogni tanto, se è a questo che pensava sua madre quando aveva deciso. Secondo i calcoli, all'epoca doveva avere la stessa età che ha lei adesso. Il peso del traguardo anagrafico le ha sempre gravato addosso. È in momenti come questo che il mondo le crolla intorno – è semplicemente *troppo*, le persone, le allucinazioni, la malattia, i nostri problemi, suo padre, sua madre. Dove sono le vie di uscita?

Aspetta il solito orario nell'androne, seduta sulle scale: è già abbastanza tardi perché non passi nessuno da lì. Si sentono i singhiozzi dell'ascensore sotto ai carichi degli inquilini che risalgono dal garage, pezzi di conversazione tra persone e persone dietro alle porte, persone e cene, persone e silenzi in risposta, persone e televisioni. Persone dappertutto che Giorgia ascolta respirare e muoversi e invece che stare fuori è come se stessero dentro di lei, come se lei non riuscisse a strapparsele dal petto, e quelle si muovono e hanno ognuna il suo corpo ingombrante, il suo dolore in una somma di pianti sconsolati. Giorgia riprende in mano la filastrocca, giusto per essere prudente – perché il fiato si sta facendo di nuovo corto.

Andai passeggiando alla chiara fontana. Vorrebbe che uscissi senza un motivo, che la sorprendessi sulle scale. *Vorrei che la rosa fosse ancora da piantare.* È così che si articolano gli snodi principali nelle vite degli altri, giusto? Un imprevisto che innesca un colpo di scena. *Canta, canta usignolo, tu che hai il cuore gioioso.* Vorrebbe piangere e che io la sorprendessi ed essere capace di raccontarmi. Invece trattiene le lacrime, insieme a esse le fila di tutto ciò che di precario abbiamo costruito. Si rialza e confina questa giornata al secondo livello di se stessa.

Troverà un'altra soluzione, tenterà altre vie.

"Come è andata oggi?" mi chiede, al rientro, dopo i soliti saluti.

Io le racconto del pomeriggio che lei ha già visto, mi invento i clienti che non ci sono stati. Giorgia sta ad ascoltare. L'ultimo pensiero da nascondere è che, forse non lo sappiamo, ma stiamo affondando.

È da tanto tempo che t'amo, mai ti dimenticherò.

Il ritorno di Mauro nella vita di Giorgia si innesta tra le nostre articolazioni sensibili, apre un varco e si espande.

Succede quando Giorgia ha già elaborato una nuova strategia. Ha abbandonato i libri e si è dedicata ai periodici di costume. Ai periodici ha affiancato le tecniche di distrazione: devia l'interesse della mente dagli eventi psichici anormali e lo focalizza sugli elementi tangibili, un trucco che ha imparato – un trucco che le hanno insegnato. Il giovedì la conta dei flaconi di shampoo; il venerdì la supervisione delle scorte di buste biodegradabili; quante confezioni di carne bianca in un giorno?

Succede un mercoledì, il giorno in cui lei si concentra sul suono dei codici a barre letti dall'occhio elettronico. Mentre fa rotolare un deodorante sull'occhio vitreo della cassa, una mano si infila sotto al suo sguardo, qualcuno la agita per attirare la sua attenzione. Lo riconosce subito, prima che chiami il suo nome.

Mauro ha addosso una delle sue camicie, proprio come all'epoca delle Scuole. Proprio come all'epoca delle Scuole, sembra che l'abbia tolta e indossata almeno tre volte, ci sono pieghe nel cotone puro che raccontano di una notte trascorsa fuori casa, altre pieghe, sulla sua faccia, spiegano di un sonno breve e scomodo – poi ci sono le incisioni, il sorriso che insiste nell'angolo destro della bocca, gli occhi che lui usa come le braccia, per stringere e per allontanare.

"Giò!" esclama. "Ma che ci fai qui?"

Prigioniera nel camice, Giorgia lo guarda perdonarsi per aver fatto una domanda stupida.

"Come stai?" recupera subito.

Giorgia non sa che cosa pensare. Collocare Mauro dentro al supermercato è uno sforzo immenso. Gioca con il deodorante, l'occhio elettronico si confonde e lo registra un'altra volta.

"Bene. E tu? Che ci fai qui?"

Giorgia decide che è uno stimolo troppo intenso e che non si sente preparata. La coda dietro di lui inizia a premere.

"Sono venuto a trovare un'amica, vive proprio a due passi."

"Anche io vivo qui, a due passi" afferra gli altri acquisti, uno spazzolino nuovo, un pacco di cioccolatini, delle gomme da masticare.

Sente finalmente stendersi sul viso un sorriso di circostanza.

"Non ci vediamo da una vita" fa Mauro, incredulo.

Giorgia gli porge lo scontrino e lui allunga in automatico la banconota da cinquanta euro che aveva già pronta in mano chissà da quando, forse addirittura da prima di entrare nel supermercato, da prima di imbattersi in lei; l'avrà magari riconosciuta subito, avrà scelto proprio questa cassa con il proposito di salutarla?

"È vero, una vita."

Lui fa sparire tutto in una busta.

"Ti trovo benissimo. Mi sembra di non vederti da un secolo. Dobbiamo organizzare per un caffè" infila le parole una nelle gambe dell'altra.

Il cliente successivo è un po' infastidito per il rallentamento, Giorgia si scusa con un cenno del capo.

"Senti, lasciami il numero. Ti chiamo."

Lei ha già tra le mani un pollo arrosto avvolto nella pellicola.

"Le spiace? Poi mi tolgo di torno, promesso. Solo un secondo."

Mauro non aspetta la benedizione dello sconosciuto, distende lo scontrino sulla cassa, sporgendosi oltre il plexiglas. Giorgia gli allunga una penna, gli detta il numero, ora sono tutti un po' infastiditi, l'unica a sorridere è una ragazza in fondo alla fila.

"Ti chiamo, ci salutiamo come si deve, okay?" Mauro fa scivolare lo scontrino in tasca, la guarda, in attesa di una conferma.

"Certo, okay."

Sorride ancora, si allontana, così come è comparso si dissolve, inghiottito dal lato del marciapiede che Giorgia non può vedere.

Se lo chiede per tutta l'ora successiva: e se fosse stata un'allucinazione? Ripercorre i gesti, il momento, prima della pausa controlla le transazioni e il conto di Mauro è ancora lì, insieme al deodorante, allo spazzolino, i cioccolatini, le gomme.

Nel pomeriggio, tutti i ricordi tornano. Per effetto di un rimbalzo, con uno slancio elastico, Giorgia si ritrova inabissata in determinati mesi invernali, in specifici maglioni scuri, in stanze numerate di un edificio tutt'ora esistente – chissà se saranno rimaste uguali, quelle stanze, e se Mauro ne percorre anche adesso i perimetri esterni, mai i loro centri, ingombri di allievi quasi esperti. A quelle stanze lei sente ancora di appartenere. No, ritratta, spogliandosi del camice, alla fine del turno: sarebbe onesto dire che il meglio del peggio di lei è rimasto confinato in quelle stanze, in quegli ingressi, in quelle mura di quell'edificio. Le procura sempre una sensazione antipatica, riconoscere che un pezzo di sé è in esilio, le ricorda certe visioni disgustose di dentini da latte che le sono caduti alle elementari, la presenza viscosa del sangue sulla lingua. Dopo aver chiuso con le Scuole, al posto di quel pezzo non è ricresciuto niente. Non c'era nulla sotto, ha scoperto, è sopravvissuta una cavità molle.

Giorgia attraversa la strada, un'ondata di salmoni ferrosi risale il fiume dell'ora di punta, c'è della nebbia sospesa tra i fanali e intorno alle aiuole, una nebbia proprio bianca che si arrampica morbida sui confini spinati della caserma. Pensa di aver fatto quel che doveva essere fatto. Pensa che, quando mi ha conosciuto, ha capito che era arrivato il momento di scegliere: o questo o quello, non c'erano strade alternative. Le è costato moltissimo. Le sembra di aver lasciato indietro, insieme a quell'unico frammento marcio, tutta se stessa.

Quando arriva a casa, Giorgia sta già cercando una sistemazione coerente per l'incontro con Mauro. Dove collocarlo, quale scopo attribuirgli? Se Mauro l'avesse semplicemente ignorata, ora lei non dovrebbe ripensare al teatro.

Prima di andare a dormire, io e Giorgia sostiamo nel bagno. È il momento in cui le nostre conversazioni languono, prepariamo piani vaghi per il giorno successivo, meditiamo su scorte alimentari e bollette.

"Che poi, pensavo, potremmo pagare la luce in ritardo di qualche giorno. Hai visto, l'ultima volta? Mica succede niente. Tu hai sempre quest'ansia."

Giorgia mi guarda parlare e schiumare dentifricio.

"È vero."

"Aspettiamo il tuo stipendio, così non stiamo troppo stretti, che dici?"

Lei mi guarda dal gabinetto, seduta con i pantaloni calati all'altezza delle ginocchia. Si sente esausta. Le tecniche di distrazione la impegnano molto.

"Ho incontrato Mauro, oggi."

La guardo senza capire.

"Il mio maestro di teatro. Te l'ho detto che facevo teatro, no?"

"Ah. Sì, sì. E dove l'hai incontrato?"

"Al supermercato" dice Giorgia, alzandosi.

Tira giù l'acqua e su i pantaloni, mi si affianca per lavarsi le mani.

"Hai presente quella sensazione, quando sei costretto a ricordare qualcosa?" mi chiede dallo specchio.

Io scrollo le spalle e sputo nel lavandino.

"Cosa vuoi dire?"

"Nel senso, ci sono dei ricordi che te li vai a cercare. Per dire, quando guardi le fotografie."

"Adesso mi sembra di capire."

"E poi ci sono i ricordi che sei costretto a ricordare. Per esempio, con Mauro, io non mi sarei mai immaginata di incontrarlo al supermercato. Ma da lì sono stata costretta a pensare al teatro, a tutta una serie di cose a cui io non stavo pensando neanche per caso."

"Eh."

"Non è strano?"

Percorriamo il corridoio senza accendere la luce, insieme, non c'è spazio per perdersi.

"Penso che funzioniamo tutti così" le dico, quando ci mettiamo a letto.

Lei resta in silenzio.

"Ti manca il teatro?"

"Forse, non lo so."

"Mi sarebbe piaciuto vederti, una volta. Non sembri per niente una che sale su un palcoscenico."

Giorgia si stende su un fianco e mi guarda. *Io non sembro per niente un sacco di cose*, vorrebbe dirmi, invece mi sorride e allunga una mano verso di me, la infila tra i miei capelli.

"Forse mi manca recitare."

"Be', sei sempre in tempo, no?"

"Certo, ma era una cosa così."

Giorgia riassume l'enormità di quello che mi nasconde in queste parole – *una cosa così*.

Mauro richiama Giorgia dopo dieci giorni. Si accordano per il caffè, io la accompagno alla metro un sabato pomeriggio, prima di andare a trovare i miei genitori.

Il posto che Mauro ha scelto non è innocuo, Giorgia ci è già stata. È un bar in una zona che frequentava spesso, all'epoca delle Scuole – le sembra che le sagome di quelli che conosceva e le loro conversazioni siano rimaste impresse in ombre sulle superfici. Lui la aspetta seduto a un tavolino, parla al cellulare. Giorgia si sente già sconfitta, anche se ha appena varcato l'entrata del locale e la conversazione non è neppure iniziata. È la sensazione della disfatta imminente su un campo di battaglia sfavorevole.

"Eccoti!" la accoglie Mauro, quando è a tiro del suo sguardo. "Scusami, ti devo lasciare" continua, nel cellulare. "Comunque, aspetta ancora un paio di giorni, poi procedi. Sì, ciao, ciao."

Lui le sfiora la guancia con un bacio, Giorgia rimane rigida con le braccia incrociate al petto.

"Hai perso il treno come ai vecchi tempi?" Mauro sorride mentre si riaccomoda, fa un cenno per ordinare.

"No, mi ha accompagnato Filippo. Sono solo in ritardo."

"Al solito, insomma."

Lui ordina anche per lei e non sbaglia, ma fa passare l'intimità sotto silenzio. Giorgia sente arrivare una paura specifica, che non provava da moltissimo tempo, cioè dall'ultima volta che lei e Mauro si sono visti: una paura associata a lui, senza panico, il presentimento rassegnato delle prede troppo lente.

"Allora, come stai? Intendo, davvero, non come al supermercato. Come stai?"

Giorgia nasconde le mani sotto alle gambe e si sporge un po' in avanti. Decide di tentare e si infila in un personaggio.

"Bene" risponde. Misura il tono, le parole. "Certo, è una vita tutta diversa, più regolare. Ma sono contenta. Anzi, appagata. Ecco, sono appagata."

"Giò" lui raccoglie la crema del caffè con il cucchiaino. "Questa è stata una pessima performance, lasciatelo dire."

La fissa con il proposito di metterla a disagio e Giorgia cede, si scompone sulla sedia e le sfugge un sospiro frustrato.

"Potresti almeno fare finta."

"E perché?"

"Perché siamo amici. Gli amici fanno così: si raccontano storie e fanno finta di crederci."

Mauro ride e scuote la testa. Giorgia si sente triste ugualmente, anche se liberata dal peso dell'interpretazione.

"Si vede così tanto?"

"È la tua faccia, Giò, cosa credi? Io me la ricordo bene, la tua faccia, non è questa qui. Sembra che stai trattenendo il respiro."

Giorgia strozza lo sguardo sul fondo della tazzina vuota.

"Comunque, grazie per averlo chiesto, io sto bene."

Mauro cambia argomento e inizia a parlare delle Scuole, dei corsi, di quanto sia difficile trovare qualcuno in grado di assecondarlo, della rappresentazione importante per cui ha ottenuto dei fondi.

"Abbiamo un anno. Non è molto, ma sarà sorprendente, visionaria."

"Di che si tratta?"

"Ah, no, te lo scordi che ti dica qualcosa. Non ti ho ancora perdonato."

"Quanto la fai lunga."

"Mi hai mollato a metà di una stagione. Un altro regista ti avrebbe arrostito, lo sai."

Mauro ha gli stessi sguardi di allora, tutti i dettagli rispondono alla conta, come se nulla fosse cambiato, ma Giorgia sa che è un'impressione fallace. In tre anni le dimensioni intorno a loro si sono trasformate, mentre gli interni, intatti, si sono opposti al mutamento – ma per quanto ancora?

"Sono contenta" gli dice. "Sono contenta che continui a fare quello che ti piace, che non hai smesso di crederci."

Mauro sorride ancora. Sposta tutti gli oggetti interposti tra loro, uno a uno, spingendoli nel margine cieco del tavolo, fino a quando non resta più niente, solo uno spazio vuoto che riempie con la sua voce.

"Ho una parte che puoi fare solo tu."

La constatazione lineare si tende come una corda tra le loro mani, Giorgia ne sente un capo stretto intorno al suo polso e sta per tirare, per rompere il filo, ma, all'ultimo, esita.

"Lo sai che non posso."

"Andiamo, Giò. Noi non crediamo alle coincidenze. Ritrovarti lì, nell'ultimo posto del mondo dove avresti potuto essere. È successo perché io non ho nessuno come te, nessuno all'altezza. Non ho più trovato nessuno come te. Sono qui a implorarti."

"Non faccio niente da quasi tre anni, non è come una volta."

"Sai che non è questo, ti aiuterei io. Ti rimetterei in piedi in due settimane."

Giorgia sente un sorriso muoverle la bocca, sa che è uno sbaglio.

"Non ci stavo pensando. Poi adesso ho il lavoro, Filippo, non è come una volta."

"La metà dei miei attori ha gli stessi problemi. Possiamo organizzarci, lo sai, dimmi quello che voglio sentirmi dire."

Giorgia si accorge di essere scivolata troppo in avanti sulla sua sedia. *Noi non crediamo alle coincidenze.* Mauro è teso verso di lei, gli vede nel corpo la stessa ansia febbrile che aveva nei corridoi delle Scuole, quando consumavano insieme il linoleum alla ricerca del personaggio – quando Giorgia improvvisamente gli rivelava di averlo trovato, visto. La sommerge il ricordo dell'eccitazione, incomprensibile per chiunque altro.

"Non posso darti una risposta adesso."

Riprende il controllo a fatica. Mauro ritorna innocuo.

"Facciamo così" dice, pacato. "Pensaci. Chiamami tra una settimana."

"Una settimana" ripete Giorgia, stendendo le rughe della fronte con una mano.

"Non ho molto tempo, spero capirai" Mauro sfila il giubbotto dallo schienale della sua sedia e lo indossa. "Andiamo?"

Si lasciano fuori dal bar, in mezzo alle ombre invisibili.

"Non prendermi in giro, Giò" dice lui, prima di allontanarsi. "Tre anni fa mi hai chiesto una tregua, e io te l'ho concessa. La tregua è finita."

Ci sono alcune forme di passato – pensa Giorgia, dopo i saluti con Mauro – alcune forme di passato che hanno il loro fiato nel suo fiato, il loro stomaco nel suo stomaco, così una fuga è impraticabile.

Tornando a casa si sente colpevole, pensa soprattutto a me che ignoro ogni cosa, e si racconta la nostra storia. Ci guarda incontrarci, siamo una proiezione interrotta da numerose variazioni di crani sconosciuti nel finestrino della metro – ci fanno da sfondo acque veloci di cemento verdognolo, mentre ci guardiamo dai lati opposti di una stanza. Attorno a noi una festa di laurea, alcol nei bicchieri di plastica, stiamo ancora tutti dritti e non rovesciati. Condividiamo una condizione di sospensione, non abbiamo nessuna intenzione di modificare questo stato di cose. Io vedo Giorgia e penso che abbia il dono della bellezza fuori posto, che la metti in ordine da una parte e si disfa dall'altra – i capelli, la postura, il vestito, tutto si sbilancia in una corrente continua. Vedo in Giorgia quello che dovrei vedere, cioè un individuo sull'orlo del precipizio, ed è precisamente per questo che me ne sento attratto, poi, però, decido di raccontarmi che la vorrò in virtù di doti più tollerabili – ha una gentilezza d'altri tempi, è empatica, possiede le qualità indispensabili dell'altruismo e della pazienza. Giorgia intuisce in me qualcosa di innocuo. Continuiamo a scorrere nel finestrino, ci sono immagini di noi che ci parliamo, ci sono io che le sfioro un fianco e lei che mi avverte come una presenza rassicurante; passa davanti ai suoi occhi il giorno in cui ha pensato che potevo essere l'ultimo avamposto di una vita normale: è stato a tre mesi dal nostro primo appuntamento, quando mi sono addormentato con la testa sulla sua pancia, dopo il sesso – dei ricci africani ci grattano via dalla superficie, finiamo sparsi sul pavimento di gomma del treno, ci calpestano tutti.

La malattia di Giorgia ha un nome che lei non vuole ripetere. Sa che, secondo certi medici, dovrebbe essere sottoposta a una terapia farmacologica costante. Lei sa anche che la può domare, basta concentrarsi sui trucchi, fare gli esercizi; dopotutto, non è diversa da qualunque altro essere umano normodotato: tutti vedono cose che non esistono, lei le vede solo più grandi, più complesse. È inutile negarlo, nell'ultimo periodo delle Scuole la situazione le era quasi sfuggita di mano, era stato per via della vita disordinata, per effetto di una pigra negligenza, vivere da sola le aveva fatto male, non avere qualcuno vicino l'aveva fatta distrarre. Ora la situazione è del tutto differente, ci sono io, c'è una casa, un lavoro, è tutto organizzato. Ora, forse, potrebbe.

Recitare le manca. Ha scoperto il teatro tra le offerte dei programmi riabilitativi durante la prima degenza; ha continuato, dopo, con i corsi privati. La recitazione è l'unico schema in cui la malattia opera in modo funzionale e non disfunzionale al suo corpo. Giorgia è convinta che tutti dovrebbero avere un luogo dedicato alla perdita del controllo, un nascondiglio sicuro come quello che aveva trovato lei, in cui sentirsi almeno un po' autorizzati a slegarsi. Adesso avverte sempre la pressione, le mani stringono briglie scivolose. Invece, com'era, in quelle stanze? *Com'era, com'era* – nelle deviazioni nevrotiche dei pendolari lei cammina lenta. La lettura del copione, la costruzione metodica dei personaggi, e quando quelli poi, all'improvviso, si materializzavano e attraversavano le soglie, quando avevano consistenze pari o superiori ai viventi. Lei di questo non mi ha mai parlato, né di certe contesse dell'Illiria che l'avevano infestata fino a estinguerla, delle allucinazioni o delle alterazioni del pensiero. Io e Giorgia siamo fabbricati intorno a un'omissione.

Giorgia aspetta fino al limite possibile. Alla conclusione della settimana, non sente di aver deciso.

"Devo parlarti di una cosa" dice.

Il venerdì sera è uno dei nostri momenti preferiti, perché è l'introduzione alla tregua. Il venerdì sera è forse l'unico frangente della settimana in cui torniamo a essere per un poco quello che siamo stati – c'è ancora il fantasma, in noi, del preludio universitario al weekend, perciò non è sbagliato dire che ci rilassiamo in virtù di un ricordo che non ha legame con la realtà attuale. Il venerdì sera siamo spensierati, anche se esausti di stanchezza non fisica. Tutte le nostre energie si consumano in sforzi mentali, nelle opere di autoconvincimento e di autocontrollo, enormi strutture che richiedono continui ampliamenti.

Tra i resti del cinese take-away, ci prendiamo la mano.

"Dimmi tutto" dico, ubriaco di salse agrodolci.

"Mauro mi ha fatto una proposta, quando ci siamo visti. Non te l'ho detto subito perché avevo bisogno di pensarci un po'."

"Spero qualcosa di molto indecente."

"Irripetibile. Mi ha chiesto di tornare a recitare."

Ora Giorgia sa che vorrebbe io mi opponessi, che, per qualche assurdo motivo, le vietassi di accettare. Io non ho nessuna ragione per farlo.

"Dai, bello. Perché ci stai ancora pensando? Non ti piacerebbe?"

Certo, le piacerebbe. Potrebbe essere una via di fuga al problema del sovraccarico, un modo di gestire gli effetti collaterali del supermercato. È che è così difficile, per lei, scegliere che cos'è verità.

"Non lo so, sarebbe molto impegnativo. Avrei molte sere occupate dalle prove."

"E che problema c'è?"

"Passeremmo meno tempo insieme."

"Magari qualche volta potrei accompagnarti."

"Sì, credo di sì."

A Giorgia non lo dico, ma la vedo così rassegnata che quasi mi viene rabbia. Penso sia tutto sbagliato, tutto al contrario rispetto a come dovrebbe essere.

"Non facciamo più niente che ci piace, non è vero?"

Le afferro un polso e la tiro verso di me, sulle mie gambe, perché a volte mi piace parlarle a distanza molto ravvicinata, con la testa appoggiata alla sua spalla. Giorgia non sa perché, ma adesso questo mio gesto la commuove, allora tira su la testa ed evita il mio sguardo. Di nuovo vorrebbe che mi interponessi fra lei e la decisione.

"Non dire così."

"Ma è vero. Non abbiamo nessun hobby, nessuna distrazione."

Siamo vicinissimi a dirci che questa vita ci fa schifo ma io sono allenato a dominarmi.

"Va bene . Non possiamo lamentarci, in generale. Però stai chiusa là dentro tutto il giorno, non è sano. Penso che ti farebbe bene. Non credi?"

Giorgia annuisce.

"Credo di sì."

"Facciamo una vita da vecchi."

"Ma no, dai" Giorgia mi bacia la fronte.

Continua a pensarci, però. *Una vita da vecchi.* Non smette di pensarci nemmeno quando ci mettiamo a letto e io la cerco con una mano. Ci pensa mentre la tocco – *una vita da vecchi.* C'è qualcosa di peggio, vorrebbe rivelarmi, e invece imprime le sue dita sul mio collo, mi accarezza. Qualcosa di tremendo.

Il giorno della prima lettura del copione è un sabato pomeriggio.

"È più una specie di merenda, vedrai" dice Giorgia, tenendomi a braccetto.

Abbiamo deciso di raggiungere casa di Mauro con i mezzi per risparmiarci la nevrosi del parcheggio. Oggi sembra che la primavera si stia avvicinando, il sole si riflette sulla schiena butterata del marciapiede, ancora umido della pioggia notturna.

"Una *merenda*?"

"Ma sì, una cosa poco impegnativa, vedrai. E poi ci sarà un sacco di gente."

"Ma in cosa consiste, in sostanza?"

"Un'inaugurazione. Diamo una lettura veloce al copione, poi di solito si mangia e si beve. Almeno, era così che facevamo, all'epoca."

Giorgia è divisa tra il nervosismo e l'eccitazione. Si chiede quanti membri della compagnia riuscirà a riconoscere – Mauro non ha voluto rivelarle nulla, dalla loro ultima telefonata a oggi sono trascorsi quindici giorni di totale silenzio.

Casa di Mauro si trova in un quartiere privato, isolato dagli incroci e dal traffico. L'impressione, superato il cancello, è di essere nascosti in un mondo parallelo, molto lontano dalla città. Giorgia attraversa il vialetto con la sicurezza di chi conosce il luogo, quasi le sembra di immergere i piedi nelle orme lasciate l'ultima volta. Sa che c'è un percorso antico tracciato anche in uscita: appartiene al giorno in cui ha detto a Mauro che avrebbe smesso, anzi, che smetteva nel preciso istante in cui lo diceva – non sarebbe più tornata. Nasconde un sorriso arreso e suona il campanello. Ci raggiunge un sottofondo musicale, una risata femminile in avvicinamento.

Apre la porta una ragazza bionda e sottile, bassina. Quando riconosce Giorgia, la avvolge in un abbraccio.

"Oddio, Giò, come sei bella."

Le prende il viso tra le mani e la bacia sul naso.

"Ti presento Amelia" dice Giorgia, sorridendomi.

La ragazza si stacca da lei e allunga una mano.

"Amelia, Filippo."

I nostri reciproci piaceri si accavallano mentre la ragazza ci trascina dentro, finiamo risucchiati dai convenevoli.

Giorgia ritrova molti visi conosciuti, insieme a loro voci che non si sono mai dissolte del tutto, perché lei è incapace di dimenticare. Ci sono odori, gli spessori di certi tessuti come segni che gli altri le hanno ricamato addosso. Giorgia ha su tutta la pelle una cicatrice estesa, che a toccarla è sensibile. Io vedo solo vecchi amici che si ritrovano e invece lei subisce gli impatti, è gioiosa, è impaurita, anche se dall'esterno i suoi saluti e i suoi abbracci sono interazioni qualunque.

Vengo presentato a tutti, non ricordo mai i nomi. L'ultimo a introdursi è Mauro, addosso una camicia bianca, i ricci disordinati e scuri, una magrezza nervosa. È lui che ci dichiara pronti per la lettura, interrompendo le conversazioni tra i gruppetti dei partecipanti. Siamo tutti invitati a spostarci al piano inferiore, in tavernetta.

Giorgia mi precede lungo le scale, Amelia davanti a lei – "Come ai vecchi tempi, Giò. Cosa ti sembra?"

"Bello" dice Giorgia, a voce bassa, e nessuno può sentirla.

La tavernetta è una zona affrancata dalla realtà, come l'intera casa di Mauro e come gli spazi delle Scuole. Un posto che esiste solo per chi può vederlo. C'è il tavolo lungo, di legno grezzo e opaco, ancora da mordenzare. Le finestre basse a congiunzione tra muro e soffitto, aperte sul giardino posteriore – da lì si distinguono le caviglie more degli aceri e le dita affilate di foglie sanguigne. La libreria, che occupa gran parte della parete di fondo, soffre sotto a un carico esplosivo di volumi – nessuno sembra nuovo, hanno i dorsi consumati. Il divano, a destra, è deformato da occupanti invisibili.

Mauro distribuisce i copioni, gli ospiti si dispongono spontaneamente tra il divano e le sedie da campeggio sparse nella stanza. La copia di Giorgia le piove sulle ginocchia, è già stata aperta e sporcata da qualcun altro, ci sono appunti scritti a margine su gran parte delle pagine. Lei si sporge verso di me, che le siedo accanto, e mi mostra la calligrafia strettissima.

"Questo significa un sacco di lavoro da fare."

"Non iniziare a lagnarti" la rimprovera Mauro, prendendo posto. "Dunque, direi che possiamo fermarci al primo atto, per questo pomeriggio. La storia la conoscete tutti, no?"

Qualcuno sorride e alza gli occhi al cielo, ma la maggior parte degli attori è già immersa a testa bassa nel copione.

"Prendetevi cinque minuti per le parti e poi incominciamo."

Giorgia legge il suo nome in cima alla lista e si piega ancora di più, le mani e lo sguardo a fondo nella carta, a decifrare. *Controllare la voce; ideale peso corporeo: basso; si muove veloce ma composto; possibile tagliare i capelli corti?*

"Sei serio per il costume da cane?" la voce di un uomo si leva dal fondo della stanza.

"Serissimo."

Mauro sfila una sigaretta dal pacchetto sul tavolo, prende il filtro tra le labbra senza accenderla.

"Ma non andiamo in scena a maggio? Farà caldo. Integrale…"

"Esistere è soffrire. Altri entusiasmi?"

Nessuno replica, Mauro si guarda intorno, la sigaretta tra le dita, poi accavalla le gambe e si rilassa contro lo schienale.

"Ci manterremo fedelissimi alla versione del 1904. Non voglio niente di spoliniano, tenete a bada la Forsberg che è in voi. Gli effetti speciali saranno demandati all'apparato tecnico, noi resteremo puliti e classici. Chi ha scoperto di avere la prima battuta?"

Un ragazzo fa cenno con la mano.

"Prego."

Non appena la lettura inizia, Mauro si alza in piedi, segue percorsi lenti tra le sedie e intorno al tavolo. Giorgia cerca la voce, la prepara, attende. Al suo turno si inserisce nel gioco seguendone i ritmi imposti: le battute rimbalzano da una bocca a un'altra con uno scarto temporale minimo, vanno a disegnare stanze, abiti, spostamenti immateriali. Nella ricostruzione la voce di Mauro si insinua senza rompere i confini, scivola appena sopra la superficie – "Qui mi piacerebbe una coordinazione ampia, a riempire la scena"; "Questo lo voglio proprio vedere, ma non deve essere più di un passo. Un suggerimento clamoroso"; "Oh, piacerà a tutti, vedrete. Proprio a tutti".

La conclusione del primo atto arriva prima di quanto Giorgia vorrebbe. Continua a sfogliare il copione, anche quando compaiono il cibo e le bottiglie, fino a che sono costretto ad attirare la sua attenzione.

"Vuoi qualcosa da bere?"

"Oh, certo. Grazie."

Tiene il copione piegato contro il petto, relega l'impazienza altrove, riprende le fila delle conversazioni che la circondano. Tutti vogliono sapere le solite cose – Cosa ha fatto in questi anni? Cosa fa adesso? *Ah, in un supermercato?* – poi inizia il rituale delle memorie, degli aneddoti. Si parla spesso delle Scuole e Giorgia prova un'intensa nostalgia per quello che non ha potuto vedere. Scopre che nelle aule il tempo è accaduto, ha avuto i suoi nuovi protagonisti. E lei, dov'era, stava davvero vivendo? C'è davvero un'altra vita, fuori dalle Scuole e dal teatro? Che cosa fanno le persone che non sono qui? Esistono o credono solo di esistere?

Il vino circola abbondante in bicchieri e vene, Giorgia è contenta che, dopo aver bevuto un po', anche io sembri finalmente a mio agio. Mi guarda fare domande, assiste agli sforzi prodighi di chi cerca di spiegarmi, istruirmi.

"Dov'è il bagno?" chiedo, a un certo punto.

"Su al primo" risponde la ragazza che ci ha accolto al nostro arrivo. "Vengo con te, così poi mi aiuti a portare giù qualche bottiglia."

Giorgia mi sorride, poi mi guarda risalire le scale insieme ad Amelia, le spalle curve di quando mi sento in imbarazzo e goffo. Quando si volta, gli occhi di Mauro le stanno facendo una domanda a cui lei si rifiuta di rispondere.

"Ma dov'è che state, con Giò?" chiede Amelia, mentre ci allontaniamo. "Vieni, c'è ancora una rampa."

"Lambrate" le dico, seguendola al primo piano.

"Ah, vicino all'università" fa lei. "Seconda porta a destra, vado a prendere una cosa in camera mia e torno."

In bagno mi specchio e capisco di essere un po' intontito dall'alcol. È una sensazione piacevole, che non provo da molto tempo. Nella leggerezza etilica si accavallano pensieri elementari – casa di Mauro sembra immensa, un posto da ricchi, e lo capisco solo ora che non sono del tutto lucido. Anche il bagno, per esempio – penso, dopo aver tirato lo sciacquone. Passo un dito sulle mattonelle lucide che rivestono le pareti, mi lavo sotto al getto caldissimo del lavandino, affondo le dita nell'asciugamano soffice. Qualcuno bussa alla porta, interrompendo il mio studio degli ambienti.

"Tutto okay?"

Amelia aspetta fuori, mi scruta.

"Credo di aver bevuto troppo."

"Tutto okay, allora. Vieni."

Ad aspettarci in una camera degli ospiti ci sono due scatole di cartone. Amelia ne afferra una con facilità, lascia a me l'altra, e si fa seguire di nuovo al piano inferiore, fin dietro alla penisola della cucina, dove abbandoniamo i pesi a terra.

"Ha spedito tutto mio padre, ieri, non abbiamo fatto in tempo a sistemare." spiega Amelia, aprendo una delle scatole. "Sembra roba buona, comunque."

Mi allunga una bottiglia impolverata e mi dice di posarla sul marmo.

"Non ci posso credere che Giò è tornata, sai? Quando Mauro mi ha detto che aveva accettato, be', wow. Capisci?"

Un'altra bottiglia.

"Tu l'hai mai vista in scena?" mi chiede.

"No. Quando ci siamo conosciuti aveva già smesso."

Amelia spalanca gli occhi, accucciata nella semioscurità della cucina, una nuova bottiglia tra le mani.

"Oh, credimi, è uno spettacolo. È proprio quel tipo di interprete che ti impedisce di notare la differenza."

"Che differenza?"

"Tra realtà e finzione, cosa è recitato e cosa no. Con Giò è vero, tu la guardi e non hai dubbi. Era una leggenda, alle Civiche. Riusciva a fare tutto nella metà del tempo, la detestavamo."
"Ah."
"Intendo, amorevolmente."
Amelia si rabbuia.
"È stato molto strano, a dirti la verità. Immagina: il suo nome aveva preso a circolare nell'ambiente, che è quello che vogliono tutti. Poi Mauro, che iniziava anche lui a farsi strada, nello stesso periodo, mette su una rappresentazione piccola ma segnalata, ottiene qualche data, si inserisce nella stagione. Lui e Giò sono giovanissimi, per gli standard, sono i due piccoli fenomeni delle Civiche."
Amelia si rimette in piedi.
"Funzionano benissimo, insieme. La prima è un successo, escono delle critiche ottime, finiscono sui giornali. Trafiletti, roba piccola, ma comunque bei traguardi. A Mauro vengono confermate altre date, sono entusiasti di Giò. Sai quando hai la sensazione che tutto si stia incastrando, che le cose stiano per decollare? Ecco, a guardarli davano quell'idea lì."
Posa la bottiglia sul marmo, sembra perdersi in un pensiero, poi si riaccovaccia tra le scatole. Impiego qualche secondo per capire che non ho perso nessun pezzo del resoconto: lei si è interrotta, semplicemente.
"E poi?"
Amelia mi guarda da sotto in su.
"Be', poi Giò ha detto che smetteva."
"Ma così, di punto in bianco?"
"Sì, amico mio. Di punto in bianco. Oh, è stato un fulmine."

"Ma perché?"

Lei mi sorride senza allegria.

"E io che ne so. Credevo lo sapessi tu."

"Non me ne ha mai parlato."

Mi allunga un'altra bottiglia, l'ultima, poi si rialza e inizia a spolverarla con uno strofinaccio.

"Non lo so, Mauro non me l'ha mai voluto dire. Credimi, era furioso. Poi ci sono state le repliche con la sostituta, ovvio, ma non era la stessa cosa. Se avessi visto Giò, sapresti di che parlo."

"Che strano."

"Già. La cosa più brutta, comunque, è che dopo è sparita. Allora abbiamo capito tutti che Giò è una di quelle persone."

"Che persone?" chiedo, sulla difensiva.

Anche se sono un po' brillo non ho voglia di sentir parlare male di Giorgia.

"Non è una critica, amico mio" dice lei, dandomi una pacca sulla schiena. "Una di quelle persone che spariscono, che un momento ci sono e quello dopo no. Che non sai mai quando può succedere."

Penso che non so davvero di cosa Amelia stia parlando, che in fondo è una sconosciuta e che Giorgia non sparisce, in tre anni non è mai sparita, nemmeno per un pomeriggio. Allora vorrei dirglielo, trovare le parole.

"Tieni" mi frena lei, mettendomi le bottiglie tra le braccia. "Adesso è tutto al suo posto, però, hai visto? Giò è tornata."

Sembra sinceramente felice, ora.

"Tu diglielo, eh. Niente scherzetti stavolta" strizza un occhio, poi si avvia.

La seguo, vorrei essere abbastanza lucido da elaborare, pensare. Al ritorno in tavernetta Giorgia sta parlando con l'uomo del costume da cane e vengo coinvolto mio malgrado nella conversazione.

Il pomeriggio si conclude lentamente, gli ospiti si congedano alla spicciolata, io e Giorgia siamo tra gli ultimi ad andare via. Ci resta addosso l'odore di tabacco – appena la stanza si è svuotata, Mauro ha iniziato a fumare –, abbiamo macchie brune sui maglioni, schizzate fuori dal bicchiere di vino che qualcuno ha rovesciato.

Durante il viaggio in metro, Giorgia si addormenta contro la mia spalla. Al rientro a casa le sembra di aver sognato, che nulla di ciò che è accaduto nelle ultime dieci ore sia veramente successo: la sveglia di questa mattina, i preparativi, casa di Mauro, la lettura. Cerca sul maglione le macchie, nei capelli l'odore di sigaretta, cerca me e mi chiede come mi sono sembrati i suoi amici, se mi hanno messo a mio agio.

"Sono davvero simpatici" dico.

Le sembro stanco ma felice, sa che non mento. Mi raggiunge sul divano e scegliamo un film, qualcosa di vecchio che abbiamo già visto almeno una volta. Lei allunga le gambe su di me, le sfugge un sospiro soddisfatto.

"Perché hai smesso?" chiedo, a un certo punto.

Giorgia non riesce a capire di cosa sto parlando, mi guarda confusa.

"Cosa?"

"Perché hai smesso con il teatro?"

Giorgia pensa che avrebbe dovuto aspettarsela, questa domanda, che non è niente di pericoloso. Si sente preparata.

"Ero troppo stressata" risponde. "Vivevo da sola, ero ancora indecisa su cosa fare con l'università, mi avevano licenziata. C'era troppo a cui pensare e sono andata in crisi."

Io annuisco e riprendo a seguire il film, anche se entrambi abbiamo smarrito il filo del dialogo sullo schermo.

"E adesso, come ti senti?" dico, senza voltarmi.

Giorgia mi osserva. Sono una sagoma in penombra definita da un profilo azzurro e artificiale, la presenza più concreta che sia mai esistita nella sua vita.

"Sto bene" dice. "Adesso posso."

***

Sei mesi dopo, al termine delle prove, Mauro accompagna Giorgia fino alla fermata del tram. Lui è di ritorno dalle vacanze estive e tra le dita delle mani gli si affacciano varchi pallidi su sfondo scuro. Non sembra riposato e Giorgia pensa che deve essere per via del pensiero ossessivo dello spettacolo – l'ha chiamata quasi ogni giorno, nelle ultime due settimane, anche a tarda sera, usandola come blocco per gli appunti delle sue idee. Io mi sono infastidito e non l'ho detto, ma Giorgia si è sentita in dovere di scusarsi, giustificare – è fatto così, quando si tratta del suo lavoro non ha una misura.

"Cosa avete fatto, voi?" chiede Mauro, accendendo la sigaretta.

"Siamo rimasti in città" dice Giorgia.

Ripensa al deserto, a noi che ci muoviamo per le strade come plastica che rimbalza nella risacca – i nostri discorsi, il caldo che sa di catrame, la sensazione di essere in un posto quando tutti si trovano da un'altra parte.

"Capito. È questa, vero?" Mauro studia l'elenco delle fermate.

"Sì, sì."

"È appena passato."

Si accomodano sul sedile della pensilina. La città è ancora un contenitore pieno solo a metà e Giorgia pensa che è uno spreco, perché settembre è un mese dolcissimo, a Milano, con i tigli ancora verdi e il sole che si sgrana sugli asfalti.

"Sarà perfetto" dice Mauro, soffiando fuori il fumo. "Le scene di volo saranno stupefacenti."

"Lo spero bene" dice Giorgia.

"Ma certo. E poi tutto il resto, Giò, vedrai. Sono così contento di quello che stiamo facendo."

Mauro fissa un punto della strada dove non c'è nulla e ha l'espressione estatica di chi gode di un mondo esclusivo. Restano in silenzio fino all'arrivo del tram, poi lui la saluta con un abbraccio.

Anche Giorgia si sente felice: lo capisce per caso, prendendo un respiro profondo che le fa sentire male alle costole. C'è, in questo martedì, un'energia speciale che vale le prove degli ultimi mesi, gli orari ribaltati, il tempo sempre più scarso trascorso insieme a me. Rientrare in teatro dopo tanto tempo ha dato un'altra prospettiva alle cose, ora è tutto più giustificabile.

Lui si materializza sulla scia di questo pensiero, due file di posti avanti a lei. Le dà le spalle, oltre nuche di passeggeri e pieghe di cotone, i suoi capelli giocano a nascondersi dietro angoli di pelle ecologica, maniche di camicie estive – hanno punte rossicce e ribelli. Del suo corpo vede il collo bianco, l'orlo di una guancia infantile, le spalle piccole, coperte di foglie autunnali; tra le sue scapole, schiacciata dallo schienale metallico del sedile, si allarga una ragnatela d'argento.

Giorgia manca la fermata. È il primo vero incontro dopo tre anni, l'ultima era stata Olivia e ne ricorda ancora il profumo, il ritmo dei passi. Quando arrivano, lo fanno manifestandosi a una certa distanza, come a chiedere permesso. Sono delicati e discreti, non incrociano mai il suo sguardo prima del momento opportuno, guadagnano terreno con educazione. Questa volta Giorgia vorrebbe annullare lo spazio, farlo voltare verso di lei, ma resiste e si riporta in contatto con la realtà. Scende alla fermata successiva e lo lascia su, e chissà se *Lui* la sta guardando come lei ha guardato Mauro solo pochi minuti prima, chissà se vede nei suoi occhi gli stessi pensieri raggianti.

Giorgia amministra le allucinazioni con lucidità, per lei sono una parte fisiologica del processo creativo. C'è, in questa naturalezza, una forma di presunzione che lei decide di sottovalutare. Seda gli allarmi del corpo e anche quelli della mente, si convince di stare gestendo l'insurrezione patologica. Anche quando *Lui* si slega dalle prove, dalle aule delle Scuole e inizia a conquistare territori sempre più lontani, infiltrandosi persino in casa nostra, Giorgia si ripete che è lei ad averlo invitato.

Io ne ignoro la presenza. Accompagno Giorgia alle prove, qualche volta torno a prenderla in anticipo e resto ad ascoltare, chiuso fuori dall'aula. Non posso assistere, questo Mauro l'ha messo in chiaro da subito. Io non so che *Lui* mangia al nostro tavolo, scrive sui nostri muri, dorme ai piedi del nostro letto. Giorgia, che lo sa, sta bene attenta a gestire le sue reazioni – non è sempre facile. *Lui* fa delle facce buffe, è un ragazzino simpaticissimo, disegna da rimanerci a bocca aperta; le sembra anche che stia crescendo e vorrebbe dirglielo, ma tra di loro non parlano, non ancora. *Lui* si limita a comunicare con gli occhi. Una notte, mentre facciamo l'amore, rimane, invece di andare via. *Lui* e Giorgia si guardano a lungo, mentre io la prendo, si confessano segreti a vicenda.

Il quattordici maggio, l'ultimo giorno che trascorreremo come versioni fedeli di noi stessi, Giorgia si sveglia felice. Non lo so ancora: oggi, in questo momento, il suo risveglio è per me privo di significato, a malapena riesco a goderne. A causa dell'esercizio, molto presto sarò costretto a tornare in questa mattina e tutto dovrà essere riformulato, ogni elemento scomposto e ingrandito. Noterò, al ventesimo ritorno, il sorriso nascosto – o lo immaginerò solo, sulla base di una deduzione arbitraria.

Giorgia pensa a molte cose e le condensa in gesti lenti, mentre facciamo colazione – *Lui* è ancora qui, seduto a capotavola.

"Sarà una giornata lunghissima" dice, davanti all'ultimo biscotto. "Le giornate delle prime sembrano non finire mai. Ho fatto bene a prendere due giorni di ferie."

"A che ora devi essere lì?" le chiedo.

"Mauro ha detto alle dieci e trenta, che vuol dire alle dieci."

Lui le tira una manica del pigiama, nel tentativo di richiamare la sua attenzione. Giorgia sente una scossa elettrica nel corpo e vorrebbe solo fosse già il momento di abbandonare la resistenza.

"Ah, dopo siamo tutti invitati a casa di Mauro."

"Dopo lo spettacolo?"

"Sì. Sarà divertente" dice Giorgia, poi ingoia un sorso di caffè. "Dopo lo spettacolo, anche se sei stanchissimo, non hai nessuna voglia di andare a dormire. Hai ancora addosso molta tensione."

Mi guarda inarcare le sopracciglia e scuotere la testa.

"Non so come fai" dico. "Se dovesse toccare a me salire su un palcoscenico, di fronte a un pubblico, mi sentirei morire. Come fai a essere così calma?"

"Ma no, una volta in scena nemmeno te ne rendi conto. Passa tutto così in fretta che non hai il tempo di accorgertene."

"Non vedo l'ora, sai?" le dico. "Sono proprio curioso."

Un mondo si svolge alle mie spalle, nelle stanze in cui non sono presente. Mentre sono in bagno, Giorgia sosta di fronte alla finestra del salotto e respira, riempie la pancia come un contenitore. Dal punto più profondo dello stomaco, poi su nel torace, e ancora, fino a che l'aria trabocca dalle narici. Una mano aperta all'altezza del diaframma, dove la voce dovrà trovare il suo posto e da lì erompere. Nella nostra camera da letto, io mi infilo nei vestiti qualsiasi di un venerdì, ci divide il confine di un muro, una porta, pochi passi – se solo colmassi questa distanza, se riuscissi a sorprenderla mentre pensa di accarezzare *Lui*, affacciato alla finestra, a guardare i passanti delle sei di mattina; la troverei con le dita infilate nei capelli del ragazzino, intenta a coccolare la sua illusione.

Io e Giorgia ci salutiamo sulla porta e il nostro ultimo giorno si biforca. Lei si attarda in bagno, sotto il getto caldo della doccia fissa la sagoma del ragazzino che si delinea in un'ombra oltre il vetro. *Lui* è insolitamente silenzioso ma sempre vicino, non abbandona il suo fianco; si aggrappa alla manica del suo accappatoio mentre lei asciuga i capelli. Fanno insieme la strada, sul tram non c'è posto, *Lui* le siede sulle ginocchia.

I teatri vuoti portano la promessa di uno spazio non finito. Quando le luci sono spente e i posti non sono occupati, i confini del fondo buio si dissolvono, si ha l'illusione che continuino a estendersi. A Giorgia piace pensare che, se volesse, potrebbe esplorare il teatro per l'eternità, accamparsi nelle platee in attesa di nessuno. Solo vuoto, privato della sua funzione, il teatro si manifesta per ciò che è realmente – una fuga, un regno fantastico – e tuttavia loro possono *essere* qui, solo qui e in nessun altro luogo.

Appena messo piede in platea, *Lui* inizia a correre tra le file.

"Eccoti" dice Mauro, affacciato al palco, quando Giorgia è visibile. "Vieni su, proviamo subito il secondo volo."

Giorgia sale, si fa imbragare, i movimenti sono ormai impressi nella memoria del suo corpo e riescono senza intoppi. Mauro quasi non guarda, eppure lei sa che vede. Concluso il volo, è la volta della prova tecnica, una sequenza di attacchi e chiusure di tutte le scene, l'agonia dei cambi di luce. Mauro osserva dal centro della platea, si sposta in alto o in basso, verifica la resa dalle differenti angolazioni, insiste sull'apertura del secondo atto. In pausa pranzo, Giorgia lo raggiunge con un caffè ed entrambi sprofondano nei cuscini lisi di una fila in balconata.

La scena si apre su una sovrapposizione di fondali dipinti: il primo è un cielo notturno, stellato, si interrompe sull'imboccatura di una laguna che declina nelle foglie di una foresta. Il palcoscenico si svuota a poco a poco, le chiacchiere oltre le quinte si interrompono, restano cavi aggrovigliati sul limite del proscenio, gli appunti storti del suggeritore squadernati sulla ribalta.

"È quasi perfetto" dice Mauro, gli occhi fissi sul palco "Abbiamo venduto tantissimo."

Non sta parlando con lei ma con se stesso, così Giorgia annuisce, si limita ad ascoltare.

"Vorrei esserci già."

È solo un pensiero automatico, Giorgia lo sa. Per lui, questo è in realtà il momento migliore: l'attesa precedente alla creazione. Domattina, proprio come tutti loro, si sveglierà con un pezzo mancante e gli sembrerà di impazzire. Ci saranno le repliche ma non sarà lo stesso, non esiste nulla di equivalente a una prima.

"Come stai?" le chiede.

Così Giorgia vorrebbe dirglielo, che forse è stato uno sbaglio. *Ho paura*, pensa.

"C'è un attimo, in scena" dice, senza guardarlo. "Quando inizia l'identificazione e smette tutto il resto. Tu sai che io sono qui soltanto per questo, vero?"

Potersi finalmente abbandonare. Accogliere la malattia nella sua espressione più ampia, lasciarsi dominare da essa. Il potenziale della patologia, che è in parte identica a quella che sembra aver infettato tutti quanti, di renderla qualcosa che non è, in una dimensione che non ha collocazioni. Molto presto non ci sarà più nessun passato a cui aggrapparsi, non ci saranno madri, padri, memorie o persone che reggeranno all'impatto, e Giorgia sarà libera di non esistere in quanto se stessa.

"Lo so" dice Mauro. "Sono qui per lo stesso motivo."

Giorgia non aggiunge altro, perché ne hanno già parlato, in un'epoca lontana, quando tutto doveva iniziare – sa che lui ricorda.

"Non soffro la mancanza di me come individuo, un concetto astratto e sommariamente privo di valore. Io che cosa sono? Mi costringono a pormi una domanda senza risposta. Di che cosa dovrei avere nostalgia? Dell'infanzia tremenda, della famiglia che non ho avuto? Io voglio quello che vogliono tutti: voglio dissolvermi."

La prova all'italiana scorre senza intoppi, Mauro non vuole che si stanchino e lavora solo sulla fluidità della coordinazione, quasi non fa aggiustamenti di interpretazione. Alle cinque i camerini si affollano, gli attori cominciano a scomparire nei costumi. Giorgia preferisce vestirsi da sola, isolarsi nell'angolo del suo camerino. Per lei non è previsto nessun trucco di scena, solo una parrucca e il suo abito, li indossa e aspetta.

Giorgia è come me, offre sempre le spalle a quello che le succede intorno, sceglie la sua visuale sgombra e ci si nasconde. *Lui* è così vicino, adesso, stretto a lei in un abbraccio, la testa contro il suo sterno, e sembra che la punta del suo naso inizi a incunearsi tra le cartilagini. Giorgia guarda fuori dall'unica finestra: il crepuscolo è sezionato in quadratini perfetti da una grata di metallo; lungo la strada si affrettano i primi spettatori, qualche passante attaccato al guinzaglio della sua sigaretta e gruppi di ragazze tirate a festa. Ci sono molte luci, orbite arancioni di lampioni e iridi bianche di macchine ferme al semaforo. Si sente l'arrivo dell'estate, come una tensione elettrica nell'aria. È il quattordici maggio.

Raggiungo Giorgia mezz'ora prima dello spettacolo. L'odore delle quinte mi ricorda lo zucchero a velo. Una spessa polvere bianca si arrotola intorno alle lampadine, ondeggia capricciosa sulle teste laccate delle Sirene e poi mi scivola in gola. Sento sulla lingua un sapore dolciastro.

"Scusate."

Le code azzurrine spazzano il pavimento di legno e, nel tentativo di evitarle, finisco per incastrarmi tra le braccia di un grosso costume da cane. Una faccia umana mi fissa con sofferenza, incorniciata dal pelo sintetico: riconosco il malcapitato della prima lettura.

"Scusa!"

Lui agita una zampa e procede nella traversata del corridoio, superando l'ondata contraria dei Bimbi Sperduti. Da così vicino i punti neri delle loro barbe affiorano dal cerone. L'eccitazione si rincorre nelle pupille dilatate e poi piccole come capocchie di spillo, nelle frasi masticate tra i denti. Continuamente ributtato indietro lungo il muro, riesco nell'impresa di raggiungere l'ultimo camerino a sinistra, il singolo isolato dal mondo. La porta è chiusa, sto per sfiorarla con le nocche quando una mano gelida mi afferra il polso. Riconosco la ragazza bionda che mi è stata presentata a casa di Mauro.

"Dalle ancora un attimo."

Oltre la porta sento la voce di Giorgia recitare le battute come una preghiera.

"Volevo solo-"

"Dopo, amico mio."

La mia idea sembra diventare improvvisamente stupida. Lei scuote la testa e una nube di brillantini dorati si solleva dalla sua parrucca, invadendo ogni superficie disponibile.

"Che odio" sibila, alzando gli occhi al cielo. "Vieni, aspettiamo qui."

C'è una sedia al lato opposto del corridoio, sotto a una finestra minuscola che dà sulla strada. La ragazza ci crolla sopra, lasciando dietro di sé uno sbuffo luminescente, poi accende una sigaretta tirata fuori da chissà dove. Per ingannare l'attesa, sosto davanti alla finestra.

"Sarà un grande spettacolo" dice Amelia – ora ricordo il suo nome. "Dannazione."

Scuote con una mano la cenere che le è finita sul vestito, constatando il danno: un foro bruciacchiato si apre sul costume di Campanellino. Sta per aggiungere qualcosa quando viene interrotta dall'arrivo di Mauro, che bussa alla porta di Giorgia e la spalanca senza esitazioni.

"Tutto okay?" ci chiede, di sfuggita.

Guardo la porta richiudersi alle sue spalle.

"Ehi, è lui che comanda" dice Amelia, cercando di nascondere la bruciatura tra le pieghe della gonna.

Ancora un minuto di silenzio imbarazzato, interrotto solo dai suoi sospiri, poi la porta si riapre. Mauro riemerge dal camerino con un'espressione raggiante, seguito da Giorgia, che è pallida e tesa, le braccia incrociate al petto.

"Ehi" mormora, quando mi riconosce.

La faccia del ragazzino è già fusa nel suo petto, tra i seni spunta la sua nuca e tutta la parte posteriore del suo corpo sporge da Giorgia come una terra emersa. Io non lo vedo, la stringo a me e lo premo più a fondo nel nostro abbraccio. Ho lasciato le rose al sicuro al mio posto, le terrò tutto il tempo sulle mie gambe, sperando che non si sciupino.

Giorgia si fa accarezzare. Sulle mie mani le sue hanno una presa debole, io non lo noto, penso che nei camerini sembra di soffocare, voglio uscire da qui.

"Quindici minuti al sipario, vado a dare un'occhiata alle luci" si congeda Mauro. "Ah, Amelia, se gracchi sul palco ti prendo a calci in culo personalmente."

Lei scoppia in una risata sguaiata e gli soffia dietro un alito di fumo grigio.

"Come ti senti?" chiedo a Giorgia, tentando di ignorare quello che ci circonda.

Lei appoggia una tempia sulla mia spalla e sospira, nascosta dalla parrucca rossiccia. Il costume verde sembra ballarle un po' addosso, come se l'ultima ora nel camerino l'avesse prosciugata ancora un poco. Amelia le pizzica piano una guancia, sorridendole gentilmente.

"Stai tranquilla, sei una bomba. Inizio ad andare anche io, okay?"

Giorgia annuisce piano.
"Ho un po' paura" dice, quando Amelia è lontana.
"Anche io" confesso.
Lei si raddrizza e mi guarda.
"Grazie di tutto."
"Non ho fatto niente."
"Certo. Mi hai permesso di essere qui."
Improvvisamente, riconosco la nota stonata. Un'anomalia che diverge dalle parole di Giorgia e deflagra nei suoi occhi.

"Possiamo scappare, se vuoi" scherzo, istintivamente.

Giorgia piega la testa di lato. Eccola, di nuovo. Qualcosa dentro di me reagisce alla sbavatura e un'inspiegabile sensazione di terrore mi serra la gola in una morsa stretta. Anche lei l'ha sentito.

"No, va tutto bene" dice.

Provo a stringerla un po' più forte ma Giorgia si divincola delicatamente.

"È meglio se li raggiungiamo anche noi."

La assecondo, seguendola nel corridoio che ora è quasi del tutto sgombro. Gli attori sono affollati nelle vicinanze del sipario. Un tremito scuote Giorgia e lo avverto attraversarla, passare sotto la mia mano e proseguire la sua corsa verso le gambe. Mi sento perso, come se da un momento all'altro dovessi essere io a fare il mio ingresso in scena.

Giorgia si volta dando le spalle al sipario.

"Devi andare."

"Okay" dico. "Andrà tutto bene, vedrai."

Lei mi stringe la mano. Alcuni attori superano le cortine che dividono il palco dalle quinte e prendono posto nei lettini minuscoli che occupano la scena. Giorgia si allunga all'improvviso verso di me e mi abbraccia ancora, così forte che per un momento riesco a sentire il battito del suo cuore contro il mio petto: è un ritmo furioso, incalzante. Un sussurro le muove la bocca ma non riesco a capire.

"Almeno il gloss, Giorgia!"

Un truccatore si incastra tra di noi, sono costretto ad allontanarmi e non ho più il tempo neppure per un saluto.

Questo momento non avrà nessun particolare significato fino alle ventitré e quarantasette di questa sera – non so ancora che dovrei voler tornare indietro, tra le braccia di Giorgia, più indietro, tra le coperte, questa mattina, e ancora, riavvolgere i sei mesi che ci hanno portati fin qui.

Oltre il sipario spesso che ci divide e oltre le intelaiature, oltre le grate, le travi e i corpi, Giorgia inizia a scomparire. Io potrei ancora afferrarla ma sono distratto da pensieri elementari.

Giorgia svanisce nel compimento del processo di immedesimazione, frutto di uno studio ossessivo del sottotesto, di ripetizioni e memoria, di costruzioni monumentali sul personaggio. Intorno a lei, gli attori sono affollati nelle quinte e un brusio sommesso li cuce insieme. Quando le luci si abbassano fino a spegnersi, restano visibili i riflessi delle illuminazioni in platea, che rimbalzano sulle porcellane dei denti, tra labbra socchiuse. Il respiro di uno sconosciuto che le sfiora un orecchio, il sudore freddo scomposto in cristalli sul mento – la platea annega nell'oscurità e il palcoscenico si illumina a giorno.

Giorgia quasi non pensa, della sua volontà è rimasto il tanto necessario a farla sparire. *Lui* si sprigiona in profondità, è un attimo. Un istante prima di entrare in scena, lei svanisce e io l'ho persa per sempre.

Capitolo Uno
Complesso comprensibile

I dettagli ingombrano l'addio: il blu delle occhiaie di Giorgia, le presenze visibili e invisibili che ci assediavano, il suo profumo – ne è rimasto nelle federe dei cuscini, a casa, e negli ultimi vestiti che ha indossato, persiste con ostinazione, nonostante i quattro mesi intercorsi dalla tragedia al presente. Ora Giorgia ha un altro odore addosso, forse sono le medicine, forse i disinfettanti che impregnano le lenzuola della clinica. Non riesco a fare a meno di pensare a questo, al suo nuovo odore, mentre guido da Milano all'istituto seppellito tra le risaie.

La Lomellina è una panca piana distesa sull'acqua, riflessi puntuali di frassini si increspano nelle pozzanghere e nuvole pallide si gonfiano sull'orizzonte, minacciando un nuovo temporale. La Panda emette qualche verso sofferente, ma non me ne preoccupo. Sarà un mese che non mi preoccupa più nulla. Ogni settimana è scandita da attività che si ripetono in una combinazione ineludibile: lavoro, casa, clinica, casa, lavoro. Si tratta di un meccanismo perverso, ma adesso va meglio rispetto ai primi tempi. Non ho dimenticato il panico: in confronto, la recente analgesia è salutare. È stato lo stesso anche per Giorgia. In principio le crisi psicotiche la sconquassavano completamente e poi la lasciavano distrutta, fatta a pezzi e ricomposta malamente nel letto dell'ospedale. Quando la terapia ha iniziato a funzionare il quadro clinico si è consolidato in uno stato di catatonia.

Nel primo periodo ho conservato la speranza che, con i giusti trattamenti, Giorgia sarebbe tornata a vivere. Ho dovuto affrontare la realtà dopo il trasferimento alla Casa di cura Anastasio. I farmaci assopiscono il mostro e abbattono ogni altra cosa insieme a lui, inclusa Giorgia stessa: non riescono a discriminare tra l'abominio e le cose preziose. Tutto è finito, falciato via, lei non ricorda più me, né la sua identità, né nient'altro.

Ci sono rari momenti di lucidità in cui so di stare affrontando una situazione insostenibile. Me lo ribadiscono i miei amici, i miei genitori, ma nessuno di loro rientra a casa la sera insieme a me. Nessuno di loro è costretto a fissare le impronte di Giorgia impresse nelle antine del bagno, pregne del fondotinta che odiava ma che metteva sempre, e nessuno di loro può ricordare cosa voleva dire ritrovare i suoi capelli arrotolati come anelli alle dita.

Il parcheggio della clinica è quasi del tutto sgombro e la Panda arranca fino ad affiancare la siepe. Mi sento proprio come lei, siamo le reciproche estensioni, malconci e disordinati, poco puliti. Il percorso dal cortile alla clinica e poi su, fino alla stanza di Giorgia, è già scritto, e più che accadere si avvera, come una profezia. Provo la solita sensazione, cioè di non essere me stesso ma qualcun altro, in una versione spersonalizzata e aliena degli eventi. Sto a guardarmi aprire con una spinta il pesante battente di vetro, rallentare davanti all'accettazione – nel grande quadro appeso al muro, santa Dinfna attende la decapitazione con aria dolente. Ai piedi della santa, la signora gentile del turno domenicale mi saluta con un sorriso, ma anche oggi non mi chiede come sto.

Per una questione di acclimatamento, preferisco le scale all'ascensore. Il primo piano è sempre piuttosto vicino, mentre il corridoio non ha fine. Sul fondo si apre una finestra senza maniglie, affacciata sul giardino, proprio come quella nella camera di Giorgia. Nei giorni migliori lei fissa il cielo per tutto il tempo.

Sto per raggiungere la porta, spalancata e assicurata al muro con una catena, quando un suono estraneo, una voce, mi sorprende. Non appartiene a Giorgia – lei non parla più – né all'infermiera. È una voce maschile, ma fatico a cucire insieme le parole. Per un momento credo che sia il primario, ma il tono è differente, più leggero.

"E nondimeno io non posso amarlo. Egli avrebbe dovuto già da tempo tener per buona questa mia risposta."

Giorgia se ne sta accoccolata su un fianco, offre le spalle alla porta, e c'è qualcuno seduto accanto a lei, con un libro in mano. Non è il primario. Riconosco Mauro. Lui alza subito gli occhi e il volto gli si apre in un sorriso generoso.

"Filippo!"

Lo guardo posare il libro sul davanzale e venirmi incontro, stringermi il braccio, nell'interpretazione perfetta di un vecchio amico perso di vista da lungo tempo. L'ultima volta che ci siamo incontrati, Giorgia era ancora ricoverata in ospedale. Si era presentato in ritardo sull'orario di visita e non si era trattenuto a lungo: giusto il tempo di darle un'occhiata.

"Che bello, ci sei anche tu" Mauro non scioglie la stretta. "Stavo leggendo qualcosa con Giorgia, ti spiace?"

"No, figurati."

"Prendi tu la sedia, io sto in piedi."

"Possiamo chiedere all'infermiera di-"

"No, no, guarda, sono seduto già da troppo tempo."

Aggiro il letto di Giorgia per fare qualcosa, sciogliere l'imbarazzo di questo incontro imprevisto.

Lei ha gli occhi aperti e immobili, le palpebre lucide, un po' livide, e il suo volto non ha espressione. Il solco delicato tra le sopracciglia si è appianato, la fronte è un foglio bianco e levigato, come se qualcuno ci avesse passato una mano di calce per cancellare via tutto. Giorgia è Giorgia, ma non è Giorgia. I capelli scuri, puliti dalla doccia del sabato, stanno ricrescendo – i primi tempi lei se li strappava, avevano dovuto tagliarglieli. Le sue mani stanno strette una sull'altra, sotto alla guancia. Oggi è evidentemente un giorno a metà, non pericoloso ma nemmeno buono, un giorno piegato su un fianco, proprio come lei.

Mi avvicino e le bacio la testa, nel suo odore c'è un po' di tutto quello che conosco già, sapone, medicinali, pigiama usato; poi mi siedo e resto a guardarla. Di solito le parlo della giornata, di qualcosa di interessante successo nella settimana, delle assurdità dei clienti e, solo ogni tanto, di come mi sento. Sto bene attento a non dire nulla che possa turbarla, perché mi ripeto che non so cosa c'è dietro quel muro. Magari dentro di sé Giorgia sta piangendo o è felice. Magari è solo un problema di profondità.

Mauro mi chiede con lo sguardo se può continuare, io annuisco. Lui ricomincia a leggere e non capisco. La sua presenza qui è inaspettata, eppure lui si comporta come se fosse tutto normale. Mi ritornano alla mente frammenti di quella notte, le sue dita che stringono le caviglie di Giorgia per impedirle di scalciare ancora, poi i suoi occhi che fissano la bocca di lei, spalancata in un urlo infinito. Sgombero la memoria concentrandomi con energia sulla sua voce, che scivola lenta. Ripeto le sue parole, una per una, dentro di me, fino a quando ogni cosa scompare e i muscoli si sciolgono. Dopo un po' il brusio diventa un suono confortante, si appoggia su tutto, sulle lenzuola e sulle mie gambe, scorre sul pavimento come una pioggia. Forse è la stanchezza, forse la sensazione di non essere solo, una specie di rilassamento che mi prende di soppiatto e mi fa sprofondare nel sonno.

Nel sogno Giorgia è seduta vicino alla finestra, la copre un sole estivo. Sta parlando ma la sua voce è indistinguibile, vedo le sue labbra muoversi, lei gesticolare in modo misurato, un ginocchio bianco piegato contro il petto. Ora so che mi sta raccontando del copione, è per questo che il suo sguardo è acceso e brilla di una tensione sovrumana. Non è un sogno. È un ricordo e si scioglie. Mi sveglio di soprassalto, ripiombando nel fondale scolorito della clinica. Fuori la luce è plumbea. Anche Giorgia dorme. Mi precipita addosso tutta la mortificazione per l'essermi addormentato: l'orologio al muro segna le diciotto ed è quasi ora di andare. Di Mauro non c'è traccia. Passo l'ultima mezz'ora a guardare Giorgia in silenzio, fino a quando l'infermiera mi sorprende seduto sul letto, a sfiorarle il viso senza mai toccarlo.

"Mi spiace, ma l'orario di visita è terminato."

Ringrazio e saluto Giorgia nel nostro nuovo modo, senza dirle una parola. Fuori dalla stanza lo scopo della giornata si è esaurito e mi rimangono solo poche ore da impiegare in faccende da sopravvivenza, una spesa veloce al supermercato – che non è mai quello in cui lavorava lei –, la scelta di un film con cui seppellire la serata. Sto pensando a questo quando, dopo aver salutato la signora dell'accettazione, individuo Mauro, fermo oltre la porta a vetri. Fuma di spalle, il rivolo bianco della sigaretta risale verso l'alto, controcorrente, la sua testa sta andando in autocombustione. Il contatto è inevitabile.

"Ah, eccoti" fa, appena varco l'uscita. "Ti stavo aspettando."

Tiene il libro sottobraccio e ha l'aria meno contenta. Lo guardo bene, anche lui è stropicciato e stanco: la camicia è sgualcita e le maniche, arrotolate intorno agli avambracci, sembrano ferme lì da qualche giorno.

"Scusa se mi sono presentato senza avvisarti."

"Figurati, hai fatto bene."

Mauro mi soppesa con gli occhi rapidamente, succhiando un tiro.

"Come la vedi? Credi che ci sia qualche miglioramento?"

"È così già da un po' e per adesso non si parla di diminuire i dosaggi. Ci hanno provato, ma è troppo instabile."

Mauro annuisce, spostando lo sguardo altrove. Chissà se anche lui sta pensando a Giorgia che aveva tentato di lanciarsi dalla finestra, alla fine dello spettacolo. È stata l'ultima volta che abbiamo condiviso un tempo superiore ai trenta minuti.

"Io vado, sono a pezzi" gli dico. "Torna quando vuoi."
"Certo, grazie. Potremmo beccarci, una sera, se ti va."
"Certo."
Neppure proviamo a scambiarci i numeri. Mauro conclude la conversazione con un sorriso vago e un cenno. Continua a guardarmi mentre entro in macchina e metto in moto, e mi guarda anche quando il motore si rifiuta di partire, in una conclusione degna della settimana. Quando abbandono la testa contro il sedile, sconfitto, mi si avvicina e parla dal finestrino.
"Vuoi un passaggio?"

L'Alfa di Mauro è invasa da cataste di fogli pinzati insieme e sparsi ovunque, alcuni intenti a ingiallire tra il parabrezza e il cruscotto, altri affollati nelle tasche delle portiere o arrotolati e infilati a forza nel vano portaoggetti. Si leggono di sfuggita nomi battuti a stampatello, "Signor Comico", "Il Pescatore".
"Scusa il casino" dice, appena ci lasciamo la clinica alle spalle. "Sto cercando un nuovo testo."
"Non ti preoccupare. Hai trovato qualcosa di interessante?"
"No, mi fa tutto schifo. Forse dovremo aspettare la prossima stagione."
"Mi dispiace."
"Succede sempre così, poi magari arriva qualcosa all'ultimo momento, chissà."
Inizia a piovere e per qualche minuto la conversazione langue.
"E poi mi manca Giorgia" Mauro parla piano, ma il nome di lei esplode nel silenzio. "Non ho nessuno così capace."

Le sue parole mi fanno rabbrividire. Di nuovo il silenzio, a lungo.

"Stai a Lambrate, giusto?" ritenta Mauro, dopo un po'.

"Sì, vicino alla caserma. Tu?"

"Zona Maciachini. Sei venuto con Giorgia, vero? Alla prima lettura."

"Ah, è vero, non ricordavo."

Mauro sorride comprensivo, senza staccare gli occhi dalla strada.

"Anche io non sono in forma. Ti va di fermarti a bere qualcosa da me? Poi ti riporto a casa."

La proposta galleggia per un poco nell'abitacolo e penso che dovrei dire di no, tornare a casa e godermi una doccia, ma al solo pensiero mi sento soffocare. Vorrei trovarmi nella condizione di poter contrattare con me stesso.

"Va bene, grazie."

Mauro annuisce soddisfatto, poi accende la radio. Nel tragitto la conversazione ingrana e parliamo un po' di tutto, scopriamo per caso due conoscenti in comune, piombiamo in una discussione sui movimenti studenteschi che ci porta per vie traverse alla guerra in Iraq. Scopro che Mauro ha un'opinione netta quasi su tutto, è sicuro in un modo nauseante ma diplomatico, si muove con cautela nel discorso e fa molte domande. Mi ritrovo a parlare con lui più di quanto abbia fatto con chiunque altro nell'ultimo periodo.

Dopo una ventina di minuti spesi nel traffico cittadino, raggiungiamo casa sua. Non ci fermiamo a lungo nel giardino, piove, ma ora lo ricordo vagamente.

Entriamo dall'ingresso principale, che si affaccia sul salotto e sulle scale che accedono ai piani superiori.

"Scusa il disastro, ma ho avuto ospiti poco educati questo weekend" dice Mauro, precedendomi.

Tra i due divani e il tavolino di cristallo sono sparsi cartoni vuoti e croste della pizza, tovaglioli usati e bottiglie di vino. C'è un forte odore di chiuso e Mauro si affretta a spalancare la finestra, con un sorriso imbarazzato.

"Mauro, sei tu?" una voce acuta ci raggiunge dalla cima delle scale.

"Sì, c'è un amico."

Lo strillo di Mauro risale le scale ma nessuna risposta lo segue, a eccezione di un risolino lontano, un'eco. Mi sale un brivido lungo la schiena ed è di certo paura, ma non del presente. Mi viene da pensare a quando e se Giorgia avrà risalito quei gradini, in un passato che ignoro, e se mai ci sono state anche le sue scarpe o le sue magliette incastrate tra i cuscini del divano. In un lampo bianco la immagino solleticare un'asola della camicia che Mauro ha addosso. Poi lui mi sorride e Giorgia sparisce.

"Beviamo qualcosa" dice.

Beviamo; non faccio in tempo a digerire la parola che insieme a essa sto ingoiando sorsi di sostanza rovente. Ha un colore bruno e opaco, ho già dimenticato il nome. Mauro mi sta parlando delle difficoltà d'interpretazione nascoste in personaggi apparentemente semplici – "…è come la vita vera, capisci? Un personaggio semplice possiede infinite tasche delle quali è impossibile indovinare il contenuto. Un'impresa faticosa ma affrontabile con un personaggio complesso diventa quasi insormontabile con un personaggio semplice. Riesci a capire di che parlo?"

Non riesco a inquadrare l'argomento, allora tento di incasellarlo in bicchieri tirati giù il più velocemente possibile. Non bevo da mesi. Ho evitato l'alcol per una sorta di scaramanzia. E se poi, in questo bicchiere, ci fosse un po' della follia che ha contagiato Giorgia? Dal giorno della prima l'unica cosa che mi è ben chiara è che la follia è dappertutto ed è invisibile.

Mauro accende una sigaretta che vibra nella luce bianca del temporale, tutte le cose si fanno più chiare e incandescenti, come sempre prima di sfocarsi del tutto – così le sue ciglia e la parte visibile del suo profilo.

"È come con te e Giorgia, ecco, forse così è più chiaro" e un angolo della sua bocca sorride triste. "Lei era complessa ma comprensibile. Tu sei semplice ma indecifrabile. Giusto?"

Non so come rispondere. La verità è che ora, proprio in questo momento in cui l'alcol ha passato due o tre volte la mano sui contorni, non riesco che a pensare a lei e a quella sera. Il ricordo che ho evitato e ricacciato indietro torna su come un conato.

"Lei credeva di essere Peter Pan" afferro la testa tra le mani e la verità mi crolla addosso.

È orrenda.

"Come urlava... È stata l'ultima volta che ho sentito la sua voce."

Mauro non mi guarda.

"Lei mi ha detto qualcosa, quella sera, prima di... io ci ho pensato tanto. Io ci ho pensato, ci sono ritornato, e ho sentito: lei ha detto 'Scusa'. Capisci? Lei mi ha chiesto scusa. Lei lo sapeva."

Lui non risponde. La confessione, tanto spaventosa quanto inevitabile, non lo scompone. Lo guardo alzarsi e scivolare lento fino alla finestra, dare le spalle a me e alle mie parole.

"Sono troppo stanco, non ce la faccio a riaccompagnarti. Dovresti fermarti" dice. "C'è posto. Ti porto a casa domani mattina."

Dico di no; penso che il nostro appartamento, mio e di Giorgia, è diventato un rifugio per fantasmi; verso un altro bicchiere; e poi così, ripeto il rituale una, due, cinque volte, Giorgia, i fantasmi, un bicchiere, fino a quando Mauro torna dal suo esilio e mi guida su per una montagna di scale, poi dentro a una tana morbida.

L'ultimo pensiero si sfilaccia sull'orizzonte della coscienza: *"Scusa"*. Giorgia aveva detto: "Scusa."

Il risveglio si consuma lungo il soffitto obliquo della mansarda. Lo fisso, non lo riconosco, cerco una risposta e da lì ricostruisco il giorno precedente – la clinica, Mauro, la bevuta. Lungo le travi di legno si arrampica la luce della mattina autunnale a cui non appartengo. Da quando Giorgia non vive con me io non so più collocarmi, qualsiasi posto è il ricalco sbagliato del ricordo giusto. Adesso, in questa casa sconosciuta, che ho visto per la prima volta con lei, la sensazione di straniamento è soffocante.

Mi tiro su a sedere, scopro di avere addosso i vestiti di ieri e che le mie scarpe mi aspettano ai piedi del letto. L'arredamento intorno è quello impersonale delle stanze degli ospiti

– il kilim intatto steso sul parquet, un pouf scomodo relegato nell'angolo a sinistra, i comodini rotondi e sgombri, l'armadio a muro con il suo specchio. Nella cornice di legni pallidi, il mio riflesso si allarga in una macchia scura. Sono disfatto, ho la barba lunga, gli occhi gonfi, e penso che chiunque, guardandomi, potrebbe indovinare che sto cadendo a pezzi. Sento che a tenermi insieme sono il mio maglione, i miei pantaloni: costringono il corpo a una forma e a uno spazio che, se dovessi spogliarmi, perderei. Mi immagino disgregarmi sul pavimento, rotolare in biglie di vetro giù per le scale che ieri sera ho risalito – non so come, con quale forza, forse Mauro mi ha sorretto?

"Sveglio o non sveglio, io sto salendo, okay?"

Capisco che è questo richiamo ad avermi tirato fuori dal sonno. La voce femminile mi raggiunge dal piano inferiore, è sottile e avvicinandosi si fa più chiara. Entra nella stanza anticipando il suo possessore, che la segue poco dopo.

"Ah, sei sveglio" dice la ragazza, fermandosi sulla porta.

La riconosco, ma di nuovo scopro di non sapere il suo nome. È ancora bionda, minuta.

"Come ti senti?" chiede, le mani sui fianchi. Non aspetta una risposta: "Abbastanza uno schifo, mi sembra."

"Già" dico, alzandomi.

Lei ha addosso un giubbotto leggero, è appena rientrata o sta per uscire.

"Mauro torna tra una mezz'ora. Ti ho preso qualcosa per la colazione, trovi tutto giù. Per favore, aspettalo, non ha le chiavi."

"Va bene."

Lei mi soppesa con gli occhi, gioca con un angolo della sciarpa.

"Okay. Mi raccomando" dice. "Ci vediamo."

Si allontana velocemente, così come è arrivata, portandosi dietro i suoi tacchi e la sua voce.

"Attento all'ultimo gradino" strilla, dal basso.

Subito dopo, una porta sbatte – poi il cigolio del cancello, la ragazza non c'è più e io metto a fuoco in ritardo l'imbarazzo, la casa di uno sconosciuto, ieri sera. Se non fosse per la raccomandazione, vorrei dileguarmi come ha fatto lei.

Infilo le scarpe, mi oriento nel corridoio – tre porte, due alla mia sinistra, una alla mia destra. Ritrovo il bagno con gli stessi asciugamani soffici dell'altra volta, evito un secondo incontro con lo specchio. La casa è calda in temperatura e colori, c'è legno dappertutto, quadri appesi alle pareti che guidano fino alle scale. Arrivato al pianterreno, noto l'ultimo gradino: è aperto in un buco, i listelli sono sfasciati e si intravede il fondo buio. Sul tavolo da pranzo le tracce di ieri sera sono state cancellate – i bicchieri spariti, la bottiglia riposta nel mobile bar, le sedie riallineate. Ci tradisce un angolo del tappeto rimboccato su se stesso, racconta del disordine precedente alla notte – io lo sento ancora, c'è uno scompiglio da demolizione edile dentro di me.

Intorno alla penisola che delimita il confine della cucina ci sono quattro sgabelli alti: ne scelgo uno, mi ci arrampico. Da una busta di carta bianca mi raggiunge l'odore grasso delle brioche, con tutta probabilità la colazione di cui parlava la ragazza, ma non riesco a colmare la distanza: sto a guardare le macchie di unto che s'allargano, le braccia immobili. L'orologio appeso al muro, vicino alla finestra, mi dice che è già troppo tardi per tutto. Penso al bar, ai clienti che verranno a cercare il caffè, crederanno che siamo falliti e non torneranno più. Penso al bar, poi che vorrei andarmene e non posso, e che sento forte l'odore del sudore alcolico e dei miei vestiti che non sono puliti – che vorrei andarmene e non posso. Penso a Giorgia che non sa riconoscere nemmeno la sua stessa pelle, ma come è possibile?

Dalla finestra della cucina si allungano le facce delle foglie che hanno cominciato a ingiallire, oltre le foglie un sempreverde indistinto, e la città non esiste. Faccio caso al silenzio, adesso, che è profondo come quello delle case di campagna. C'è la metro, a due passi, il traffico del lunedì – qui, invece, una quiete iperbarica.

Ho paura a muovermi in giro, preferisco ruotare sullo sgabello e guardarmi intorno. Il rumore della chiave nella porta mi sorprende così, in contemplazione delle foto appese ai muri lontanissimi.

"Buongiorno" dice Mauro, entrando.

Lo guardo lanciare un giornale sul divano e sfilarsi il giubbotto – che finisce arrotolato sullo sgabello affianco al mio.

"La tua ragazza ha detto di aspettarti perché non avevi le chiavi" dico.

Lui mi guarda e sorride saputo. "Ma chi? Amelia?"

"Sì, la ragazza bionda."

"È mia sorella. Scusa, ma era l'unico modo per essere sicuro di ritrovarti qui."

Arraffa una delle brioche dalla busta e la addenta, poi raggiunge il grosso frigo americano, ne tira fuori un cartone del latte.

"Senti, non fare quella faccia. Anche ieri sera non vedevi l'ora di squagliartela, ti ho dovuto convincere a metterti a letto" aggiunge. "Vuoi un caffè?"

"Scusa, non me lo ricordo" dico. "Volentieri."

"Ché, non ti piacciono i cornetti?"

Si ferma a metà di un movimento e mi fissa.

"No no, mi piacciono."

"Mangia, allora."

Obbedisco e infilo una mano nel sacchetto, afferrandone uno.

"Ti sei riposato?" chiede, armeggiando con la macchina del caffè.

"Sì."

Non ho sognato, una cosa che non mi succedeva da molto tempo. Da quando Giorgia è stata ricoverata ho sempre sognato qualcosa. C'è un sogno, in particolare, una sorta di incubo ricorrente: io e Giorgia stendiamo le lenzuola pulite sul letto, poi da un suo sguardo mi accorgo che non è veramente lei, mi rendo conto che la vera Giorgia è rinchiusa nell'armadio: quando vado a tirarla fuori, scopro che è morta.

Scaccio il ricordo del sogno, accetto l'espresso che Mauro mi offre. Lui si è scrollato di dosso l'aria stropicciata del giorno prima – ha una camicia pulita, è di ottimo umore. Rivaluto il naso importante, la carnagione olivastra, noto che siamo quasi alti uguale.

"Tu e tua sorella non vi somigliate" dico.

Lui siede dall'altra parte della penisola, annuisce.

"Io ho preso da mia madre e Amelia dalla sua" dice. "Tu hai fratelli o sorelle?"

"No, figlio unico."

"Sono stato figlio unico anche io, per un po'. Io e Amelia ci siamo conosciuti quando lei era adolescente" trangugia il suo caffè in un sorso. "Adesso mangia, però."

Obbedisco, di nuovo. Non ho fame. Mi tornano in mente certe osservazioni di Giorgia sui modi perentori di Mauro: penso che aveva ragione, lui non ha l'aria di uno che lascia spazio per le alternative. Faccio quello che dice per non essere scortese: se vuole che mangi, mangerò. Anche con lo sguardo basso, so che mi osserva. Ogni tanto do un'occhiata in giro, un paio di volte incrocio il suo sguardo e lo trovo amichevole, come ieri in clinica. Il silenzio mi agita, tanto più se rotto dal suono del mio masticare.

"Forse ho trovato un copione" dice Mauro, rialzandosi all'improvviso. "Un adattamento promettente."

Recupera una pentola dalla credenza, la riempie d'acqua. Una volta acceso il fornello, torna a cercare qualcosa dietro a un'altra antina.

"È stato ieri sera, tu dormivi da un pezzo. Sono andato a cercare un testo in taverna e l'ho trovato. È qui da anni e ne avevo dimenticato l'esistenza."

Agita una confezione di penne nella mia direzione.

"È stato perché tu eri qui."

Lo dice come fosse ovvio. Poi mi offre un tovagliolo di carta su cui pulire le dita unte.

"Oggi lo proporrò alla compagnia, ho già deciso" continua, appoggiandosi al marmo del lavello. "Io non credo nelle coincidenze. Giorgia ti avrà detto che sono un po' superstizioso."

Scuoto la testa, bevo un paio di sorsi del caffè, ormai freddo.

"Lo siamo tutti, nell'ambiente" dice. "Comunque, tu come stai?"

L'improvvisa virata della conversazione mi trova impreparato.

"Bene…" rispondo.

Mauro mi osserva, le braccia incrociate al petto – vedo il giudizio che sta trattenendo tra le labbra.

"Tenendo conto della situazione" specifico.

"Io non sono bravo con i minuetti, mi devi scusare. Posso essere diretto?"

Capisco che chiedermelo davvero gli sta costando uno sforzo.

"Certo" dico.

Penso alla conversazione che abbiamo avuto ieri sera. Non ho bevuto abbastanza per dimenticare – Mauro che si allontana verso la finestra, guarda nel buio.

"Si vede che non stai bene" dice. "C'è qualcuno che ti sta aiutando? Qualcuno con cui parli?"

L'acqua inizia a bollire. Nel tempo che mi è concesso, cerco una risposta e so che, da quando Giorgia è stata ricoverata, non ho voluto pensarci. Con i miei genitori ho dovuto affrontare l'argomento bruscamente: una telefonata a mio padre in corsia d'ospedale – il fiato corto, la discussione con l'infermiere: non ero autorizzato a seguire Giorgia in reparto, per loro io non ero nessuno; *"Papà, Giorgia sta male."* Avevo dovuto spiegare quel male prima di capirlo.

Come me, anche i miei genitori avevano pensato che i farmaci avrebbero guarito Giorgia in un tempo ragionevole. Dal trasferimento in clinica abbiamo preso a parlarne sempre meno – ora Giorgia e la sua malattia esistono solo nelle notifiche dei miei spostamenti, nei resoconti delle giornate. Dopo l'ospedale, non li ho più voluti in visita con me: ho il terrore di vedere le loro facce, sentirli pregarmi di muovermi oltre. Ai miei amici ho dato spiegazioni vaghe: un forte esaurimento, qualcosa di accettabile. Ho ridotto i contatti al minimo per evitare penosi approfondimenti. Adesso siamo solo io e Giorgia.

Solo io e Giorgia, penso, e mi accorgo che Mauro mi fissa: è in attesa.

"È complicato" dico. "È una cosa difficile da capire, intendo, per chi non ci è passato."

"Frequenti qualche gruppo di autoaiuto?"

"No."

"Prendilo in considerazione. Io ne ho frequentato uno, quando mia madre ha avuto il cancro. È stato utile."

Mauro tira fuori dal freezer un contenitore di plastica, libera il cubo di sugo in una padella e per qualche minuto entrambi lo guardiamo sciogliersi sulla fiamma.

"Che diagnosi le hanno dato?" chiede, poi, senza alzare la testa.

Richiamo alla mente le mie prime conversazioni con il primario. In clinica è lui che ha in osservazione la condizione di Giorgia. La visita due volte alla settimana: il martedì e il venerdì. Appena Giorgia era stata trasferita i controlli erano più frequenti, spesso il primario monitorava le sue reazioni durante l'orario di visita. Gli avevo detto che ero io a occuparmi di lei, che dovevo sapere.

"Schizofrenia paranoide" rispondo. "Ma il dottore ripete sempre che la diagnosi è riduttiva. Serve solo a dare un nome a qualcosa che non si conosce davvero."

"Cioè? La diagnosi è più complessa?"
"Sì."
Nello stesso momento, ci accorgiamo entrambi che non voglio proseguire.

Mauro scola la pasta nel lavello, mi annullo nello studio dei suoi automatismi – l'acqua scrollata, il cucchiaio recuperato da un cassetto, le penne mescolate nel sugo. Tutto senza mai alzare la testa, con la stessa espressione pacifica sul volto. Non è preoccupato, non c'è in lui nessuna traccia del nervosismo di ieri, all'uscita dalla clinica – né la sigaretta, né l'andamento incalzante della sua voce. Riempie un piatto, ci infila dentro una forchetta pulita. L'orologio della cucina segna le nove e trenta. Si avvicina e fa scivolare il piatto sul marmo, verso di me.

"Mangia."

Dovrei ribellarmi. Mauro mi guarda, non solo me ma i miei polsi, i vestiti che mi cadono addosso. Nelle ultime tre settimane ho disertato i pranzi con i miei genitori, rimpiazzato le domeniche in loro compagnia con le telefonate – ho inventato un'apertura straordinaria del bar nel fine settimana e loro non hanno indagato. A casa non ho mai fame, mi cibo di tonno e blocchi di carne in scatola per istinto di sopravvivenza. Mi sento scoperto. Mauro non cede.

Mangio.

Lui torna a parlarmi del copione, resta fino a quando ingoio l'ultimo boccone – "Scendo giù a prendere la mia roba e ti riaccompagno a casa, va bene?" dice, quando ho finito. Di nuovo solo, penso che avrei bisogno di qualcuno che mi dica che cosa fare. Io lo farò. Qualsiasi cosa, lo giuro. Imploro le suppellettili, il fascio di luce autunnale.

Impieghiamo un'ora per raggiungere casa mia. Ho provato a convincere Mauro a lasciarmi alla fermata della metro più vicina, ma lui si è ostinato. Quando arriviamo, insiste a parcheggiare di fronte al cancello.

"È una bella zona" dice, studiando i dintorni dal parabrezza.

"Sì, non è male."

Lo vedo allungare lo sguardo fino al termine della strada, dove si intravede l'insegna del supermercato.

"Allora, il tuo numero?" dice, sfilando il cellulare dalla tasca.

Glielo detto.

"Hai qualcuno che può aiutarti con la macchina?"

L'avevo dimenticato.

"Credo di sì" rispondo, già proiettato nel calcolo della spesa imprevista.

"Io conosco uno, se vuoi. È un amico, può portarla dove ti serve."

Prima che possa replicare, Mauro mi ha già inviato il numero del suo amico in un sms – "Se non trovi nessun altro, chiamalo. Digli che ti mando io."

"Grazie di tutto" dico.

"Figurati."

Non so cosa aggiungere, salutare Mauro è di nuovo strano come incontrarlo nella stanza di Giorgia. Ho già aperto la portiera, quando lui mi prende per un braccio.

"A che ora, domani?" dice.

Non capisco, sono rallentato dai postumi della sbornia.

"L'orario di visita. Ti accompagno io da Giorgia, se ti va."

"Dalle cinque alle sette... Ma non devi, posso andarci con la corriera."

"Passo a prenderti alle quattro e mezza? Prima non ce la faccio, ho un corso."

"Va bene..."

"Perfetto, a domani."

Allenta la presa, mi lascia andare. Prima di mettere in moto, fa un cenno dal finestrino. Seguo con lo sguardo la sua Alfa fino a quando svolta l'angolo e sparisce.

La casa è fredda. Appena entro, il buio mi infastidisce. Non tolgo le scarpe, tiro su le tapparelle in tutte le stanze e quantifico la polvere accumulata sulle superfici, in lenzuola grinzose. Mi spoglio in bagno, raccolgo i vestiti e la biancheria in un mucchio. Prima della doccia, lavo i denti. Non riesco a scansare l'agguato del mio riflesso. Mi vedo bianco, magro; nel torace trovano posto ombre e fossi, i muscoli hanno perso tono. La barba si estende in una macchia rossiccia e incolta fino alla gola. La cicatrice nello zigomo si è approfondita, i margini sprofondano in una valle scura. Questo è l'uomo che Mauro ha incontrato, lo stesso che è crollato ubriaco nel suo letto: ora il suo slancio di altruismo è la risposta a una richiesta d'aiuto. Per la prima volta dopo mesi, mi guardo con gli occhi di un estraneo e mi preoccupo del mio stato.

Anche Giorgia aveva perso peso, prima dello spettacolo. Sotto l'acqua calda, nella doccia, penso al suo corpo. Mi tornano nelle mani delle sensazioni, specie dopo le visite: stanno subito dietro alla memoria tattile recente, nascoste negli strati epidermici profondi; non il toccarla attraverso un lenzuolo, ma il fantasma della sua pelle tiepida, risalire le cornici del costato. Il corpo affilato di Giorgia è qui con me – e l'attimo dopo è stato lavato via, risucchiato nel sifone.

Pulito, dovrei disinfestare questo posto, invece crollo madido nel letto, non ho neppure la forza di toccarmi, e vorrei: mi addormento nella fantasia di Giorgia.

Capitolo Due
Arto fantasma

A Giorgia il bar piaceva. Prima di diventare il bar dei miei genitori, era stato un piccolo mattatoio abbandonato. I miei avevano investito nell'attività durante il periodo di ampliamento di Città Studi; mio padre aveva voluto mantenere le mattonelle lucide e bianche, così si erano limitati a comprare arredamento e attrezzature, avevano ricavato un bagnetto sul fondo – che è diventato presto non a norma: ora i clienti che entrano solo per pisciare devono pellegrinare fino al portone del condominio vicino.

Sono cresciuto qui dentro.

I primi ricordi sono sonori: lo sbruffo della lancia che monta il latte, le collisioni metalliche dei portafiltri nei gruppi erogatori, le voci a volume altissimo, dilatate e incomprensibili. Intorno ai cinque anni subentra il catalogo visivo – mia madre che, prima della chiusura, cancella le impronte dei clienti da tutte le superfici, si appiattisce come un geco contro la parete e studia i riflessi della luce nelle piastrelle; mio padre che mi tiene per mano mentre assicura la saracinesca: *"E pensare che una volta qui ci affettavano le bestie."*

Fino alle scuole medie, quando mi era stata concessa la copia delle chiavi di casa, l'ultimo tavolino sul fondo era stato la mia cameretta, la stanza dei giochi, la scrivania dei compiti. Quando veniva a trovarmi, Giorgia sedeva allo stesso posto: una volta aveva detto che da lì la visuale è completa, si vedono la platea, il palco e le quinte – aveva detto proprio così, *"platea, palco e quinte"*, in un tempo in cui queste parole non avevano altro significato che quello inanimato, innocuo.

Ho inviato un messaggio a Mauro con l'indirizzo del bar, gli ho detto che a casa non mi avrebbe trovato. Sono passate quasi sei ore: non ha risposto. Nel mezzo c'è stata una colazione consumata sull'autobus, pochi clienti, una domanda sulla chiusura di ieri – ho inventato un intervento di manutenzione straordinaria all'impianto idraulico. L'inquilino dello stabile di fronte, che è il mio unico habitué, mi ha fatto compagnia fino alle due. Abbiamo mangiato insieme due tramezzini confezionati, lui seduto al tavolino, io in piedi dietro al bancone. La conversazione con lui è stata il momento più rilassante della giornata: un rimbalzo lento di risposte meccaniche, i suoi commenti sulla *Gazzetta*, le mie repliche. Ci diciamo sempre le stesse cose, salvo eventi straordinari nel calendario di Coppa. Alle tre mia madre ha chiamato, preoccupata per il silenzio di ieri. Da quando papà ha avuto l'infarto cerca di sostituirmi a lui nelle funzioni primarie: ora è mia responsabilità convincerla, rassicurarla sui debiti, ribattere in modo credibile alle sue previsioni funeste – quando dice qualcosa di negativo sugli incassi e io non le offro una prospettiva più rosea, riprende il discorso dei miei studi superflui, come a dirmi che, se non posso farla stare bene, staremo male insieme.

Il campanello all'entrata suona e mi sorprende mentre decifro la tabella oraria della corriera. Il cliente è di quelli del bagno, lo capisco da come studia gli interni: quando vede la porta sul fondo gli si illumina lo sguardo. "Un espresso, grazie" mi dice, tampona la fronte sudata con una manica della maglietta. Non ha il coraggio di chiedere subito e si muove sul posto, tamburella le dita sul bancone, strizza gli occhi sui panini al neon sistemati nel frigo.

Il campanello suona ancora mentre macino il caffè. Dietro al cliente si affaccia una testa di capelli neri: con sorpresa riconosco Mauro, lo saluto, lui si avvicina. Il cliente a malapena l'ha notato. La sua insofferenza mi agita.

"Senta" dico, allungandogli le chiavi. "Il caffè glielo faccio dopo. Il bagno è al ventisette: fuori, primo portone a destra, seconda porta a sinistra del sottoscala."

L'uomo non si scompone: afferra le chiavi, ringrazia e scatta verso l'uscita.

"Non lo pulisci tu il bagno, vero?" dice Mauro.

Ha un sorriso strano, asimmetrico: ride con gli angoli della bocca all'ingiù.

"No, grazie a dio" dico. "Credevo non avessi ricevuto il messaggio."

"Sì, scusami, ho avuto una mattina infernale."

"Figurati. Caffè?"

"Sì, grazie."

Mauro si guarda intorno, osserva l'ambiente come se stesse prendendo appunti.

"È tuo?" chiede, mentre riempio la sua tazzina.

"Per adesso è intestato ai miei genitori" rispondo. "Accomodati pure."

Lui ringrazia con un cenno, lo guardo scegliere un tavolino e per un momento ho paura che vada a sedersi nell'ultimo in fondo; provo un sollievo insensato quando prende posto di fronte a me. È di nuovo esausto, come due giorni fa in clinica; la stessa camicia di ieri, la barba sfatta. Mi specchio nella superficie cromata della macchina: sono contento di trovare la mia faccia pulita.

"E ti piace?"

"Non è male" dico, e non so se stiamo parlando del lavoro o del locale. "Tu dove lavori?"

"Un po' qui, un po' lì" dice. "Tengo dei corsi di recitazione alle Scuole Civiche, in alcuni istituti, ogni tanto faccio qualche workshop di public speaking per dirigenti brianzoli sfigati. Mi arrangio."

Il cliente del bagno ritorna, la faccia asciutta a rilassata. Mi restituisce le chiavi e poi mantiene la promessa dell'espresso. Per tutto il tempo in cui parla con me – due chiacchiere veloci sul nuovo cantiere della metro – Mauro lo esamina. Quando siamo di nuovo soli, si avvicina al bancone e restituisce la tazzina vuota.

"Tra quanto possiamo andare?" dice, lanciando uno sguardo all'orologio appeso alle mie spalle.

"Un quarto d'ora alla chiusura."

Lui annuisce e torna seduto.

"Vedi un sacco di gente" dice. "Non ti annoi."

"Sì, è piuttosto movimentato."

Non è la verità, ma non mi va di rendermi patetico. Non voglio alimentare l'idea che può essersi fatto di me.

"Hai sempre lavorato qui?"

"No. Ho iniziato qui un paio d'anni fa."

"E prima?"

So che le sue domande sono innocue. L'unico motivo per cui mi sento messo all'angolo è che questo tipo di conversazioni non sono mai pacifiche, per me. Non mi sono ancora rassegnato all'idea di questo lavoro. Non c'è stato giorno, in questi due anni, in cui non abbia avuto voglia di mandare tutto all'aria. Se non l'ho fatto è stato solo per Giorgia, per lasciarci la possibilità di costruire un minimo sindacale di vita insieme. Lo faccio ancora solo per lei.

"Ho lavorato come ufficio stampa, scritto per qualche giornale locale… Poi mio padre è stato male, qui da soli i miei non ce la facevano più."

Il cellulare di Mauro squilla. Lui si scusa, lo recupera dalla tasca e fissa lo schermo a lungo, così a lungo che penso smetterà di squillare prima che possa rispondere – quando prende la chiamata, invece, trova ancora qualcuno ad attenderlo.

"Mi sembrava di averti detto di non chiamarmi più" – il tono è calmo, tuttavia mi sento in imbarazzo. Inizio a svuotare la lavastoviglie. "Sì, Lara, sono sicuro. E tu avevi detto che andava bene. È la nuova regola, ricordi?" Mi scotto le dita contro una tazza bollente e trattengo un gemito. "Sì, è la nuova regola: tu non mi chiami e noi non ci vediamo più di una volta alla settimana. Non riesco proprio a capire cosa non ti è chiaro." Prendo ad asciugare i bicchieri, fingo di studiare il calendario: è ancora fermo al maggio passato. Il quattordici è un giorno nero come gli altri, un venerdì identico ai suoi simili. "Lara, ricominciamo?". Sento Mauro alzarsi dalla sedia bruscamente, poi lo vedo uscire. Sfila una sigaretta dal pacchetto, tasta a lungo i pantaloni senza risultati. Lo osservo fermare due passanti, il telefono ancora all'orecchio. Quando una ragazza lo aiuta ad accendere, lui le fa un sorriso tutto diverso da quello destinato a me: canonico, dritto. Non è agitato per la conversazione, sta fermo e non parla molto. Poi si volta senza preavviso e mi sorprende a fissarlo dalla vetrina. Tiro subito giù la testa, mi annullo nella chiusura della cassa.

Mauro rientra qualche minuto dopo, fa come niente fosse. Mi aiuta ad abbassare la saracinesca difettosa. Mentre raggiungiamo la strada in cui ha parcheggiato, mi parla dei corsi di recitazione per principianti che inizieranno questa settimana, mi chiede se mi piacerebbe frequentarne uno. Io penso a Giorgia, dico che queste cose non fanno per me: non mi piace avere gli occhi degli altri su di me, stare al centro dell'attenzione.

"È un pensiero comune e, in quanto tale, superficiale" dice Mauro, quando entriamo in macchina – mi scarica addosso due copioni e un libro sottile, infila un'altra sigaretta in bocca senza accenderla. "Questa convinzione che l'attore sia una specie di egolatra sfacciato è così semplicistica, mi dà il mal di testa."

"Non intendevo-"

"*Ecco: un attore. Colui che vuole essere applaudito*" insiste lui. "Scusami, è che difendere questo mestiere per me è una missione. Io ci lavoro tutto il giorno, con gli attori, con gli aspiranti. Non fraintendermi: probabilmente alcuni di loro iniziano per una sorta di autoinganno, si raccontano di voler essere ammirati. Questo perché il pregiudizio sulla figura attoriale è diffuso e promosso pervicacemente dai media."

"Io non voglio dire che tutti gli attori siano degli egocentrici" riesco a ribattere, mentre siamo fermi al semaforo. "Ho solo detto che a me non piace stare al centro dell'attenzione."

Mauro mi guarda: ha un atteggiamento amichevole, non è davvero scosso dal mio giudizio. Forse si sta prendendo gioco di me.

"Lasciami finire il discorso" dice, ingranando la prima. "È molto importante che tu capisca, anche per la questione di Giorgia: credo sia fondamentale."

Con il suo nome, Mauro ribalta il significato della conversazione.

"Pensa a lei: ti ha mai dato l'idea di essere una persona a cui piace stare al centro dell'attenzione?"

"No."

"Concordo. Giorgia è una delle persone meno interessate ad attirare l'attenzione altrui che io abbia mai conosciuto. Non la vedevi cercare uno sguardo o un complimento, desiderare l'ammirazione di qualcuno. È sempre stata atipica, in questo. In fondo, tutti vogliamo che qualcuno ci venga a cercare e che ci dica 'bravo', no? Tutti cediamo alla tentazione, prima o dopo."

"Lei non era così" confermo.

"No. Lei non *è* così" ripete Mauro. "Ed è l'interprete più promettente con cui abbia lavorato. La più capace, secondo me, e non solo secondo me. Il punto è un altro. Come Giorgia, un attore degno di questo nome vuole essere applaudito, siamo d'accordo, ma non in quanto se stesso. Il vero interprete pretende che il pubblico gli riconosca il talento di rifiutare la sua identità. Vuole che tutti gli ricordino quanto è bravo a essere qualcun altro e che in cambio gli siano offerti dei fiori. Questo fa di lui una delle creature più disgraziate sulla terra. Hai mai finto di essere qualcosa che non sei?"

Cerco di assorbire le sue parole, non ho una conversazione così intensa da mesi. Sono abituato al silenzio, da quando sono solo: nella discussione mi sento rallentato, vuoto.

"Che cosa vuoi dire?" chiedo.

"Lo facciamo tutti: dire che ci piace una cosa invece di un'altra, fingere di essere felici quando siamo distrutti e così via. Ti è mai capitato?"

"Certo. Credo sia... naturale?"

"Dici bene. È naturale. È una questione di sopravvivenza: i sorrisi di circostanza, le reazioni mediate e altre forme più sottili di recitazione ci garantiscono un posto nel mondo, a tutti i livelli. Noi mettiamo in atto istintivamente questa recita non strutturata – bada che non mi riferisco al mentire con un proposito: parlo delle mimesi automatiche, i piccoli inganni necessari."

"Ti seguo."

"Bene" dice Mauro, sfilando la sigaretta dalla bocca e incastrandola dietro un orecchio. "Dunque, noi interpretiamo inconsapevolmente. L'attore, invece, quando adotta un'altra identità, lo sa e persevera fino a scomparire. Qui veniamo al nodo: chi rifiuterebbe se stesso nel pieno delle proprie facoltà? Lo facciamo tutti continuamente, è chiaro, ma a patto di non rendercene conto. Qualcuno più capace di me ha detto che l'attore è un attore se si piace mentre recita. Io dico che l'attore è un attore se si piace *solo* mentre recita. *Solo* quando è qualcun altro."

Imbocchiamo la tangenziale nell'ora in cui il sole si abbassa e crea un riflesso infido nel vetro. Ho una domanda appesa alla gola ma non riesco a pronunciarla, gioco con gli angoli dei copioni che ho sulle gambe. Mauro accende la radio, un sottofondo neutro.

"E i registi?"

Non so se voglio provocarlo: dopotutto non ha detto nulla di irritante. Questa è comunque l'unica frase che mi esce dalla bocca.

Una risata brevissima lo fa sobbalzare.

"Andiamo, è chiaro" dice. "I registi vogliono essere Dio."

Poi alza il volume della musica fino a spegnere la conversazione.

In clinica Giorgia ci aspetta cristallizzata nella stessa posizione. Le hanno cambiato il pigiama: pulcini pingui e violacei si rincorrono lungo le sue braccia, infilano i becchi sotto al copriletto che le cinge la vita. Mauro ha voluto portare il libro con sé. Ora sta appoggiato al davanzale della finestra, legge. Salendo mi ha chiesto cosa so di Shakespeare e gli ho sciorinato un paio di nozioni apprese al corso di letteratura inglese, una vita fa. Ho invece ammesso di non ricordare nulla della commedia che sta leggendo a Giorgia, *La dodicesima notte*. Mi ha riassunto l'intreccio, il gioco delle identità, e di nuovo ho sentito quella domanda franarmi addosso.

Guardo Giorgia e lei non guarda me, né Mauro. Mi chiedo se o come posso non aver visto. Giorgia non voleva essere qualcun altro. Giorgia era felice, con me. Non una felicità entusiasta, niente di fugace: era felice della felicità di cui ho più rispetto, pacata e regolare, continua. Mai avevo avuto l'impressione che volesse evadere da un recinto, che si sentisse bloccata.

Mauro legge: "*Olivia*: Sta'! Ti prego, dimmi che pensi di me. *Viola*: Che voi non siete quella che pensate. *Olivia*: Penso di te la stessa cosa anch'io. *Viola*: Ed è giusto, non sono quel che sono" il rumore di una pagina voltata. "*Olivia*: Vorrei che foste quello ch'io vorrei. *Viola*: Forse sarei meglio di quel che sono."

La differenza di tono nella sua voce è minima ma sufficiente a distinguere i due personaggi. Vorrei non fosse con me. La sua presenza mi agita, mi sento colpevole a stare qui a guardare Giorgia immobile nel tempo che passa, nel ricovero che si allunga. Per quattro mesi siamo stati sollevati dalla responsabilità di esistere. In clinica tutto è passeggero, la degenza una condizione temporanea in via di risoluzione; anche durante il primo mese, ogni giorno sembrava che Giorgia dovesse essere dimessa la settimana successiva. Ora la partecipazione di Mauro dà corpo al tempo trascorso, che improvvisamente è infinito e incomprensibile, mi costringe a incontrarmi in uno specchio e a raccontarmi la china disastrosa degli eventi. È tutto successo, tutto vero, e se il percorso non subirà una deviazione continuerà a essere vero per sempre. Posso accettare quello che ho visto: che lei sia impazzita, che dal vaso che amo sia emerso il male peggiore – ma solo nei limiti di una transizione. Ho bisogno di sapere che ci stiamo muovendo verso una parziale ricostruzione di normalità e nessuno può assicurarmelo. Nessuno.

Mauro continua a leggere. Risalgo piano con gli occhi il polso di Giorgia, che naviga nella bocca larga della manica, proseguo deciso fino alla spalla, lungo il pigiama da bambina. Mi spingo oltre la barriera del collo, percorro la cartilagine di un orecchio: la ricordo piegarla a metà con due dita, dirmi che si sente fatta di gomma – sono quasi certo sia stato in una delle conversazioni senza filtro dei primi tempi, nella fase in cui non parlavamo per capirci ma per accumulare dati: l'intensità della voce, la sua altezza, le compatibilità sonore. Ho paura di trovare sulla sua pelle i segni di quello che sta succedendo, il vicolo cieco di una nuova ruga o il primo capello bianco. Frugo a fondo nei confini del suo sguardo, mi tormenta pensarlo ancora vivo e trovarlo morto; vorrei allungare una mano e stravolgere l'ordine dei suoi capelli, tirarli fino a farli crescere lunghi com'erano, ma non posso esagerare con il contatto, mi hanno istruito: meglio non provocare una reazione. Così la contemplo intatta, immutata nell'esterno e sradicata dall'interno, la immagino invecchiare in questo letto.

"Vi lascio soli."

La voce di Mauro non mi risveglia del tutto. Lo sento toccarmi una spalla, poi allontanarsi nel corridoio.

Quando torna il silenzio, vorrei non se ne fosse andato. Mi alzo dalla sedia, metto cinque passi tra me e Giorgia. Nel giardino sul retro ci sono due malati accompagnati dagli infermieri, un terzo degente in sedia a rotelle parcheggiato vicino alla fontana. Hanno tutti prospettive aperte su soggetti inanimati: lo scalino di cemento della vasca, il colletto acrilico della vestaglia, i piedi di un tiglio. Si muovono lenti come in assenza di gravità, a piccoli passi. Vorrei aprire la finestra, cambiare l'aria, ma il vetro è spesso, di quelli infrangibili, e non ci sono maniglie.

Tutt'un tratto mi è impossibile rimanere qui e tuttavia non riesco a muovermi. Sono prigioniero nell'angolo della stanza, come Giorgia lo è nel suo letto. La sento respirare, la vedo dilatarsi e restringersi, allargare pieghe nelle lenzuola. È organicamente viva, lo riconosco: il mio arto fantasma che continua a muoversi. Avevamo costruito insieme la nostra versione di realtà e la tenevamo in piedi in due, con enorme sforzo. Ora che abbiamo uno spettatore tutto inizia a crollare.

Penso di sventrare il letto, afferrare Giorgia, trascinarla lontano da qui. E anche se urlerà, anche se mi morderà le mani e vorrà graffiarmi gli occhi, io la legherò in un posto sicuro, fino a che la tempesta sarà passata. Un posto lontano da questo limbo. Mentre penso alla nostra fuga violenta, Giorgia continua a muoversi e io la sento ma non la trovo; vado a cercarla fuori dalla sua stanza, cerco molto attentamente nel bagno deserto dei visitatori, e la mia ricerca si esaurisce nel terzo piano senza speranza di questo mese.

Non aspetto il tempo necessario per il riassorbimento della congestione. Raggiungo Mauro in macchina che sento ancora gli occhi strani, gonfi. Lui fa finta di niente, non dice nemmeno una parola ma mette subito in moto, esce dal vialetto in retromarcia come se avessimo iniziato un inseguimento. Quando penso che dovrà rallentare, lo vedo superare il limite di velocità. Cinque minuti dopo si lancia in tangenziale a centotrenta. Tento il contatto visivo ma lui mi ignora, guida impassibile. Sono ancora debilitato dalla crisi nel bagno e non riesco a formulare una protesta coerente, così mi rassegno a irrigidirmi nel sedile. Sto per convincermi che se moriremo non mi importa, poi lui fa un doppio sorpasso laterale per non mancare la nostra uscita. Mi aggrappo alla cintura di sicurezza, chiudo gli occhi al clacson di un tir cui tagliamo la strada. Sulla scia della mia imprecazione, Mauro accende la radio ad alto volume.

In prossimità del primo semaforo, non sono più così sicuro che rallenterà – invece rallenta, ma finiamo comunque la nostra corsa pericolosamente vicini al paraurti di una Multipla. Si gira a guardarmi, tranquillissimo, e per qualche secondo ci fissiamo a vicenda.

"Come ti senti?" chiede.

"Si può sapere che cosa ti è preso?"

Mauro rilassa le spalle contro il sedile, mentre ripartiamo.

"Ne avevamo bisogno" risponde. "Come ti senti?"

L'adrenalina ha spazzato via tutto, ma non glielo dico. Lui abbassa la musica, sorride soddisfatto – "Ne avevamo bisogno" ripete.

Nel tragitto restiamo in silenzio e io sono troppo stanco per considerare l'ipotesi di un suo precario stato mentale – sarebbe un incubo senza fine, la possibilità di una dimensione governata dalla follia. Lui ci guida a destinazione con tutta calma.

"Dobbiamo parlare" dice, quando siamo davanti a casa mia. "Ti spiace se facciamo due passi?"

Non aspetta la mia risposta, esce dall'auto prima di me, si incammina lungo il marciapiede senza aspettarmi. Quando lo seguo, fa scattare la chiusura dell'auto.

Le giornate si stanno accorciando, inizia un freddo sottile, ma lo stesso il tramonto è rosso come in una serata estiva, sta sopra alle nostre teste in un coperchio basso, tagliato a metà dalla corsia di un aereo. Fino al primo angolo della caserma Mauro non parla. Aspetto che accenda una sigaretta, ma disattende la mia previsione. Proseguiamo sul fianco giallo del muro: dall'altra parte della strada l'enorme insegna al neon del supermercato dove Giorgia lavorava ci lancia contro una luce brutta.

"Questa situazione non è salutare" dice Mauro.

L'attacco non mi trova impreparato. È come se da domenica non aspettassi altro: che lui si tiri indietro; restare di nuovo solo.

"Mi rendo conto, non sei obbligato. Ti ringrazio per avermi accompagnato in questi due giorni" dico.

Lui si ferma in mezzo al marciapiede, vicino alla fermata dell'autobus. Siamo travolti dall'emorragia di passeggeri della cinquantaquattro.

"E no, Filippo" dice, allargando le braccia. "Adesso basta."

Ci guadagniamo lo sguardo curioso di qualche passante.

"Scusa?"

Il senso di questa sfuriata mi sfugge, sono esausto. Penso di girare i tacchi e andarmene, ma Mauro fa un passo verso di me, mi prende sottobraccio e mi trascina con sé. È quasi peggio della corsa in macchina.

"C'è un limite a tutto" dice. "Non ho avuto il coraggio di venire a trovare Giorgia in ospedale, mi rifaccio vivo dopo quattro mesi. Tu non dovresti dirmi che va tutto bene e ringraziarmi. Dovresti essere furioso con me! Appendermi al muro, prendermi a calci!"

Mi fissa con uno sguardo infiammato, da pazzo. Aspetta una mia reazione, ma prima che possa ribattere si sgonfia con un sospiro, scuote la testa e si ferma a cercare una sigaretta nelle tasche. Chiede di accendere a un passante.

"Io sono suo amico e suo maestro" dice, dopo il primo tiro. "Essere maestro come io lo sono stato di Giorgia, così a lungo... la mia negligenza è imperdonabile."

Si spegne. Mi concentro su quello che ha detto, cerco un po' di rabbia, ma per quanto mi sforzi non riesco a cavare da me nemmeno un vago fastidio. Dal giorno della prima, non provo sentimenti intensi per nessuno che non sia Giorgia. Sento come se mi avessero messo a mollo in una vasca: sotto la superficie è tutto sfocato, ovattato.

"Credo sia difficile" dico, e Mauro alza la testa. "Non si sa cosa dire, cosa fare... E poi in ospedale sei venuto, no? C'ero anche io, ti ricordi?"

Lui si stropiccia la faccia con una mano e quando mi guarda di nuovo ha le sopracciglia spettinate. È la prima volta che lo trovo ridicolo.

"Non sono riuscito nemmeno a guardarla. Sono entrato nella stanza e le ho visto solo i piedi" dice. "Ho passato questo tempo a chiedermi come ho potuto non aver notato qualcosa. Poi decido di tornare; trovo lei in quel letto, tu che stai cadendo a pezzi. Dovresti detestarmi."

"Non sto cadendo a pezzi" il tentativo mi muore in bocca.

"Non hai degli amici che possono starti vicino?"

"È complicato" mi forzo a spingermi oltre. "Loro non hanno conosciuto bene Giorgia, prima."

"Ma non puoi nemmeno affrontare questa situazione da solo" dice Mauro. "Te l'ho detto, dei gruppi di autoaiuto?"

"Sì. Ma io non ci vado, lì, a farmi raccontare dei vegetali degli altri. Solo al pensiero…"

È così che si rompe l'argine, penso: Mauro sfonda il muro di protezione raccontandomi dei piedi di Giorgia in ospedale e io continuo a immaginarlo entrare nella stanza, mi ripeto la sua voce mentre mi dice di non riuscire a guardarla: capisco di cosa mi sta parlando, lui capisce di cosa sto parlando io. La confessione si srotola in un racconto incoerente dell'incubo. Gli dico dei primi cicli di terapia, di quando hanno provato a somministrarle dosi inferiori di farmaci e da lei quel qualcos'altro emergeva in aggressioni violente, vetri conficcati nei palmi delle mani, sangue spalmato sul volto e sulle pareti; delle urla per le allucinazioni, di quando lei cercava di scavare nei corpi degli infermieri per trovare rifugio. Gli dico che per far dormire la bestia è necessario sottoporre anche Giorgia a una sedazione quasi completa, molto vicina a un sonno profondo.

Gli dico delle speranze, della mia ignoranza, della disperazione, gli dico che da un certo punto in poi ho smesso di sentire qualunque cosa, come se la mia superficie sensibile si fosse cicatrizzata. Continuo a soffrire alle fondamenta – vorrei lasciarmi andare del tutto, certo; ci sto ancora provando, certo. Mauro ascolta come qualcuno a cui viene confermata una diagnosi, mi incoraggia a proseguire quando mi inceppo nei dettagli, segue il resoconto dei quattro mesi più devastanti della mia vita. Quando ho finito non ho nessuna risposta, Giorgia è ancora ferma nel suo letto, ma mi sento liberato dal peso di mentire: non ho dovuto applicare filtri, diluire la verità. Lui sa cos'era Giorgia prima, la ricorda, come me. Non ho paura che possa tentare di cancellarla.

"Vorrei solo farla uscire da lì" dico, e mi accorgo che abbiamo quasi esaurito il perimetro della caserma.

"La clinica è privata, giusto? Chi paga?" chiede Mauro.

"Sì, è privata. Paga la zia di Giorgia, ma lei non si è mai vista. Ha mandato il suo avvocato in ospedale, poi in clinica per verificare che fosse tutto in ordine."

L'unica ombra di disprezzo che provo ce l'ho nei confronti di questa sconosciuta. Giorgia mi aveva parlato pochissimo di lei, aveva accennato all'affido e poi all'allontanamento per divergenze personali. Il fatto che qualcuno potesse decidere di lasciare una ragazza orfana abbandonata a se stessa mi aveva colpito moltissimo, all'epoca. Mi ero fatto un'idea orrenda di sua zia, poi l'avevo completamente dimenticata: dopo quei brevi accenni, Giorgia non aveva più riaperto l'argomento.

"Chi ha scelto la clinica?"

Mauro gioca con una ciocca dei capelli, segue una pista.

"Sua zia. È lei il tutore legale di Giorgia. L'avvocato si è presentato con le carte firmate, sono stato informato solo perché ha avuto pietà di me."

L'avvocato si era introdotto come rappresentante della signora Mariella Brentani mentre io mettevo in ordine la biancheria di Giorgia, nella sua stanza d'ospedale. Subito dopo il ricovero avevo cercato tra le cose di lei la traccia di un numero di telefono, un recapito di sua zia a cui comunicare cosa stava succedendo. Le mie ricerche si erano risolte in un nulla.

"Come ha fatto la zia a sapere che Giorgia era ricoverata?"

Io e Mauro rallentiamo in vista della sua macchina.

"Non ne ho idea. Credo che dalla questura abbiano segnalato qualcosa, per via delle pratiche del TSO. Il legale non ci ha messo molto ad arrivare, comunque."

L'uomo, brizzolato, sulla cinquantina, si era informato riguardo alla natura del mio rapporto con Giorgia. Aveva detto che la signorina Brentani si sarebbe occupata della faccenda a distanza. Mi aveva mostrato le carte firmate dal giudice, una dopo l'altra; io le avevo lette cercando di capire. Come tutore legale, la zia di Giorgia aveva diritto decisionale in merito a qualunque provvedimento riguardasse la nipote: in meno di quarantotto ore la proprietà della persona che amo era stata trasferita a qualcuno che io non avevo mai visto in faccia.

La seconda volta in cui il legale era tornato, mi aveva comunicato che Giorgia sarebbe stata trasferita in una struttura privata. Aveva richiesto di visionare i miei documenti, aveva raccolto i miei dati, poi aveva detto che mi era stato concesso il permesso di visitarla come e quando volevo.

"Dovremmo parlarci" dice Mauro.

"Ci ho provato. Ho cercato il nome di sua zia dappertutto: non c'è mezzo indirizzo da nessuna parte. Ho anche provato a chiamare lo studio dell'avvocato, nessuno ha mai risposto."

"Ma io so dove abita."

Per un momento credo di aver capito male.

"Che cosa?"

"Io so dove abita la zia di Giorgia."

Mauro è stranito dalla mia reazione tanto quanto io lo sono dalle sue parole.

"Quando ho conosciuto Giorgia, lei viveva ancora da sua zia."

"Non lo sapevo."

"Potremmo tentare, presentarci lì e vedere che succede."

Mauro tira fuori le chiavi della macchina dalla tasca.

"Ma a che pro?" chiedo.

"Capirci qualcosa in più, verificare se sono state battute tutte le strade: altri pareri medici, strutture più orientate al recupero."

Sono diviso. La proposta di Mauro mi offre la prima vera speranza dopo mesi, per quanto tenue. Al tempo stesso, il fatto che sia lui ad avanzarla mi infastidisce. Mi sento geloso, subito dopo me ne vergogno.

"Ottima idea" dico.

"Lasciami pensare a un buon momento" dice lui, aprendo la portiera. "Sua zia l'ho intravista solo un paio di volte. Voglio scansare la possibilità che ci metta alla porta."

"Dici che potrebbe?"

"Oh, sì. Credo che potrebbe" Mauro sorride saputo. "Ora vado."

Entra nell'auto, ma lascia una gamba affacciata sul marciapiede.

"Senti, ho visto la tua macchina in clinica e ho chiamato il mio amico: te la riporta qui domani pomeriggio."

"Sì, non ho fatto in tempo... Grazie. Grazie di tutto."

"Figurati. Ti chiamo domani per aggiornarti."

Chiude la portiera, lo guardo per un momento dal finestrino, prima di allontanarmi: trovo nel suo profilo la stessa stanchezza distesa sul mio riflesso. Mi allontano e non lo vedo andarsene. Sento comunque quando non c'è più, ritorno dentro alla pellicola di isolamento. Eppure continuo a muovermi come se non fossi solo, come se mi fosse stato restituito un pezzo del mio arto fantasma.

Mauro sceglie la domenica mattina. Ci incontriamo presto, sottoterra, in Cadorna. Lo riconosco nella quiete insolita del tunnel di congiungimento tra le linee metropolitane: studia molto da vicino un enorme cartellone pubblicitario, come se volesse valutare la grana del poster. Oggi porta al collo una sciarpa di cotone blu, continua a spostarne le estremità sulle spalle durante il viaggio in treno; l'abbigliamento è più curato del solito, la camicia non ha una grinza. Anche io ho cercato di rendermi più presentabile rispetto allo standard dell'ultimo periodo – *"questa è gente bene"* aveva detto Mauro, al telefono, quando ci eravamo accordati per l'appuntamento. *"Cerchiamo di fare una buona impressione."*

Gente bene. Ho capito di non aver preso in considerazione la possibilità che Giorgia provenisse da una famiglia benestante. Lei non ha mai fatto cenno ad alcuna fortuna: quando l'ho conosciuta si destreggiava tra le spese, le tasse universitarie e i lavori precari – servire ai tavoli dal venerdì alla domenica sera, le pulizie delle scale il lunedì e il giovedì, qualche ora di stage in un ufficio del centro. La ricordo cambiarsi di fretta tra un impegno e l'altro, saltare le lezioni per pagare le bollette: alla fine aveva rinunciato a laurearsi.

La zia di Giorgia abita nel cuore di Brera, in una traversa di via Pontaccio. Incrociamo l'allestimento del mercato d'antiquariato, percorriamo un vicolo parallelo fino alla sua metà.

"Dovrebbe essere qui vicino…" dice Mauro, controllando i numeri dei portoni.

Si ferma davanti a un arco protetto da due battenti di legno verde scuro. Studia il citofono d'ottone – "È qui" – suona, ravvia i capelli, soppesa il suo riflesso nella piastra. Lo imito, controllo la cintura, mi fisso le scarpe: le guardo con gli occhi di un estraneo e le trovo luride.

"Chi è?" la voce è giovane, sgorga dall'altoparlante con un fruscio di sottofondo.

"Buongiorno, sono Mauro Franzese, un amico di Giorgia, non so se la signora Mariella si ricorda di me. Vorrei parlarle, se possibile."

Una sequenza di ronzii in risposta.

"Aspetti un momento."

La comunicazione si interrompe. Mauro mi guarda e annuisce grave, sfrega i palmi lentamente, poi si incanta nell'osservazione del portone. Valuta le nostre possibilità o forse visita un ricordo che mi esclude. Da quando mi ha detto di aver conosciuto la zia di Giorgia, non faccio che immaginare il momento di quell'incontro, lo vedo presentarsi con un sorriso simmetrico, vedo Giorgia raggiante come non è mai stata; poi, nella mia costruzione, rimangono soli in uno spazio neutro, e Mauro accarezza Giorgia: un tocco lento lungo una guancia. La visione mi si è riproposta a intermittenza negli ultimi giorni, ha minacciato di spingersi oltre e io l'ho bloccata, piegata, messa da parte. Ho stretto l'inquadratura sulla cosa più importante, cioè portare Giorgia fuori dalla clinica.

"Salga."

La voce si spegne come è comparsa, il portone si apre con uno schiocco.

Mauro fa strada lungo la rampa di scale. Nel silenzio si sente il soffio di una porta blindata che ruota sui cardini. Risaliamo fino alla semioscurità del terzo piano, senza rompere la quiete. Asciugo il sudore delle mani nei pantaloni, con discrezione, e la ragazza sulla soglia non lo nota: ci accoglie con un sorriso cortese aperto sulla pelle bruna. Indossa una camicia bianca e dei pantaloni neri, una divisa diversa da quella che mi aspettavo. Non sembra una donna di servizio.

"Buongiorno" dice.

"Buongiorno, sono Mauro, lui è Filippo. La signora è in casa?"

"Vi aspetta" ha un tono di voce basso ma la lingua è pulita, senza inflessioni. "Prego."

La ragazza si fa da parte – la superiamo, ci fermiamo in attesa sulla superficie morbida del tappeto. L'ingresso è poco illuminato e non abbiamo il tempo di studiare l'ambiente – "Mariella è in veranda." Ci facciamo precedere nella zona giorno; sul parquet chiarissimo si riflette la luce naturale che filtra dai balconi. Gli angoli dell'arredamento tagliano ombre squadrate sulle superfici – un lungo divano blu dallo schienale basso, la ferita romboidale di un tavolo da pranzo affilato, quattro sedie vuote, la libreria che fodera la parete di fondo; dove dovrebbe esserci un televisore c'è un dipinto: un quadrato nero su sfondo bianco.

La veranda occupa il fianco dell'appartamento esposto a sud, il sole attraversa i vetri in lame oblique e si disgrega nel vapore acqueo diffuso da un nebulizzatore: una donna è china sul profilo di un'orchidea. La ragazza ci cede il passo, fa segno di procedere oltre. Quando superiamo l'entrata, la zia di Giorgia si volta senza fretta. Le somiglia molto, ha gli stessi capelli scuri raccolti in una lunga treccia, la stessa piega triste degli occhi e qualcosa di simile nelle proporzioni del corpo mago. È Giorgia come potrebbe diventare intorno ai sessant'anni e per un momento mi manca il coraggio, distolgo lo sguardo.

"Buongiorno" dice – la voce è morbida, piana. "Come stai?"

Ritorno presente, Mauro risponde con un sorriso misurato.

"Bene" dice. "Le presento Filippo, il ragazzo di Giorgia."

Eseguo una procedura automatica: avanzo di due passi, allungo la mano e lei la stringe brevemente – "Piacere." Mi studia un istante, il momento dopo sta guardando altrove. Posa il nebulizzatore sulla mensola di legno che percorre l'intero perimetro della veranda, dove sono organizzate piante di piccola misura, fiori arancioni dalle cuspidi appuntite, teste bombate di cactus.

"Volete accomodarvi?" chiede gentilmente, indicando il divano di vimini alla sua sinistra, incastrato tra i vasi di due grossi ficus.

Ringraziamo entrambi e prendiamo posto.

"Scusatemi, faccio preparare un caffè da Ambica."

La guardiamo allontanarsi, chiudere la porta a vetri alle sue spalle. Da qui è impossibile vedere l'interno: il riflesso della luce ci rende ciechi a cosa succede nella casa. Mi metto composto fra i cuscini, inizio a sentir caldo. Penso all'accoglienza cortese, poi di nuovo a Giorgia che preferisce pulire le scale piuttosto che chiedere un aiuto economico a questa donna e le domande mi sommergono ancora. Mi sembra di nuotare controcorrente e ritrovarmi sempre fermo allo stesso punto, in un posto in cui non riesco a spiegarmi niente di quello che mi sta accadendo.

Mauro studia gli ambienti e io, per distrarmi, studio lui. Continua a cambiare la prospettiva, sposta la testa, si spinge leggermente in avanti con il busto per sondare la poltrona di vimini davanti a noi, allunga le gambe fino a toccare con le ginocchia il tavolino di legno frapposto fra le nostre sedute e quella dell'ospite invisibile. Prende le misure. Quando si accorge che lo fisso, mi lancia uno sguardo interrogativo. Siamo interrotti dal ritorno della zia di Giorgia. La ragazza che ci ha accolto la segue con un vassoio.

La ragazza posa il vassoio sul tavolino, si dissolve senza fare rumore.

"Prego, servitevi" dice la zia di Giorgia, quando siamo di nuovo soli.

Sto per declinare l'offerta, ma Mauro mi precede e riempie due tazzine con il caffè della moka.

"Grazie di averci fatto salire" dice, porgendomi un manico di porcellana. "Avrei voluto avvisarla della visita, ma non sono riuscito a reperire il suo numero."

La donna non risponde, si limita a lisciare le pieghe nel grembo dell'abito scuro che indossa, una sorta di palandrana di cotone grezzo che le conferisce un'aria monacale.

"Fai ancora il regista?" chiede poi, portando una mano a sorreggere il mento.

"Sì, tra intoppi e disastri di varia natura" risponde Mauro.

"Quando sei stato qui, l'ultima volta?"

"Credo cinque anni fa, prima che Giorgia si trasferisse."

"Mi ricordo, sai? Quel giorno che studiavate la parte in salotto. Giorgia era furiosa."

Ha due rughe profonde ai lati della bocca, ora le rette si spezzano: sorride.

"Sì, per colpa mia, come sempre."

Mauro manda giù un sorso del caffè, l'attenzione scivola su di me.

"E tu? Da quanto tempo state insieme, tu e Giorgia?"

"Tre anni" dico.

Non sorride più, adesso, mi guarda senza emozione.

"Lei come sta?" chiede.

Abbasso gli occhi, poi recupero il contatto visivo con un moto di coraggio.

"Meglio" dico.

"Non aver paura, so di cosa stiamo parlando" è improvvisamente stanca. "Ho letto i referti del ricovero, la crisi è stata molto forte."

"I primi due mesi sono stati difficili."

"Tu sapevi che Giorgia era malata?" la donna sposta lo sguardo su Mauro. "E tu? Tu, sapevi?"

Siamo arrivati al bivio e mi prende il panico all'idea della verità che mi aspetta qui dentro. Penso a Giorgia che mi chiede scusa prima di entrare in scena, a tutte le giustificazioni che ho inventato per allontanarmi da quel ricordo, tutte le volte in cui mi sono ripetuto di averlo immaginato. Penso all'ombra che era scesa su Mauro appena gli avevo confessato quelle parole; anche su di lui la paura di qualcosa che avremmo potuto prevedere o impedire, qualcosa che se avessimo conosciuto…

"No" dice Mauro.

"No" ripeto.

La donna annuisce, si lascia andare contro lo schienale della poltrona.

"E quale versione della verità vi ha raccontato?" chiede. "Cosa sapete del suo passato?"

Rielaboro velocemente. Giorgia mi aveva spiegato di un incidente d'auto al ritorno da una vacanza in Liguria: i suoi erano morti sul colpo; lei, rimasta a casa con la zia, era sopravvissuta alla sua famiglia. Ne avevamo parlato nei primi tempi della nostra conoscenza, quando gli argomenti erano tutti innocui. Io avevo reagito con imbarazzo, ma mentre pensavo a cosa dire, Giorgia già sorrideva serena, diceva che erano passati quasi trent'anni, che la sua era stata un'infanzia atipica ma felice: era stata accudita, era cresciuta al sicuro, il mondo era pieno di orfani meno fortunati. Con il tempo, il fatto che fosse orfana aveva smesso di farmi impressione. Avevo cercato in lei i segni del dolore e non ne avevo trovati. Così il lutto aveva perso di importanza, lentamente si era dissolto sullo sfondo. Ora penso all'assenza di dettagli, alle foto che Giorgia diceva di aver lasciato a casa della zia… Ancora non conosco la verità e mi chiedo come ho potuto crederle, come ho potuto non insistere e metterla alle strette. Ma per ottenere cosa? Quale informazione?

"Posso aiutarti?" dice la zia di Giorgia. "È la storia dell'incidente?"

Dentro di me tutto smette di muoversi. Annuisco.

"Mi dispiace, io l'ho sempre esortata alla trasparenza, ho sempre creduto fosse la via più sicura" dice lei. "I genitori di Giorgia non sono morti in un incidente."

Vorrei interrompere questa conversazione, invece sono bloccato. Vorrei pregare questa sconosciuta di lasciare intatta la mia realtà e non posso, sono prigioniero.

"Mia sorella si è suicidata quando Giorgia aveva cinque anni. Il padre l'ha abbandonata quando ne aveva sette e da allora io mi sono occupata di lei. Fino a quando me l'ha permesso, naturalmente."

***

Con Mauro abbiamo una regola silenziosa: lui resta solo per i primi trenta minuti delle nostre visite. Legge tutto il tempo, non si avvicina mai al letto di Giorgia, a volte neppure la guarda – lo vedo entrare con gli occhi al riparo tra le pagine, a cercare il segno che conosce già. Credo sia il suo modo di proteggere il ricordo che ha di lei.

Dal giorno dell'incontro con la zia di Giorgia, quando Mauro lascia la stanza, io adotto una tecnica opposta. Fisso Giorgia con ostinazione, sottopongo il suo corpo a estenuanti interrogatori e mi ripeto la verità, la scompongo in pezzi piccoli. Ritorno nella casa dove lei è cresciuta, davanti alla sconosciuta che l'ha accudita, la ascolto raccontarmi della vita di Giorgia che non conosco.

Immagino la madre di Giorgia come nella fotografia che mi è stata mostrata, i capelli un'acqua scura sulla schiena: è il 1982 e lei si chiama Milena. La malattia di Milena ha alti e bassi. Milena rifiuta le terapie continuative perché la rallentano e lei, invece, ha bisogno di essere svelta: vuole laurearsi in architettura prima che nasca Giorgia. Nella foto pancia e padre non si vedono – "Lui studiava filosofia, frequentavano lo stesso collettivo. Non era cattivo, ma era assolutamente impreparato. Credeva davvero di farcela, con Milena. Ci abbiamo creduto anche noi." Dopo la nascita di Giorgia, la malattia di Milena si aggrava, la famiglia riesce a convincerla a iniziare un nuovo ciclo di cure.

Per i primi due anni Milena non è in grado di badare alla bambina – "Soffriva moltissimo all'idea di non poterla crescere come avrebbe voluto." Quando le condizioni di Milena si assestano, lei decide di andare a vivere con il padre di Giorgia – "Avevamo acconsentito solo a condizione che trovassero una casa vicino a quella dei miei genitori. Cercavamo di essere il più presenti possibile." Quando Milena ha una grave ricaduta, il padre di Giorgia si oppone al ricovero – "Avremmo dovuto tentare l'interdizione. Non ne abbiamo avuto il coraggio. Abbiamo sempre pensato che rispettare Milena fosse più importante di qualunque altra cosa. La sola idea di dover affrontare un tribunale per ottenere il controllo della sua vita atterriva i miei genitori."

Che cosa ricordi?, vorrei chiedere a Giorgia. Sua zia ha detto che, quando è successo, lei e sua madre erano sole in casa – "Avrebbe dovuto esserci lui, lì con loro, avevamo dei turni." Avevano trovato Giorgia seduta davanti alla porta del bagno. Per Milena era già troppo tardi.

Dovrebbero esserci dei segni, da qualche parte, sul corpo di Giorgia: una cicatrice come quella che io ho sullo zigomo, l'indicazione di una porta che si è chiusa per sempre, di suo padre che sparisce e non torna più. Ieri ho ceduto alla tentazione. Ho aspettato il silenzio, il cambio turno degli infermieri. Mi ha preso l'istinto irrazionale di frugarla. Ho spostato il piumone, liberato i bottoni uno a uno: lei continuava a guardare fuori dalla finestra, come per dirmi *sbrigati, in fretta, faccio finta di non vedere*. Non ho trovato ferite, la pelle è intatta sul petto, intorno ai seni e sulla pancia. Non c'è traccia della tragedia tra le gambe, lungo le cosce – mi sono spinto fino alle palme dei suoi piedi. L'ho rivestita lentamente, dopo, un pezzo alla volta.

Giorgia è danneggiata nel suo interno. Dentro di sé ha occultato la verità e la malattia. Sua zia ha detto che la prima diagnosi è arrivata intorno ai quindici anni: l'ereditarietà l'ha esposta, forse condannata. Con il tempo, Giorgia ha imparato a nascondere, ha scoperto i farmaci, le dosi, gli effetti. Come Milena, ha iniziato a opporsi alle terapie continuative.

"Fingeva di seguire la cura, poi metteva le pillole nelle tasche dei giubbotti. Aveva la sua scorta personale: prendeva quello che le serviva al bisogno, per superare i momenti peggiori. Diceva che i farmaci non la facevano funzionare correttamente. Fino ai diciotto anni è stata una guerra" sua zia si era afflosciata nella poltrona, aveva raccontato delle lotte estenuanti affrontate per consentirle una vita normale.

Una volta maggiorenne, Giorgia ha rivendicato il suo diritto di decidere. La zia è stata esclusa dalla sua vita clinica – "Aveva minacciato di andarsene, se avessi cercato di interferire." Ma l'equilibrio era precario, la resistenza difficile. "Ho tentato l'impossibile. Lei se ne è andata comunque." Negli anni lontana da casa Giorgia ha mantenuto la promessa di una telefonata al mese, per riferire lo stato della sua condizione. Oltre a questo, nessun'altra concessione.

Così Giorgia aveva costruito il suo secondo mondo, in cui fingeva di essere sana. In quel mondo mi aveva trascinato senza esitazioni, tanto era profonda la sua convinzione di poter esercitare il controllo. Aveva trascorso sei anni giocando a nascondino con la malattia – poi quella era tornata, o semplicemente non se n'era mai andata.

La segnalazione del ricovero di Giorgia, in maggio, è partita d'ufficio – dall'ospedale hanno chiamato l'ultimo numero di un familiare registrato nello storico clinico. Accertata la gravità della situazione, la zia aveva avanzato la richiesta d'interdizione.

Mariella Brentani ci aveva accompagnato alla porta personalmente. Non si era scusata per l'assenza degli ultimi mesi: aveva detto di non essere pronta, che per lei sarebbe stato come riavvolgere venticinque anni, entrare dentro al bagno dove aveva trovato morta sua sorella. Aveva ribadito che avrebbe considerato la possibilità di un allontanamento di Giorgia dalla clinica solo in caso di notevoli miglioramenti. Non ci aveva chiesto di tornare, non aveva accennato alla possibilità di rivedersi. Ci aveva congedato con un saluto enigmatico: aveva detto che le paure che non conosciamo sono le più tremende, perché si avverano tutte; o forse non aveva parlato, forse l'avevo ripetuto a me stesso scendendo le scale nel buio.

Capitolo Tre
Risveglio

La macchina è irrecuperabile. Un pistone è andato, la spesa è superiore alle mie possibilità e si colloca comunque al fondo della lista di cose a cui posso pensare. Cerco di tenerla pulita, anche se è ferma: quando ho un momento scendo con un secchio e gli stracci, la libero dalle polveri. Ho paura che diventi come una di quelle auto abbandonate parcheggiate da mesi sempre al solito posto, le gomme flosce.

Gli spostamenti non sono un problema. Mi muovo con i mezzi, proprio come facevo prima per risparmiare sulla benzina. Mauro mi accompagna da Giorgia a giorni alterni. Ha finito il libro, lo ha ricominciato. È iniziato l'inverno tetro di novembre.

Per tutto il mese passato, con Mauro abbiamo parlato delle rivelazioni della zia di Giorgia. Giorgia ha mentito a entrambi. È difficile accettare che qualcuno buono come lei abbia deciso di raccontare una bugia tanto grande – o di nascondersi tanto in profondità.

Avverto più intenso il desiderio di parlarle, chiederle, sentire la sua voce che mi risponde.

Ieri Mauro ha detto che forse non si sente sorpreso dalla verità: lui ha sempre pensato che nel passato di Giorgia ci fosse un'ombra. Mi ha detto: *"c'era qualcosa."* Ho cercato e non ho trovato, l'idea mi ha tenuto sveglio tutta la notte. L'ombra, un'ombra così estesa, e di quell'ombra io ho visto solo il corpo cui apparteneva.

Non ricordo quando è stata l'ultima volta che sono venuto a prendere Giorgia nel cortile delle Scuole. Oggi ci torno a piedi, in un sabato pomeriggio pieno di luce. Mauro ha insistito perché assistessi alle prove del nuovo spettacolo, dice che ho bisogno di uscire di casa, deviare dallo schema del lavoro e delle visite in clinica. L'ho assecondato solo perché mi è sembrato tenesse molto alla mia presenza.

Oltre l'entrata principale, nella hall, ci sono tavoli bianchi e sedie, alcuni occupati da ragazzi che chiacchierano tra loro. Il lungo bancone della reception è incustodito, così chiedo aiuto al gruppo più vicino. Mi indirizzano verso l'ala destra dello stabile, al pianterreno, aula dodici. Sul fondo del corridoio, riconosco subito Mauro. Chiacchiera con una ragazza; lei attorciglia a più riprese una ciocca di capelli intorno all'indice, lui muove la sigaretta spenta da un lato all'altro della bocca, fa un sorriso contenuto. Il corridoio è sgombro e le loro voci sono chiaramente udibili.

"Elsa è molto importante, permette l'accesso a un certo tipo di mondo. Tu sei quasi perfetta, te l'ho detto" sta dicendo Mauro.

La sua interlocutrice annuisce a più riprese, con cenni brevi e netti.

"Perché stai facendo preparare anche Stefania per questa parte, allora?" chiede.

Non riesce a contenere completamente la stizza, una ciocca di capelli si tende dritta tra le sue mani, lei non cede fino a quando Mauro non le posa una mano sulla spalla.

"Voglio solo vedere come lavorate. Ho bisogno di capire chi delle due è più adatta al tipo di rappresentazione che immagino. Dalla tua parte hai la fisicità, ma non basta. Sai come la penso, è ancora tutto da decidere."

Lei non ha il tempo di replicare, Mauro mi avvista e la congeda – "Scusami, devo salutare una persona." Quando lui le dà le spalle, muovendosi verso di me, intercetto lo sguardo furioso della ragazza, che rientra nell'aula a passo di marcia.

"Sei venuto!" dice Mauro, allargando le braccia.

"Certo."

"Ma sì, io lo sapevo. È che c'era una scommessuccia con Amelia. Vieni, è quasi ora."

Lo seguo nell'aula. Una lunga vetrata si affaccia sul cortile interno, sul parquet si muovono le sagome di una trentina di persone. Alcuni si muovono lentamente, in un blando riscaldamento. Nel centro della stanza, un uomo e una donna ripetono dei versi faccia a faccia – "Si parla rauchi o limpidi. Di gola oppur si va. Cercando anche nel naso altre sonorità" – la voce segue i timbri in una variazione incalzante. La sorella di Mauro ci accoglie con un sorriso dall'angolo opposto della stanza.

"Va bene, cominciamo. Tutti seduti per favore" dice Mauro, a voce alta, per sovrastare il vocio.

Tutti si raccolgono senza fretta lungo la parete laterale e Amelia ci raggiunge.

"Non credo ai miei bellissimi occhi" dice, squadrandomi. "Benvenuto."

"Stasera paghi debito" dice Mauro. "Te lo affido."

Con un cenno mi indica di seguirla e finisco anche io nel gruppo di attori seduti a terra, le schiene contro il muro.

"Come stai?" chiede Amelia, legando i capelli in una coda.

"Bene."

"Dunque" Mauro attira di nuovo l'attenzione, camminando al centro della stanza. "Oggi non abbiamo molto tempo, come sapete sono iniziate le prove per il saggio natalizio del gruppo juniores e dobbiamo lasciare l'aula prima del solito, perciò vi chiedo massima concentrazione: cerchiamo di spingerci almeno fino alla terza scena senza intoppi. Qualcuno ha visto il mio copione? Luca, l'ho lasciato a te?"

Un ragazzo fa scivolare il testo sul parquet, fino ai piedi di Mauro. Una volta recuperato, lui sfoglia le prime pagine velocemente.

"Luca, come ti dicevo poco fa: in questa fase, non insistiamo troppo sulla malinconia di Moritz. Noi sappiamo che morirà suicida ma il pubblico no, o vorrà fingere di non saperlo fino a quando sarà il momento. Accontentiamolo."

Il ragazzo annuisce energicamente. Mi guardo intorno: tutti fissano Mauro come animali notturni ipnotizzati dai fari di un'automobile. L'unica china sul copione è Amelia.

"Fabio, al contrario: sottolineiamo la vitalità di Melchior. Più enfasi nel movimento, non trattenere. Sara e Amelia" – lei alza la testa al richiamo. "C'è qualcosa nella vostra interazione che continua a non convincermi. Seguiamo le linee guida stabilite mercoledì sera, vediamo come va. Ci sono domande?"
Segue un silenzio religioso.
"Ottimo. Iniziamo."
Amelia è la prima ad alzarsi, seguita da una ragazza piuttosto alta. Mauro chiude la porta dell'aula e si posiziona nell'angolo, il copione stretto sottobraccio, una mano a sorreggere il mento. Amelia e l'altra interprete si guardano a lungo, senza parlare, riempiono da sole il palcoscenico – la stanza vuota con il suo pubblico ammucchiato tutto da una parte. La prova esplode all'improvviso nelle dita di Amelia che fingono di toccare la gonna di un vestito, poi nella sua voce. La transizione dal reale alla finzione è brusca: quando riesco a seguire le battute è già il momento del cambio. Amelia torna seduta, gli attori della scena successiva si dispongono secondo uno schema preordinato.

Da un certo punto in poi, i movimenti catturano tutta la mia attenzione. Penso ai corpi che assecondano la messa in scena, collocandosi senza sforzo apparente nel codice dell'inganno: la bocca mente e gambe, braccia, occhi mentono insieme a lei. C'è un interprete, il migliore, credo, in cui le due dimensioni non divergono mai – "Perché non mi hanno lasciato dormire tranquillamente finché tutto fosse passato?" dice. "I miei cari genitori potevano avere cento figli migliori di me. Invece sono arrivato io, non so come, e devo giustificarmi di essere comparso."

Come Mauro sperava, la prima prova scorre quasi senza interruzioni fino alla scena terza. Al termine, lui vuole fare degli aggiustamenti – insiste sulla gestualità, ha in mente un disegno preciso e sposta gli attori come lungo un ricalco. Loro non si ribellano, si adattano alla visione, seguono le istruzioni cercando l'allineamento. Ripetono per un'ora, a volte percorrono solo i pochi centimetri di un'azione o il tono di una frase. A guardarli mi prende lo stesso rilassamento che provo quando Mauro legge in clinica, nella stanza di Giorgia. Seguo i pochi indizi della trama e tento la ricostruzione dei personaggi: tra me e la realtà si frappone una coperta morbida; c'è un momento, prima della conclusione, in cui mi assento del tutto, sparisce Giorgia, quello che c'è intorno. Sparisco io.

"Vieni?" chiede Mauro, quando la prova è conclusa.

Sono ancora seduto a terra, intorno a noi gli attori si muovono verso l'uscita a piccoli gruppi.

"Andiamo a mangiare qualcosa con Amelia e alcuni amici" aggiunge, quando siamo in corridoio.

Ci travolge un plotone di bambini intorno ai dieci anni vestiti di scuro, che marciano compatti verso l'aula. Mauro scompiglia un paio di teste, saluta il collega trafelato che li accompagna.

"Ti unisci o hai altri programmi?" dice poi, ma si vede che non considera davvero l'eventualità.

"No" rispondo, mentre l'ultimo bambino della fila mi inciampa addosso. "Non ho altri programmi."

In macchina Amelia vuole a tutti costi sedere dietro e nel tragitto sta incastrata tra i nostri due sedili: si divide tra le indicazioni sul percorso per Mauro e le domande rivolte a me. Si informa sul mio stato di salute, sull'ubicazione del mio bar, mi chiede cosa penso delle prove ma, prima che possa rispondere, abbiamo parcheggiato e siamo proiettati verso un portone in zona corso San Gottardo. Mauro e Amelia iniziano a discutere della performance di uno degli attori principali, il ragazzo che io ho trovato bravo, e lo demoliscono: li sento farlo a pezzi brano a brano, smontano l'enfasi, le pose plastiche – "In realtà è bravissimo" mi dice Mauro, sottovoce, quando è il momento di suonare al citofono. "È nostro dovere non sollazzarci troppo." Amelia annuisce saputa e saltella per il freddo.

I nostri ospiti, scopro, abitano al terzo piano di una casa di ringhiera. Vengo introdotto come amico, a Giorgia non si fa cenno, ma io mi sento lo stesso nervoso perché so che non riuscirei a riconoscere nessuno dei presenti ai fatti della prima. Per un po' aspetto uno sguardo compassionevole o qualche occhiata pietosa ma non succede niente, vengo reclutato nella preparazione della cena e mi mettono ad affettare pomodori. Gli accenti sono vari – la coppia di calabresi, il toscano leggerissimo di un ragazzo sottile, il veneto cui Amelia fa il verso. Quando è pronto ci sediamo intorno al tavolo, non c'è biancheria da cucina e i piatti sono diversi uno dall'altro. La conversazione si fa subito serrata. Il tema principale sono le ultime rappresentazioni e Mauro fa da tramite, seduto accanto a me, colma le mie lacune con entusiasmo. Malgrado l'impreparazione, vengo coinvolto: grazie a lui tutti mi vogliono spiegare il teatro e dal teatro la discussione si dilata, scopro che il ragazzo toscano sta per laurearsi con uno dei professori del mio corso, riportiamo a galla nomi e aneddoti che credevo di non essere più in grado di ricordare.

Al termine della cena, l'aria dentro è caldissima e irrespirabile. È finito il vino, qualcuno suona una chitarra seduto di traverso sul divano. Mauro è uscito, ci osserva dalla fessura della finestra semi-aperta. Lo raggiungo sul ballatoio e mi affaccio alla ringhiera. Non vedevo una di queste case – una di queste sere – dai tempi dell'università.

"Lettere" dice Mauro, accanto a me. "Non avevo capito avessi frequentato Lettere."

"Già" dico. "Laureato con lode."

Lui sorride del mio tono funebre.

"E tu?" chiedo.

"Io nulla. Intendo, nulla che mi abbia portato a una laurea, con grande disappunto di mia madre. Lei mi voleva imprenditore digitale o amministratore delegato."

Lo guardo sfiatare fumo giù dalla balaustra, i capelli fuori controllo e la camicia attraversata da pieghe oblique. Figurarmelo impiegato nella finanza è uno sforzo d'immaginazione al di là della mia portata.

"Anche mia madre pensava a qualcosa del genere, credo" dico. "O gestore di un bar enorme, magari in centro: avrei potuto essere il protagonista della scalata al mercato dei cappuccini."

"Ti sei fatto sfuggire un'occasione" Mauro ghigna e spegne il mozzicone sul ferro battuto. "Questione difficile, le madri. Mia madre mi voleva custode del patrimonio familiare e il risultato è che io me ne disinteresso completamente. Dice che sono venuto al mondo per disattendere le sue speranze."

"Detto così suona tremendo."

"Ma no, non è così male. Magari un giorno te la farò conoscere. È solo una bella donna con il gusto del melodramma. Ed è ricca."

"Ricca?"

"Molto ricca. Così ricca che non ha mai dovuto lavorare. La casa dove vivo è sua."

Penso alla cura dei materiali, agli spazi, e capisco che non poteva essere altrimenti.

"Ora mi crederai una specie di radical chic con il capriccio del teatro" dice Mauro, fissandomi.

Il mio giudizio non gli importa veramente. Ho l'impressione che si diverta a mettermi alle strette, come per provocare una reazione imprevedibile.

"Affatto" dico.

Lui mi allunga una pacca sulla spalla.

"Lo so, figurati. Tu non pensi mai male di nessuno, vero?" non aspetta la mia risposta. "Ho una rendita, naturalmente, ma quei soldi li tocco solo per Amelia: le sto pagando l'università. Se mia madre sapesse sarebbe furiosa. Quando Amelia è venuta a vivere da me non mi ha parlato per sei mesi."

Si volta, appoggia i gomiti alla ringhiera. Lo imito e la nostra visuale si ribalta. I vetri della finestra sono schermati dal velo sottile delle tende e, dal ballatoio, gli interni dell'appartamento si distinguono chiaramente. Il ragazzo toscano insegue un classico di Claudio Lolli sulle corde della chitarra, intorno a lui il coro è basso, interrotto da qualche risata. Amelia sta seduta sul bracciolo del divano, gioca con i capelli dell'amica accovacciata contro le sue gambe. Le differenze fisiche tra lei e Mauro sono sorprendenti: dove lui è olivastro, lei ha un colorito roseo, i capelli sono lisci e chiari, ordinati dietro le orecchie.

"L'ha preso come un tradimento. Mio padre ha rotto il matrimonio per la madre di Amelia: per lei è inconcepibile che io la ritenga parte della famiglia. Ma mio padre è un disastro, sempre sull'orlo della bancarotta, e la madre di Amelia fa la maestra elementare. Cosa avrei dovuto fare? Tenere tutto per me? È mia sorella."

Restiamo in silenzio per qualche minuto. Lui insiste con lo sguardo su Amelia, poi all'improvviso fa un gesto ampio, circoscrive nell'aria il perimetro della finestra.

"Cosa mi dici delle prove? Che ne pensi del copione?" dice, cambiando tono.

"Molto bello. E cupo. Che opera è?"

"*Risveglio di primavera*, di Wedekind. Conosci?"

"No" ammetto.

"Un grande classico. Germania di fine diciannovesimo secolo: un gruppo di quattordicenni si scontra con l'adolescenza nel modo più brutale possibile. La scoperta della sessualità, il suicidio, l'aborto. Lo sfondo degli eventi è un mondo adulto ottuso e crudele, arido, avido."

Mauro sorride senza allegria, adesso.

"Impegnativo" dico.

"Lo è. È un bel rischio, con un mostro sacro come Wedekind, ma secondo me sarà un successo. Li farò recitare come se fossero già vecchi, li truccherò grigi. Se potessi, li costringerei tutti a tingersi i capelli di bianco."

Penso stia scherzando, poi lo guardo meglio e lo scopro serissimo, quasi stizzito.

"Andiamo?" la voce di Amelia ci raggiunge.

Ci guarda dalla fessura della finestra aperta. Il volto di Mauro si distende, dice di sì, poi mi invita a bere qualcosa da lui. A noi si unisce l'amica di Amelia.

Al ritorno facciamo un giro lunghissimo. In zona Navigli, sui marciapiedi si muovono i gruppi del sabato sera. Stiamo a guardarli dai finestrini dell'auto, mentre quelli sfilano e noi avanziamo lenti, il freddo paralizza i corpi iridescenti e dai parchi periferici la nebbia striscia sulla pancia fin dentro ai canali.

A casa stiamo seduti molli intorno al tavolo. Al secondo bicchiere di poitín il calore mi avvolge le dita e da lì si propaga in tutto il corpo, intorno a me le voci di Mauro, di Amelia, della ragazza sconosciuta – loro mi sorridono stanchi e io non mi sento più solo. Alle due del mattino arriva la notte: mi addormento nel divano. Subito prima di cedere al sonno vedo la sconosciuta sedersi sulle ginocchia di Mauro e lui scomparire nell'abbraccio dei suoi capelli; Amelia è una mano bianca affacciata allo schienale di una sedia.

Nel sogno sono di nuovo a casa. Giorgia compare quando il lenzuolo che stiamo tendendo sul letto si sgonfia. Per la prima volta lo riconosco: la difformità sta nel suo sguardo. Mi guarda come se mi stesse per dire la verità e io sono terrorizzato, il suo viso è duro e freddo. Spalanco un'anta dell'armadio, dove già so di trovare la mia Giorgia, la vera Giorgia: ed eccola. È morta eppure ha gli occhi aperti, sono teneri, i suoi occhi originali, ma la paura non va via; no, la paura non va via.

Nelle settimane successive vengo integrato nelle frequentazioni di Mauro e Amelia. Mi assorbe il gruppo eterogeneo di conoscenze e di amici stretti, inizio a riconoscere le persone per nome, a distinguerle durante le prove cui assisto sempre più di frequente. La mia routine è riformulata: ci sono il bar, le visite a Giorgia, poi le prove, le cene a casa di questo o quell'allievo. Mauro ha una vita sociale ipercinetica, conosce molta più gente di quanta ne abbia conosciuta io in tutta la mia vita. Con l'inizio della stagione teatrale sono coinvolto nel vortice delle rappresentazioni e degli eventi collaterali.

I miei genitori sono entusiasti che io debba declinare un paio dei loro inviti a pranzo della domenica; un giorno, al telefono, mia madre scoppia a piangere e dice che non ci sperava più, è così contenta che stia tornando a vivere. Io penso a Giorgia, a come mia madre le aveva voluto subito bene, e mi chiedo cosa si racconta quando pensa a lei, quanto intenso è lo sforzo con cui finge di averla dimenticata.

**

Mauro mi cede il passo all'entrata e sono io a spalancare il battente di vetro. Lui mi segue nella hall della clinica, abbassando la voce: ha parlato al telefono per tutto il tragitto e ho dovuto guidare al posto suo. In questi giorni sta negoziando le date per la stagione. Amelia dice che è un momento molto delicato ma Mauro non è preoccupato, si destreggia tra gli sponsor e i direttori con tranquillità e per ogni interlocutore interpreta un personaggio differente. L'ho sentito cambiare argomenti, approccio, tono della voce, spesso tre o quattro volte nello stesso quarto d'ora. È stato lui stesso a dirmelo, come se mi avesse letto nel pensiero: le persone sono più inclini a farsi persuadere dai loro simili, o da coloro che credono lo siano; la sua è una tecnica di sopravvivenza.

Saluto la signora dell'accettazione, lei risponde con un sorriso. Su per le scale, Mauro conclude la sua conversazione – "Vorrei seppellire questo cellulare in una buca." Nel corridoio al piano si aggira l'occupante della stanza tre, una vecchia minuscola in pantofole e vestaglia blu che cammina in silenzio rasente i muri: la nostra presenza non provoca nessuna reazione. Quando siamo vicini alla camera di Giorgia, Mauro mi ricorda che stasera siamo invitati a una mostra. Entriamo entrambi pensando ad altro – io dico che forse non ho voglia di andare, lui che ci divertiremo. Ci accorgiamo del letto vuoto quando siamo già nelle nostre postazioni, io accomodato sulla sedia, lui appoggiato al davanzale della finestra, il libro pronto tra le mani.

Giorgia non c'è. Sono rimaste le lenzuola, aperte nel varco che il corpo ha scavato al suo passaggio. Restiamo a guardare e a lungo nessuno dei due si muove. Il primo a parlare è Mauro.

"L'avranno portata da qualche parte, magari a fare il bagno…"

Penso subito a una crisi e mi riscuoto.

"No" dico. "Non lo fanno mai a quest'ora" mi alzo.

Mauro mi segue di nuovo nel corridoio, poi giù per le scale. All'accettazione l'impiegata ci accoglie con un altro sorriso.

"La mia ragazza non è nella sua stanza" dico.

Mi riconosce, sa bene di chi parlo.

"Strano" dice. "Sicuro che non sia fuori con Olga? So che è lei di turno al piano."

"Non è possibile, Giorgia non lascia mai la sua stanza."

Vorrei dirle che a malapena si muove ma mi trattengo.

"Non si preoccupi, mi faccia controllare" tira su la cornetta del telefono, pigia un numero e attende; interrompe la comunicazione, un altro numero. "Celeste? Sì, senti, la ragazza della cinque non è nella sua stanza. Ho provato a chiamare Olga al piano ma non risponde."

Ascolta, poi mi rivolge un sorriso rassicurante. "Va bene, grazie mille." Aggira la scrivania facendo tintinnare il mazzo di chiavi che porta attaccato alla cintura.

"Venite con me."

La seguiamo nel corridoio che si apre a sinistra, alla biforcazione svoltiamo a destra. Raggiungiamo l'uscita di sicurezza e la donna spinge energicamente la maniglia, spalancando un battente. Percorriamo il vialetto di ghiaia che circonda l'edificio, fino al giardino posteriore. Lei si ferma e lancia un'occhiata verso la fontana.

"Eccola lì" dice, indicando due figure. "Celeste ha detto che è la terza volta che esce, questa settimana."

Giorgia cammina e l'infermiera la segue da vicino. Non l'avevo più vista in piedi sulle sue gambe negli ultimi otto mesi.

Sento Mauro ringraziare la nostra accompagnatrice, mentre io sono già a metà della distanza che mi divide da Giorgia. Si muove incerta, a un certo punto barcolla e l'infermiera la afferra per un braccio, poi la lascia subito andare. Ha addosso un grosso giubbotto imbottito da uomo che la copre fino alle cosce e da lì si affaccia l'orlo della vestaglia, il suo pigiama, l'unico paio di scarpe con cui è entrata in clinica.

L'infermiera mi ferma con gli occhi. Mauro mi affianca e restiamo entrambi immobili. Giorgia non si accorge della nostra presenza, è ancora come se non esistessimo, però continua a camminare nel pomeriggio di dicembre: disegna ampi cerchi concentrici nell'erba, si allontana e poi ritorna seguendo le regole della sua marea.

Il primario ha le gambe lunghissime, compresse nel blocco della scrivania – da un momento all'altro, le ginocchia bucheranno il laminato: in lui si vede la tensione innescata dal mantenimento di una posizione scomoda. Mi ha ricevuto senza alzarsi, il suo "Avanti" ha oltrepassato la porta chiusa, chiarissimo.

Per tutta la settimana, con Mauro, abbiamo trascorso le nostre visite nel giardino della clinica, a guardare le passeggiate di Giorgia. L'infermiera dice che lei vuole sempre uscire alle quattro: scende dal letto e si avvia autonomamente verso l'uscita; se non le corre dietro lei, per vestirla, scenderebbe anche in ciabatte. Non percepisce il freddo. L'infermiera ha anche detto che il primario si è raccomandato di non ostacolarla, a meno che non faccia qualcosa di pericoloso. Ma Giorgia non ha strane intenzioni, tutto il suo interesse sta nell'aggirarsi in giardino per un paio d'ore. Continua a non parlare, a non vederci. Dopo aver passato sei giorni a contemplare i suoi tragitti, ho deciso di chiedere un colloquio con il primario.

"Mi dia ancora un momento, termino questo record e sono da lei" dice, mi lancia uno sguardo veloce dal profilo metallico degli occhiali.

La luce azzurrina dello schermo si infiltra nelle cicatrici, dilatando i solchi antichi della pelle butterata. Avrà sessantacinque anni, tra i segni si ramificano le rughe – due solchi profondi ai lati della bocca, una piega dritta tra le sopracciglia, la scalinata che dalla fronte risale fino all'attaccatura dei capelli grigi, folti. Gli occhi sono chiari e fermi, indagano i soggetti del suo interesse brevemente, non esitano mai. In piedi sta dritto, il camice aperto sui vestiti scuri.

Ricordo bene il nostro primo colloquio: si è consumato qui dentro, in compagnia di una spaesata versione di me – "Pensi allo stato mentale di Giorgia come a un'entità in mutamento" aveva detto. "La sua condizione patologica ha esordito come psicosi ma ora, per fattori che valuteremo, si è evoluta, ha sconfinato nel recinto della schizofrenia paranoide." *Schizofrenia*. Avevo pensato istintivamente a un classico di Bergman scoperto al laboratorio di cinema, alle urla della protagonista scatenate dall'allucinazione di un enorme ragno.

Anche le dita del primario sono lunghe, si flettono sulla tastiera. Quando finisce di digitare, chiude il laptop con uno scatto e si assicura che il tablet sia in stand-by.

"Dunque" dice. "Giorgia."

"Sì" dico. "Cosa pensa degli sviluppi?"

"Il risveglio motorio? Un buon risultato, certamente. Però, signor Bonini, io la devo mettere in guardia."

Mi sorride gentilmente, senza scoprire i denti, come il maestro buono a un allievo ingenuo.

"Giorgia si è riappropriata delle sue funzioni motorie, tuttavia, noi non siamo qui per curarle le gambe."

"Lo so."

"Certamente, lo sa. Non voglio smontare il suo entusiasmo, è naturalmente un passo" aggiunge lui, stendendo le mani grandi sulla scrivania. "Ma, nelle attuali circostanze, non sappiamo dove questo passo ci porterà. Un malato incapace di muoversi è un malato di difficile gestione, specie se pensiamo a una futura deospedalizzazione; altrettanto vero è che un malato capace di muoversi, in assenza di validi presupposti clinici, è un malato pericoloso. Specie se pensiamo a una futura deospedalizzazione. Capisce cosa intendo?"

"Sì" rispondo.

"Purtroppo, oggi devo rientrare al San Paolo. Le va di accompagnarmi giù?" chiede, alzandosi.

Allunga il camice sull'appendiabiti dietro la scrivania, recupera la valigia di pelle nera da terra. Si muove lento e preciso, ripone gli oggetti negli scomparti in ordine rigoroso. Lo seguo nel corridoio del terzo piano, occupato solo dagli uffici amministrativi.

"Non voglio spaventarla, mi ascolti. È possibile che per lei si stia aprendo una fase di transizione complessa" dice il primario, camminando senza fretta. "Nei casi come quello di Giorgia, quando i malati rientrano parzialmente in possesso delle loro facoltà, riprendono a camminare o addirittura a parlare, per i cari è difficile resistere alla speranza di un ritorno alla normalità. È una guerra alla memoria. Io le chiedo di opporsi alla tentazione. Sleghi i passi di Giorgia dall'idea di un miglioramento."

"Intende dire che il fatto che sia tornata a camminare, di per sé, non è un miglioramento?"

Iniziamo la discesa della rampa di scale. Non contavo in una reazione entusiasta del primario: fin dal primo momento è stato chiaro rispetto alla condizione di Giorgia – "Io non sono qui per rassicurarla, sono qui per aiutare Giorgia. Per aiutarla, devo essere limpido. Ci muoviamo in un labirinto: valuteremo percorsi collaudati e ne formuleremo di nuovi." Avevo pensato non ci fosse immagine più calzante per definire quello che stava succedendo.

"Il problema è che lei attribuisce un significato all'attività motoria di Giorgia" dice il primario, adesso. "È innegabile, Giorgia cammina: ma non cammina come possiamo camminare io e lei, da qui alla mia macchina, per raggiungere i nostri rispettivi scopi. Nel camminare di Giorgia non c'è intento."

Penso alle onde che Giorgia disegna nel giardino della clinica. Ora è quasi sempre lo stesso percorso: i cerchi concentrici intorno alla fontana, poi un'orbita ellittica tra gli alberi spogli, e di nuovo, fino a che qualcuno spegne un interruttore. Si ferma all'improvviso, la testa inclinata e gli occhi nel vuoto. L'infermiera la recupera come una conchiglia vuota deposata sulla spiaggia.

"Giorgia ha ancora un comportamento egosintonico rispetto al suo disturbo, è distaccata dalla realtà."

Raggiunto il pianterreno, il primario accenna un saluto all'impiegata dell'accettazione. Ci fermiamo in prossimità dell'ingresso. Oltre il vetro vedo Mauro: fuma una sigaretta e si muove avanti e indietro nel parcheggio. Ha preferito lasciarmi solo durante il colloquio.

"Questo non significa che non possiamo agire. Il nuovo sintomo di Giorgia ci offre uno spunto. Nelle prossime settimane rivedremo i dosaggi" dice, sfilando le chiavi dell'auto da una tasca.

"Va bene, la ringrazio."

"È possibile che con la diminuzione dei dosaggi si presenti qualche manifestazione acuta" aggiunge, guardandomi dritto negli occhi. "Non sappiamo ancora come reagirà Giorgia. Si tenga pronto."

Annuisco. "Lo sarò. La ringrazio molto" dico.

Mi congeda con un cenno garbato. Lo guardo andare via e mi ripeto che sarò pronto. Raggiungo Mauro, entriamo in macchina senza parlare.

"Com'è andata?" chiede lui, quando la clinica è alle nostre spalle.

Cerco una risposta, ma ricavo solo qualche suono poco convinto: finisco per arenarmi contro il finestrino, a guardare la strada. Mauro non insiste. Declino l'invito per l'evento a cui dovevamo partecipare, ma lui si ostina a voler cenare con me, così finiamo la giornata in corso di Porta Ticinese, di fronte a un kebab.

***

Giorgia non reagisce alla diminuzione dei dosaggi. Nei dieci giorni successivi non c'è nessuna crisi e neppure un mutamento nei percorsi. I primi giorni Mauro ha continuato a leggere anche in giardino, poi la sua voce ha iniziato a darmi sui nervi e l'ho pregato di smettere. Ormai conosco il dramma a memoria.

Inizio a sentire il peso della reiterazione. Il primario ha ragione: mi sono lasciato abbagliare dalla speranza di un progresso. Vedere Giorgia camminare mi ha riempito e non importa se ho tentato di soffocare il pensiero, di dimenticare il sollievo, la gioia istantanea di fronte ai suoi primi passi; la delusione è cocente.

Guardo il mio riflesso nello specchio dell'ingresso. Sono vestito, pronto: Mauro arriverà a minuti. Siamo invitati al compleanno di Sara, l'amica di Amelia. Gioco con il cellulare, cerco il numero di Mauro. Dovrei chiamarlo e annullare. L'ho già fatto un paio di volte, nell'ultima settimana, e lui si è mostrato comprensivo. Non ho voglia di vedere nessuno, solo il pensiero di dover parlare mi fa sentire stanco. Non so perché ho accettato. Avrei dovuto inventarmi qualcosa, un impegno alternativo, ma Mauro avrebbe capito subito la bugia: l'unica vita sociale cui mi dedico è quella nella sua cerchia.

Sto per chiamarlo e dirgli la verità ma, appena porto il cellulare all'orecchio, il citofono suona. Riconosco i suoi due trilli lunghi e prepotenti. Penso che è troppo tardi, che non voglio muovere un solo passo, e mentre penso questo sono già a metà del cortile.

Sara è benestante quanto e come Mauro. Anche lei ha una casa di proprietà, in quartiere Bicocca, un open space dal gusto scandinavo. Al suo buffet di compleanno siamo una trentina: la compagnia mista di gente delle Scuole e colleghi universitari è distribuita a macchia di leopardo tra il divano e la zona giorno, o assiepata in piccoli gruppetti nei dintorni dei vassoi del cibo. Mauro si è liberato di me quasi subito: ha riconosciuto qualcuno che non vedeva da tempo e, dopo i saluti, non è più tornato. Saluto un paio di facce note anche io ma tutti sono occupati nelle conversazioni e non ho voglia di infiltrarmi. Finisco nella coda per il drink: c'è un barman vero, sistemato dietro alla penisola della cucina.

Quando è il mio turno, decido che finirò il Negroni e me ne andrò. Sto meditando l'uscita di soppiatto, il ritorno in metro, poi si fa tutto buio. Sento sugli occhi due mani fredde, la risata di Amelia. La presa si allenta subito e lei si sporge oltre la mia spalla.

"Amico mio!" esclama, poi mi bacia sulla guancia.

Mi volto nella sua direzione e la trovo truccatissima, la bocca nascosta sotto a un rossetto nero.

"Perché te ne stai qui solo in un angolo?" chiede, fingendo un mezzo broncio.

"Volevo un cocktail" brandisco il mio bicchiere a mo' di scusa.

"Mauro dice che stasera hai l'umore di Macbeth."

Lo cerco con gli occhi e lo trovo che ci fissa dall'altro capo della stanza: sorride e alza il suo calice di vino in un brindisi muto.

"Mauro dovrebbe imparare a farsi i fatti suoi" dico, ricambiando il gesto.

"È quello che gli dico sempre anche io" dice Amelia. "Voglio qualcosa da bere."

Le offro il mio drink, che non ho ancora toccato, poi ne ordiniamo un altro, poi altri due. Finiamo per prendere residenza sulle sedie alte intorno alla penisola.

"Sono distrutta" dice Amelia, alla fine del secondo Negroni.

"Non reggi l'alcol?"

"Certo che reggo l'alcol, per chi mi hai preso?"

La guardo: peserà quarantacinque chili organizzati in un metro e sessanta; a parte gli occhi lucidi e le guance un po' arrossate, però, non è alterata.

"Ho avuto una giornata tremenda in università" dice. "Mi è scappato lo specillo e ho fatto male a un paziente."

"Cos'è lo specillo?"

"Uno degli strumenti di tortura del dentista."

"Studi odontoiatria?"

Amelia annuisce, dando un altro sorso al cocktail.

"Terzo anno" dice.

Cerco di immaginarla con un camice e l'idea mi fa sorridere.

"Che c'è?" fa lei, contrariata.

"Niente, è che pensavo a qualcosa di umanistico" ammetto.

"No, non fa per me" dice. "Comunque, l'università non è mai stata in cima ai miei pensieri. Dopo la maturità ho lavorato per un po'. È stato Mauro a incoraggiarmi per odontoiatria. Ha anche preparato i test insieme a me."

"Tiene molto a te" dico – se non fosse per l'alcol, questo è un genere di osservazione che non farei mai; mi sono spinto in una zona delicata, mi sono avvicinato troppo.

"Lui è così con tutti quelli che prende a cuore" dice Amelia.

Mi guarda con insistenza, come per sottolineare un concetto. Capisco e sento la punta di un senso di colpa per i pensieri disfattisti di questa sera.

Amelia propone altri due drink, dopodiché ci perdiamo in una conversazione instabile, frammentata in argomenti slegati – la sua infanzia triste a Buccinasco, i miei anni in Statale, il suo primo spettacolo. Ha iniziato a recitare quando ha conosciuto Mauro, a sedici anni: lui ne aveva ventitré e teneva un corso per principianti in un centro sociale di Sesto.

Quando è il momento della torta, ci sfilano davanti le scintille luminose della festa, e per un attimo la luce si distribuisce in schizzi sulle nostre facce. C'è Amelia che sorride, si unisce al coro degli auguri; ci sono io che le faccio il verso e un venticinque di cera che brucia sulla gigantesca Saint Honoré. Un minuto dopo il coro è morto, le candele sono spente e la nostalgia mi spezza – sento la mancanza improvvisa e totale di me stesso, vedo risolti in immagini i sette anni che mi separano da Amelia, dalla sua amica, dalla metà degli invitati a questa festa. Così, quando Mauro ci raggiunge e propone la discoteca, io dico subito che a me va bene.

"Non sapevo fossi un ballerino."
Mauro sputa fuori il fumo in una risata.
È una mattina gelida e limpida, stiamo appoggiati alla fiancata della sua Alfa, nel parcheggio della clinica. Dall'ingresso del vialetto si vede l'orizzonte placido di una risaia, un lembo di strada in cui non passa nessuno; dietro l'orizzonte un altro orizzonte uguale si ripete all'infinito, una risaia, un frassino, una risaia, una risaia, i frassini.

"Ogni tanto è necessario uscire dal personaggio" dice Mauro.

Lo guardo: è stravolto. Dalla prima discoteca ci siamo mossi verso un'altra, da lì siamo tornati in Bicocca per riportare a casa Sara e poi abbiamo aspettato che facesse giorno sulla collina dei ciliegi – l'alba si è gonfiata in una bolla rosa, siamo rimasti zitti a guardarla, io, Mauro e Amelia, troppo ubriachi e sfatti per parlare. Amelia si è addormentata in macchina al rientro, non abbiamo voluto svegliarla. È ancora lì, stesa sul sedile posteriore, coperta con il suo cappotto e le nostre sciarpe.

"Capisci cosa voglio dire? Deviare dallo schema dei comportamenti predeterminati" continua Mauro. "Pensaci: cosa ci distingue dal personaggio di un'opera teatrale?"

Credo di essere troppo stanco per questo. Mi sfrego la faccia con le mani, cerco una risposta sensata.

"Lascia stare, te lo dico io. Il personaggio opera in un paradigma di comportamenti, ha dei confini; li deve avere, o sarebbe impossibile interpretarlo. Le persone vere, invece, non hanno limiti, possono muoversi trasversalmente in qualsiasi paradigma. Il Vanja di Čechov non potrà mai essere un entusiasta della vita, per dire" fa un tiro lungo. "Io, invece, che sono una persona vera – o almeno credo – posso essere un regista, interessarmi di cultura, essere un ex giocatore d'azzardo e un ottimo ballerino. Le possibilità sono infinite."

Lo penso di nuovo sulla pista, sudato, avvinghiato a Sara e impegnato in movimenti elementari, sul ritmo di un pezzo house scadente.

"Non sei un ottimo ballerino" dico.

Lui ride di nuovo, si fa andare di traverso il fumo e tossisce.

"Di certo migliore di quanto lo sia tu" ribatte, ancora rosso in faccia.

"Io non ballo" dico. "Non ho mai ballato."

Mauro scuote la testa.

"Lo vedi? Applichi a te stesso un paradigma di comportamenti. Questo sì, questo no. In sostanza, sei una persona vera che crede di essere un personaggio."

"Lo prendo come un insulto."

"Non lo è. Io preferisco di gran lunga i personaggi alle persone" Mauro fa cadere a terra il mozzicone, lo schiaccia nella ghiaia. "Che ore sono?"

Controllo sul cellulare.

"Otto e ventisette."

"Apre tra un paio di minuti, no?" dice lui, indicando con un cenno i battenti di vetro.

L'idea di venire a trovare Giorgia è stata sua. L'ha suggerito mentre tornavamo a casa, alle sei – "Perché non andiamo a trovarla?" ha detto. "Come se fosse uscita anche lei insieme a noi." Abbiamo guidato senza una meta fino alle otto, per avvicinarci all'orario di visita della domenica mattina.

Sento addosso l'odore dell'alcol, la faccia impastata dal sonno, e un po' mi vergogno all'idea di venire a trovare Giorgia in questo stato. Quando sono le otto e trenta, seguo Mauro. All'entrata l'impiegata ci saluta, io ricambio con la testa bassa.

Troviamo Giorgia sveglia, di nuovo nella sua vecchia posizione, a letto, lo sguardo altrove. Ci spogliamo dei giubbotti in silenzio e ritorniamo obbedienti all'abitudine dei nostri posti, io sulla mia sedia, Mauro al suo davanzale. Mi chiedo se anche per lui ora sembri strano non vederla camminare.

Resto a guardarla e provo intenso il desiderio di toccarla. Sfiorarle il dorso di una mano, vederla reagire. Più la guardo, più il desiderio si fa forte; forse è ancora lo strascico dell'euforia artificiale, forse la stanchezza, il sonno che manca: alla fine mi protendo in avanti, faccio per allungare un braccio verso la forma della sua gamba che sporge dal piumone.

Gli occhi di Giorgia mi sorprendono a metà del movimento. Lei si volta e mi guarda. Non mi attraversa, si ferma dentro di me.

Resto immobile sotto al suo sguardo vivo e mi manca il respiro e non riesco a crederlo possibile.

Il suono mi raggiunge prima che realizzi che la bocca di Giorgia si sta muovendo: è la sua voce. Come da un sogno lontanissimo, Giorgia parla.

"Vi ha dato una commissione particolare per il mio viso, il vostro padrone? Non sarete per caso fuori testo? Ma alzerò la cortina e mostrerò il dipinto. Ecco, signore: questa sarei io, al dì oggi. Come vi pare?"

Prima che possa capire il significato, una voce risponde.

"Assai ben fatto" dice Mauro. "Se è tutto mano di Dio."

Giorgia piega la bocca in un sorriso senza calore. Ora guarda Mauro, e mi gelo in un brivido, come se il mio incubo fosse scivolato nella realtà. Riconosco la difformità: capisco che chi parla non è Giorgia.

"È sincero, signore" dice chi abita Giorgia. "Può resistere al vento e alla pioggia."

Capitolo Quattro
Divergenze

In clinica c'è una sala comune: due lunghi tavoli in laminato verde chiaro, un televisore bullonato nel muro. Infilzati nella lavagna di sughero stanno i dipinti dei degenti, orge di fiori a pennellate ampie, soggetti astratti – in uno di essi si allarga un fondale nero con uno spillo rosso al centro. Le tele fanno da panorama a Giorgia, che è seduta composta in una sedia, il ventaglio di plastica nella mano sinistra. Si guarda intorno con aria annoiata, ogni tanto accarezza le pieghe della vestaglia con la cura che dedicherebbe a un vestito sontuoso.

Siamo in tre, io, Mauro e il primario, nascosti dietro al vetro del corridoio di sorveglianza. Da qui la visuale ci si offre completa. A quest'ora la sala comune dovrebbe essere chiusa: la tengono aperta solo per Giorgia, perché fuori fa troppo freddo per le sue passeggiate e costretta nella sua camera tende a diventare irrequieta. L'équipe sta dimostrando notevole pazienza ma so che è solo per ordine del primario se a Giorgia viene concessa tanta libertà. L'evoluzione della malattia lo ha conquistato. La fissa dal vetro, le mani affondate nelle tasche del camice, in silenzio. Questa volta ho voluto Mauro con me, perché gli spieghi quello che io sono certo di non poter spiegare.

"Quindi lei suppone che Giorgia stia interpretando un copione? È questa la sua teoria?"

Il primario non distoglie lo sguardo da lei.

"Io non lo suppongo" dice Mauro. "Ne sono certo."

È agitato com'era una settimana fa, quando Giorgia ha parlato e lui ha risposto con le parole giuste. Dice di aver riconosciuto le battute immediatamente, che non c'è modo di sbagliarsi: negli ultimi tre mesi, durante le nostre visite, non ha fatto altro che leggere brani da *La dodicesima notte*.

"È il primo spettacolo importante che abbiamo portato in scena insieme" insiste Mauro. "Lei sta interpretando la sua parte."

Giorgia non ha parlato molto, la prima volta: lo scambio di battute tra lei e Mauro non è durato più di un minuto – poi lei si è ritirata di nuovo dentro di sé, non ha più reagito alle sue imbeccate. La voce di Giorgia ci ha travolto ed è scomparsa così in fretta che ho creduto a lungo di essermela immaginata, sulla scia della nostra nottata alcolica. Io e Mauro ci siamo trattenuti, lui ha insistito a sollecitarla con qualche frase, io l'ho persino toccata, a un certo punto, prendendole una mano, ma lei non ha dato segno di volersi riscuotere. Al ritorno, in macchina, nessuno dei due ha avuto il coraggio di parlarne ad Amelia – e una volta a casa mi sono forzato a convincermi che quello di Giorgia era stato un momento, che comunque non c'era nulla di bello in ciò che era appena successo: la sua voce era la stessa, ma ancora solo uno strumento di quel qualcos'altro che la abitava. Ho pensato che quel qualcos'altro stesse diventando più forte di Giorgia: allora ho sperato che lei tornasse a stare in silenzio.

La voce di Giorgia non si è fermata. Lunedì l'abbiamo trovata a discutere con l'infermiera perché le aveva calpestato la gonna del vestito. L'abbiamo guardata dalla porta, senza entrare, seduta in pigiama sul bordo del suo letto, che squadrava la donna con un'aria sconsolata. Mauro l'ha detto da subito, compresso insieme a me nell'angolo della soglia che Giorgia non poteva vedere: "Sta recitando"; nel suo sussurro c'era tutta la mia incredulità e il mio spavento, ma anche una punta riconoscibile di eccitazione.

"Come se l'esposizione alla lettura avesse risvegliato in Giorgia la memoria dell'immedesimazione con il personaggio..." il primario si volta verso di me. "Non ha dato alcun segno di riconoscerla, immagino."

Scuoto la testa e distolgo lo sguardo. Tratta anche me come se fossi parte della sceneggiatura, una comparsa: più lei mi guarda, più in fretta smetto di esistere. È peggio dell'episodio psicotico della prima. Quella sera, il Peter Pan di Giorgia aveva retto pochissimo – giusto il tempo di attraversare le quinte e tentare il volo giù dalla finestra: quando l'avevamo afferrata e costretta a terra, era iniziata la crisi, le urla; io e Mauro ci eravamo feriti per tenerla ferma e tutte le nostre preghiere erano state vane. Noi non lo avevamo ancora capito, ma Giorgia non c'era più. La guardo adesso, pacifica, ipnotizzata dal pavese bianco del ventaglio che le hanno regalato le infermiere.

"Segue il copione fedelmente?" chiede il primario, rivolgendosi a Mauro. "Ci sono dei nomi che ripete di frequente, persone che cerca. In questa settimana è stata monitorata e non sembra si limiti a ripetere battute a memoria."

"No, infatti. Giorgia fa quello che dovrebbe fare: asseconda il personaggio. La recitazione non consiste nel memorizzare e poi replicare le battute. Portare in scena un personaggio credibile significa utilizzare il copione per espanderne l'identità, dilatarla fino a prevedere come reagirebbe in situazioni e contesti estranei a quelli contenuti nell'opera di riferimento" la voce di Mauro vibra nel silenzio. "Giorgia ha sempre mostrato un talento istintivo, in questo. Ne *La dodicesima notte*, come in qualsiasi opera shakespeariana, il sottotesto è quasi inesistente e tutto ciò a cui ci si può aggrappare sta nelle parole del personaggio. Giorgia era riuscita a costruire un'Olivia perfetta, completa."

"Quindi, il personaggio di fronte a cui ci troviamo sarebbe la donna di una commedia di Shakespeare?" il primario è serissimo.

"Sì, Giorgia sta interpretando la contessa Olivia de *La dodicesima notte*."

Restiamo in silenzio a guardare dal vetro. Il primario dondola sulle punte delle scarpe, si spinge più vicino, quasi fino a sfiorare la superficie della finestra.

"È successo per via della diminuzione dei dosaggi, vero?" dico. "Aveva detto che c'era il rischio di qualche episodio acuto."

"In parte, sì. Tuttavia, la reazione ai nuovi dosaggi è inaspettatamente positiva. Ogni precedente tentativo è stato un fallimento, non abbiamo ottenuto nulla di neppure lontanamente controllabile" il primario appanna il vetro con il suo respiro. "Da quello che sembrerebbe ora, invece, la psicosi si è organizzata in una struttura parzialmente prevedibile. Giorgia segue delle regole. Non le mie, non le sue ma quelle di un copione."

"Perciò lei lo considera un miglioramento?"

"Signor Bonini, sa che cosa penso di questa parola. Non parliamo di miglioramento, parliamo di mutamento di stato. Giorgia è passata da una psicosi non comunicativa e sostanzialmente ingestibile a una psicosi strutturata. In altre parole, il suo mondo segue norme che noi possiamo perlomeno intuire. Questo ci offre un inaspettato vantaggio."

Nella stanza, Giorgia inizia a passeggiare intorno al tavolo. Tiene la schiena dritta, in una postura elegante che non le appartiene. Fa spavento: è come se qualcuno si fosse intrufolato dentro la sua pelle, andando a riempire il vuoto dietro gli occhi, riportando il suo corpo in vita. Mauro non è altrettanto impressionato – forse perché per lui il personaggio non è estraneo, l'ha già visto all'opera in Giorgia.

"Rivedremo ancora i dosaggi. La nuova posologia potrebbe scatenare una crisi, o incrinare la realtà attuale di Giorgia, o entrambe le cose. Se riuscissimo a creare una separazione anche minima tra lei e il personaggio, potrei pensare di inserirla in un gruppo di terapia psicodrammatica."

"Di che cosa si tratta?"

"L'impianto teatrale dello psicodramma vede il paziente portare sulla scena la propria difficoltà esistenziale. Non è molto differente dallo schema cui Giorgia è già abituata: solo che nel percorso terapeutico un regista sceglie la scena da rappresentare e la dirige utilizzando le varie tecniche a sua disposizione."

Mauro si illumina.

"Credo di averne sentito parlare. C'è un centro, in città."

"Credo lei si riferisca al centro diretto dalla dottoressa Fusconi" il primario annuisce. "Con la dottoressa abbiamo un canale aperto, collaboriamo da quasi dieci anni."

"Ma è davvero efficace?" chiede Mauro.

"È stata una valida alternativa per alcuni miei pazienti."

"Perché ne parla solo adesso?" dico.

Il primario mi rimette a fuoco a fatica.

"Una possibilità del genere non era neppure contemplabile nello stato in cui Giorgia si trovava, solo due settimane fa."

"Perché non iniziare ora, se la terapia è valida?"

"Non è così semplice, signor Bonini. Lo psicodramma richiede un certo contatto con la realtà, in modo tale che i vissuti e i traumi del paziente possano emergere nella recitazione."

Il primario mi invita con un cenno a spostare lo sguardo su Giorgia. Lei è concentrata nello studio del giardino, parla a fior di labbra tra sé e sé.

"Giorgia è ancora vittima delle sue psicosi. Sarebbe incapace di mettere in scena la sua patologia e vederla in maniera oggettiva. Costringendola ora alla terapia, otterremmo solo nuovi episodi psicotici gravi. Immagini se qualcuno si presentasse alla porta di casa sua e le dicesse che tutto ciò che lei considera la sua vita è una messa in scena, una rappresentazione teatrale nella quale lei non è che un personaggio."

Giorgia chiude il ventaglio, lo accosta a una guancia, scruta fuori come fosse in attesa di visite.

"E immagini se quello stesso qualcuno rispondesse alle sue richieste con stimoli opposti: lei vuole un bicchier d'acqua: lo sconosciuto le dice che l'acqua non esiste, non è mai esistita; lei sceglie di uscire, e lo sconosciuto glielo impedisce, ricordandole che il mondo esterno si è consumato in un incendio – un evento di cui lei non ha alcun ricordo. Provi a figurarsi un rovesciamento completo di ogni dimensione che lei crede vera: intuirà vagamente il tipo di violenza cui Giorgia sarebbe esposta in questo momento, se avviata a una terapia non adatta al suo stato" il primario schiarisce la voce. "Lei sa di che cosa parlo: è quello che è successo alla prima crisi, quando Giorgia credeva di essere qualcosa e il mondo intorno a lei ha negato la sua identità. Ricorda come si è ribellata alla costrizione."

Sento gli occhi di Mauro su di me, e su di lui lo stesso ricordo; noi che comprendiamo il tentativo di Giorgia di lanciarsi dalla finestra aperta solo dopo averla afferrata istintivamente per le braccia.

"Dobbiamo avere pazienza, osservare le sue reazioni e portarla il più vicino possibile alla normalità che conosce."

"Crede che succederà?"

"Mi sta chiedendo se Giorgia guarirà?"

"Sì. Crede che tornerà mai com'era prima?"

Non ho il coraggio di sostenere lo sguardo del primario, mentre aspetto la risposta.

"Sono stato in Normandia, due anni fa. Paesaggi stupendi. Avrà sentito parlare di Mont Saint-Michel: la baia è famosa per le maree. L'acqua va e viene due volte al giorno, sommerge e scopre tutto. È bello e pericoloso" la sua voce scivola sul vetro. "Non c'è un prima e un dopo, in Giorgia. Troveremo il modo di arginare la marea, poi l'acqua scaverà un altro percorso, e noi la argineremo nuovamente. Giorgia è sempre stata questo. Non possiamo scegliere un personaggio da farle interpretare."

"Ma non è esattamente quello che lei sta facendo, interpretare un ruolo che le è stato insegnato a riconoscere come suo?" la domanda di Mauro si perde, la sua presenza si assottiglia.

"Dunque non ci resta che un'opzione: trovare un copione che contenga il personaggio di Giorgia, o qualcosa che perlomeno le assomigli, che ne dice?" il primario non resiste a una risata senza allegria. "No. Non possiamo fare più di quello che già stiamo facendo. Dobbiamo avere pazienza."

Quasi non ascolto. Guardo Giorgia imprigionata nella teca, ed è così lontana da rimpicciolirsi.

Mi accorgo del silenzio di Mauro solo quando arriviamo a casa sua. Dai nostri saluti con il primario, in macchina non abbiamo più parlato, e non ricordo perché siamo qui. Lui spegne il motore, si accende una sigaretta, poi esce. Mi sento così fiacco che non lo seguo subito, sto a guardare le pieghe dei copioni dimenticati nella tasca interna della portiera. Sono svuotato come se mi avessero scavato con un cucchiaio.

Dopo qualche minuto, mi trascino fuori dall'auto, supero il cancello e la porta d'ingresso, lasciati entrambi aperti. Dentro, Mauro sta ancora fumando – è la prima volta che lo vedo fumare in una stanza che non sia il seminterrato. Raggiungo il divano e mi ci lascio andare. Chiudo gli occhi, lo ascolto camminare intorno al tavolo da pranzo, poi l'odore del fumo si fa vicino, lo sento guardarmi.

"Non sono d'accordo."

Riapro gli occhi e lo trovo in piedi di fronte a me; mi punta addosso due dita e la sigaretta.

"Si sbaglia."

Indovino a cosa si riferisce, come se durante il viaggio, nel silenzio, avessimo parlato.

"Non credo che si sbagli" dico.

"Non su tutto, certo. Il medico è lui. Ma si sbaglia su Giorgia."

Avverto un fastidio, non riesco più a stare seduto. Aggiro Mauro e mi allontano verso la finestra.

"Siamo noi" dico.

"Che?"

"Siamo noi, a esserci sbagliati" ripeto, a voce più alta, e le mie parole rimbalzano dappertutto.

"Sii più chiaro"

Sento Mauro di nuovo vicino, penso che non ha più senso evitare il discorso che scansiamo dall'incontro con la zia di Giorgia – lui mi guarda fisso dall'altro lato del tavolo che ci divide, so che ha già capito.

"È malata" dico. "Non ce ne siamo accorti. Quello che abbiamo visto non era la verità."

"Ti sbagli anche tu. Non esiste solo la malattia."

"Lei era malata e noi non abbiamo voluto vederlo."

"Giorgia esiste."

Mauro soffoca la sigaretta nel posacenere di cristallo, non distoglie lo sguardo.

"Giorgia esiste. Non ce la siamo immaginata. Io me la ricordo, tu te la ricordi."

"Io non so più che cosa ricordo. Non so se era la verità."

"Non metterlo in dubbio nemmeno per un minuto: Giorgia è quello che io e te abbiamo imparato a conoscere, è tutto quello che abbiamo visto."

Mauro mi sfida con gli occhi a contraddirlo.

"Ora non ha più nessuna importanza" dico.

"È essenziale, invece. Ci penso da quando il primario l'ha detto: noi non possiamo scegliere un personaggio da farle interpretare. È la verità. Ma noi non dobbiamo scegliere un personaggio."

Penso di aver perso il filo del discorso, o che lui ne abbia omesso una parte.

"Di cosa stai parlando?"

"Giorgia ricorda: la sua memoria deve aver resistito, in qualche modo. Dobbiamo aiutarla a ricordare le cose giuste."

"Io non sono sicuro di aver capito…"

"È bastato che le leggessi il copione, Filippo" ora Mauro ha gli occhi sbarrati, l'eccitazione gli fa tremare un sorriso sulla bocca. "Si tratta di scegliere il copione giusto. Si tratta di scriverlo."

Comincio a intuire la traccia e l'assurdità di quello che Mauro sta ipotizzando mi travolge.

"Non crederai davvero di-."

"Ascolta. Fermati e ascoltami. Giorgia è riuscita a essere se stessa, senza la malattia, per un tempo lunghissimo. Siete stati insieme tre anni, e in tre anni non ha mai avuto un cedimento. Hai idea dello sforzo che richiede una performance del genere?"

Afferro istintivamente lo schienale della sedia di fronte a me.
"Non ti stava ingannando, Filippo. Lei voleva essere se stessa, senza la malattia. Sa come fare. Ha ricordato come tornare a essere Olivia, può ricordare come tornare a essere Giorgia."

"Questa è fantascienza."

"Perché non tentare? Ha ricordato un copione studiato sei anni fa."

"Lei non interpretava un copione, con me."

"No, non lo faceva. Lei aveva imparato a esistere senza malattia" Mauro posa le mani sul tavolo, si tende verso di me. "Tentiamo. Lei è ancora lì dentro e forse possiamo tirarla fuori. Se ti fossi perso, come lei, non vorresti che qualcuno ti aiutasse?"

Mi gira la testa. Sono esausto, la stanza si avvolge intorno a me. Sfuggo allo sguardo di Mauro, torno al divano un momento prima che le gambe inizino a cedere. È l'idea spaventosa che comincia a diffondersi: faccio resistenza.

"Tentiamo" Mauro non si arrende, mi raggiunge. "Cosa abbiamo da perdere?"

"Questo non è uno dei tuoi spettacoli" sputo fuori, aspro.

"No, non lo è!" Mauro si inginocchia di fronte a me, sul tappeto. "Ascoltami: scriviamolo. Scriviamo il copione come se dovesse funzionare, illudiamoci che funzioni e poi penseremo a cosa farne."

Restiamo a guardarci in silenzio per un lungo momento. Lui sa subito di aver vinto, sa che è perché sono disperato.

"Cosa saresti disposto a fare per tornare indietro?" chiede.

"Qualsiasi cosa."

"Iniziamo da questo."

"Non so come."

"Ti aiuto io. Ti do la forma, le strutture, e tu mi dai il contenuto, tutto quello che ricordi di lei. La ricostruiamo insieme."

"È follia."

"Senza dubbio."

Appoggio la fronte tra le mani, le trovo sudate.

"Non posso credere che stiamo facendo questa conversazione."

"Non concentrarti sul perché, concentrati sul come."

"Pensi davvero che potrebbe funzionare?" lo dico a voce bassa.

Mauro scuote la testa, tenta un sorriso misurato.

"Non lo so" dice. "Intanto, scriviamo."

Cominciamo nel suo seminterrato, il pomeriggio seguente. Quando Mauro mi allunga il foglio e una penna, dico che non ci riesco. Guardo il foglio, la penna, penso all'assurdo e mi paralizzo; allora lui porta giù mezzo bicchiere di poitín, dice di bere ma non troppo, due o tre sorsi per "scaldarmi".

"Pensa solo a quello che devi fare, non pensare a cosa potrebbe servire" dice poi, togliendomi dalle mani il bicchiere e spostandolo nella sua orbita. "Prendilo come un esercizio."

"Un esercizio?"

"Sì" dice. "D'ora in poi questo sarà il tuo esercizio: andare a pescare pezzi di Giorgia nei tuoi ricordi."

"Non so da dove cominciare."

"Non serve procedere coerentemente. Entra nel primo ricordo che trovi, come in una stanza. Stai a vedere che cosa succede e prendi appunti."

"Cosa devo scrivere?"

"I dettagli, le cose piccole che riesci a trovare. Le tonalità della voce, i movimenti. Procediamo all'inverso, la parte per il tutto, e da lì lavoriamo per la costruzione del personaggio."

Lo guardo aprire il portatile che aspettava il nostro arrivo già pronto sul tavolo.

"Io penso alla sceneggiatura" dice, rispondendo alla domanda che non ho formulato.

Beve anche lui un sorso di poitín, poi la faccia gli brilla della luce artificiale di una pagina bianca e comincia subito a scrivere. Rallenta, va a capo, torna indietro, esita, ma non ricambia più il mio sguardo.

Provo a fare come ha detto, cancello lo scopo di questa iniziativa folle. Fisso i pori della carta per un po', la penna rolla come dentro a una tempesta ma invece resta ferma. Penso che conosco bene l'esercizio di cui Mauro parla, perché non ho fatto altro che ripercorrere la traccia che ci ha portato a questo punto, da quando Giorgia è stata ricoverata – è che ora è diverso, ritornare mi fa paura.

Giorgia esiste: le parole di Mauro sono un'accusa. Giorgia esiste e io avevo già iniziato a scollarla dalle superfici. Afferro la penna, la sospendo sul foglio. Io la voglio indietro, e insieme a lei tutto il nostro mondo.

L'inizio è banale e mi sfugge, allora scelgo un ricordo molto nitido a metà strada: è il giorno del trasloco nel nostro appartamento, pieno inverno, una mattina; Giorgia entra in casa prima di me, e io scrivo il modo in cui lei si appropria di un posto nuovo, i dieci passi nel corridoio; la sua voce che continua a esistere dove io non posso più vederla.

***

Mauro mi sottopone a una disciplina ferrea. Entriamo nel territorio di dicembre con i giorni della settimana organizzati per attività: lui ha fissato un programma che consente pochissime deviazioni. Negli orari prestabiliti – dalle sette alle otto dal lunedì al giovedì, dalle undici all'una del sabato – io devo scrivere. Inizio a scrivere sotto la sua supervisione, a casa sua, con lui che mi sprona quando credo di non poterci riuscire. Le prime pagine sono piene solo di aggettivi, alcune hanno degli scarabocchi che io stesso non riesco a interpretare. All'inizio Mauro si accontenta, poi mi impone una forma più coerente, mi fa lavorare al suo computer. Quando ho dei momenti di estraniazione, mi ripete di concentrarmi sull'esercizio, mi assicura che presto diventerà un automatismo – da un certo punto in poi, dice, i personaggi iniziano a muoversi in autonomia, e nel mio caso si tratterà di scegliere dove far muovere Giorgia, quale ricordo farle abitare: dovrò solo descrivere quello che accade.

Prima che possa accorgermene, l'esercizio diventa una pratica di dimensioni monumentali. Più la indago, più la memoria si dilata, e Giorgia è dappertutto, anche dove credevo di non trovarla.

"Sei nervoso?"
Amelia ha la bocca bianca per il freddo.
"No" rispondo.
Mauro mi ha costretto a frequentare a uno dei suoi corsi per principianti. Mi ha assicurato che parteciperò solo ai laboratori, non dovrò recitare: dice che è necessario per la stesura del nostro copione, perché mi aiuterà a capire come funziona

la costruzione di un personaggio e quali sono i percorsi che in passato anche Giorgia ha seguito.

"Sembri nervoso."

Amelia scova un velo nero, una delle grucce di metallo cade a terra e il suono dell'impatto si propaga nella stanza vuota. Ci sono oggetti abbandonati che ci guardano da ogni parte. Mauro ci ha spediti a recuperare del materiale di scena prima dell'inizio della lezione: il magazzino è sottoterra, abitato da appendiabiti zoppi e resti di scenografie. Una parete è occupata dal fondale di un cielo stellato che sbiadisce sotto alle luci, lo noto adesso che Amelia gli va incontro, alla ricerca di qualcosa.

"Non sono nervoso" ripeto, e non riesco a distogliere lo sguardo dal fondale.

Amelia se ne accorge, si ferma accanto a me con uno sgabello tra le braccia. Stiamo in silenzio a guardare la notte di cartone, il fantasma della torre a orologio che prende un lato del panorama.

"Come sta?"

Appena Amelia lo chiede, ricordo dove ho già visto questo orizzonte. Era nel primo atto dello spettacolo, il quattordici maggio: Giorgia l'aveva attraversato nella scena del volo, io mi ero chiesto come potesse essere così leggera, naturale, come se le imbragature e i lividi non esistessero – uno non avrebbe mai potuto immaginarli.

"Bene" dico.

In clinica, Giorgia continua la sua rappresentazione: è stabile. I capelli le stanno crescendo, non è più pallida, ha preso peso. Resisto alla tentazione di pensare a lei a uno stadio successivo, quello a cui io e Mauro stiamo lavorando. Mi ripeto che non è possibile, il nostro è solo esercizio, un modo di affrontare la perdita.

"Io le voglio bene" dice Amelia. "Mi manca."

Ha gli occhi fissi su di me, mi guarda come per costringermi a crederle.

"Ho sempre chiesto notizie a Mauro. È che da quando ti ho conosciuto, non ho mai avuto il coraggio di chiedere a te. È strano."

"Perché?"

"Perché di solito sono una persona coraggiosa. Ma questa è una circostanza eccezionale, vero?"

La guardo, è di nuovo impaurita dall'idea di non essere all'altezza della situazione.

"Lo è" dico.

"Sembri stare un po' meglio, rispetto al primo giorno, a casa" Amelia guarda di nuovo il fondale, poi sorride. "Mi manca davvero."

"Anche a me."

"È come quando è successo la prima volta, quando se ne è andata. Te l'ho raccontato, vero?"

"Sì."

"Stavolta non la lasciamo andare" dice Amelia. "Scusa se non sono mai venuta a trovarla in clinica, di solito-."

"Non ti preoccupare, sul serio, lo capisco."

"Io no" dice. "E poi senza Giorgia non c'è gusto, nessuno con cui confrontarmi. A volte lo faceva di proposito: mi sfidava a fare meglio di lei e io non ci riuscivo mai. Mauro si divertiva a farci contendere le parti."

"Sul serio?"

"Sì, lui lo fa sempre, dice che serve a tirare fuori il meglio dagli attori."

"No, intendevo: sul serio Giorgia ti sfidava?"

Amelia inarca le sopracciglia e annuisce con l'enfasi di una bambina.

"Era molto competitiva" dice. "Uno stimolo continuo."

Cerco tra i miei ricordi, non trovo nulla che corrisponda alla sua descrizione – mi dico che forse è perché non ho mai visto Giorgia nel suo elemento. Rabbrividisco e Amelia se ne accorge.

"Hai ragione, qui dentro si gela" dice.

Provo a offrirmi di portare lo sgabello al posto suo, ma lei si oppone e scappa verso l'uscita. Al ritorno in aula ritroviamo Mauro, impegnato a distribuire delle fotocopie tra gli alunni del corso – sono un gruppo di adulti tra i venticinque e i trentacinque anni, a maggioranza femminile.

"Pensi tu al riscaldamento? Devo fare una telefonata" dice a voce bassa, quando io e Amelia lo raggiungiamo.

Amelia acconsente e mi indica di unirmi alla classe; qualcuno mi saluta con un cenno, poi siamo invitati a distribuirci casualmente nello spazio, riempiendo tutta la stanza.

"State ancora lavorando sulla presenza del corpo nello spazio, giusto?" chiede Amelia, chiudendo la porta dell'aula alle spalle di Mauro.

La classe annuisce, si solleva qualche risposta confusa.

"Bene" dice Amelia. "Ora spegnerò la luce. Dovrete continuare a muovervi nello spazio fino a quando non vi dirò di iniziare la ricerca di un compagno. La prima persona che incontrerete sul vostro cammino, nel buio, sarà il vostro oggetto di studio. Usate il tatto, memorizzate i dati sufficienti a riconoscerla. Chiudete gli occhi, se la cosa non vi disturba: aumenterà l'efficacia dell'esercizio."

Mi guardo intorno, cercando su qualche altra faccia l'imbarazzo che l'idea mi provoca, ma tutti sono concentrati e seri.

"Quando vi sembrerà di aver raccolto informazioni sufficienti, potrete ricominciare a camminare nello spazio. Poi riaccenderò la luce e ne parleremo."

Amelia intercetta il mio sguardo ansioso e morde le labbra per trattenere un sorriso.

"Pronti?" chiede, guardando verso di me.

Prima che qualcuno possa rispondere, lei spegne l'interruttore.

"Iniziate a camminare, con cautela."

La voce di Amelia ridisegna il confine della stanza, ma il transito è brusco e cammino lentamente, con la paura di calpestare qualcuno. Quando gli occhi si abituano, inizio a vedere le sagome: i corpi indistinti si somigliano tutti, la luce dei lampioni che filtra dagli scuri delle finestre non è sufficiente per evitare gli scontri. Ci aggiriamo in silenzio nello spazio, senza una meta. Mi accomodo gradualmente nel buio, mi rendo conto che nessuno può riconoscermi e il pensiero mi rilassa.

"Cercate il compagno: quando l'avrete trovato, fermatevi e chiudete gli occhi."

Le ombre accelerano l'andatura. Allungo le braccia davanti a me, istintivamente, ma altre braccia sono più veloci delle mie: qualcuno intuisce la forma della mia schiena e mi invita gentilmente a voltarmi, prendendomi per le spalle.

Chiudo gli occhi. Due mani sconosciute esitano intorno al girocollo del mio maglione, cercano di riconoscere la consistenza o forse il taglio della stoffa, poi proseguono ai lati del mio viso. Le dita sono leggere e fredde, seguono la traccia della barba lunga fino al confine delle labbra. Il contatto viene interrotto e il percorso ricomincia lungo il naso: l'estranea – ora non ho dubbi, una donna – cerca irregolarità nel mio profilo e non ne trova. Misura la fronte con un polpastrello, fino all'attaccatura dei capelli, accerta la lunghezza sfiorandone le punte; il contatto si interrompe ancora, ritorna sulle spalle, risale al viso. La sconosciuta mi prende il volto tra le mani, passa i pollici sulle guance; sento la sorpresa quando un polpastrello incappa nella cicatrice sullo zigomo sinistro: il dito la percorre per memorizzarne i contorni, da un lato all'altro della forma a mandorla.

La cicatrice fornisce la prova che la sconosciuta stava cercando. Ora che so che potrà riconoscermi, mi sento nervoso. Inseguo le sue braccia, incontro i gomiti e risalgo, la scopro più bassa di me e con le spalle strette, magre – distinguo i vertici speculari delle clavicole tese sotto alla maglietta. Il collo è sottile: lo circondo con una mano – ne ho il coraggio solo grazie agli occhi chiusi – ma subito sento la pulsazione di una vena e mi ritraggo, forse troppo bruscamente. Lei prende la mia mano e la riporta indietro, stavolta direttamente al viso. La lascio fare e riprendo la mia indagine, cerco senza successo orecchini sui lobi o sulle cartilagini, insisto sugli zigomi, alti e marcati, poi le sopracciglia, il naso, piccolo e dritto. Non insisto sui capelli, li trovo lunghi fino alle spalle e morbidi al tatto.

Cerco di immaginare una delle sconosciute che ho appena intravisto entrando nell'aula, ma non ricordo nessuna delle loro facce. Potrebbe trattarsi di chiunque, anche di Giorgia, con uno sforzo della fantasia, se rifiutassi di ricordare i suoi capelli corti, la sua altezza – se fosse davvero lei, potrei sentire il suo respiro sul mio mento. Non è Giorgia. Penso ad Amelia – non so a chi attribuire questa identità e ho il bisogno insensato di un indizio. Sua potrebbe essere la costituzione, l'altezza, anche i capelli e forse le dita, ancora fredde per il viaggio in magazzino. Prima che possa cercare altre prove, l'estranea si allontana – sento venire meno il calore di un altro corpo davanti al mio, riapro gli occhi e di nuovo vedo solo ombre.

"Tutti pronti?" la voce di Amelia mi fa trasalire: è lontanissima e improvvisamente non so più dove sono.

Si diffondono mormorii di assenso. Quando la luce torna, riemergo da un sogno. Mi scopro a pochi passi da un muro.

"Com'è andata?"

La domanda di Amelia ci trova confusi. Lei ci fa raggiungere il centro dell'aula, cammina davanti a noi. Scopro qualche sguardo su di me, indago i volti femminili ma tra tutti distinguo solo quello di Amelia, come se fosse l'unica possibilità concessa. È assurdo: ci sono almeno altre quattro o cinque ragazze con una fisionomia compatibile: stessa altezza, stesso peso, stessa lunghezza dei capelli, eppure non riesco a estirpare dalla mente l'idea che la sconosciuta potrebbe essere Amelia. Fuggo il suo sguardo, ho paura di trovare una risposta nei suoi occhi.

"Riuscite a riconoscervi?"

Qualcuno raggiunge qualcun altro, si formano tre coppie – dicono di essersi riconosciuti per una collana, i ricci, la stampa sul fronte di una maglietta. Tutti gli altri continuano a studiarsi con imbarazzo, e nessuno ricorda la mia cicatrice.

"È importante riuscire a riconoscersi nello spazio. La consapevolezza del vostro corpo e del corpo dei vostri colleghi, in scena, è fondamentale. Mauro ve l'avrà già ripetuto alla nausea: è dalla consapevolezza del corpo che deriva una distribuzione scenica equilibrata."

Come evocato dalle parole di Amelia, Mauro spalanca la porta dell'aula. Amelia gli comunica gli esiti dell'esercizio, poi lui la sostituisce. A metà della lezione, quando è il momento di provare i monologhi e posso finalmente sottrarmi alle prove pratiche, lei saluta la classe e si congeda.

Scrivo fino a sera tarda, in compagnia di Mauro, a casa sua. Mentre io mi dedico ai resoconti dei miei ricordi, lui organizza il materiale dei suoi corsi, fa ricerche o studia in silenzio. Prepara sempre la cena, rifiuta le mie offerte di contribuire e dice che si accontenta dei caffè gratis al bar. Io non ho la forza di colmare la sproporzione, so che lui sta facendo per me molto più di quello che io sono in grado di fare per lui e che, probabilmente, non potrò mai ripagarlo – non ne ho i mezzi. L'idea mi angoscia ma la verità è che non mi è concesso di pensarci: da quando ci siamo conosciuti, ha riempito quasi ogni centimetro del mio tempo disponibile; lui, le sue attività, i suoi amici; ora, il progetto a cui entrambi stiamo lavorando.

Ogni tanto mi torna in mente quello che Amelia ha detto alla festa – "Lui è così con quelli che prende a cuore": penso non ci sia definizione più distorta e, contemporaneamente, calzante. Mauro è tutto azione, nessun apparente sentimento che non sia legato al teatro; lui si muove senza sosta e il mondo intorno lo attraversa solo nell'ordine di un'osservazione antropologica. Lo vedo raccogliere dati su chiunque lo circondi, a volte lo sorprendo a processarli mentre, in superficie, lui continua i suoi discorsi. Amelia è l'unica persona per cui nutre un affetto evidente, espresso in un codice mentale: in lui non ci sono slanci fisici sconnessi dalle attenzioni che raramente dedica alle donne – Sara, spesso, ma anche altre due frequentazioni marginali della compagnia.

Lo guardo afferrare uno dei piatti vuoti che hanno ospitato la cena: raccoglie con un dito il sugo rimasto sul fondo, poi lo porta alla bocca e mi fissa. Penso che questo è l'unico metro di misura utile per valutare il suo bene: percepire costantemente addosso il suo sguardo, anche quando lui non c'è. Della sua attenzione non voglio conoscere i motivi – ipotizzo la pena che devo suscitare in lui, la sua ammirazione per Giorgia.

"Hai capito cosa intendo quando ti parlo di personaggi poco convincenti?"

Mi stacco dal monitor e strizzo gli occhi. Sento un tipo di stanchezza che non sperimentavo dai tempi dell'università e dei lavori da freelance. Sullo schermo, Giorgia mi racconta del suo passato, un sabato sera, di ritorno da un concerto all'Alcatraz: più indago, più i ricordi si fanno nitidi – il suo modo di procedere a singhiozzo nella conversazione: io pensavo fosse timidezza, e se invece si fosse trattato dello sforzo di mentire?

"Stasera, i monologhi, al corso" mi imbecca Mauro.

"Lo so" dico. "Ho capito, in parte."

"Quali le note stonate?"

Salvo il documento e chiudo il portatile. Lui fa altrettanto e si allunga sulla sua sedia.

"Be', alcuni erano palesemente finti. Per esempio, la penultima ragazza era inascoltabile."

"Concordo, tremenda."

"Ma si possono aggiustare, queste cose?" domando.

Lui passa una mano tra i capelli: stanno diventando lunghi, ha iniziato a raccoglierli sulla nuca in un nodo.

"Dipende molto dalla collaborazione del soggetto. Alcuni, per esempio, si sentono solo bloccati, come se la recitazione scatenasse un cortocircuito. Si vergognano di essere se stessi, ma anche di recitare. È per questo che vengono al corso."

"Però qualcuno più bravo c'era. La ragazza con la maglietta verde."

"Vero, lei non è male. Ma non divaghiamo. Il punto è: come spettatori, da cosa ci accorgiamo che una interpretazione è di pessima qualità?"

"Non ti convince, stona."

Lui annuisce.

"Esatto. E succede anche quando gli attori ricordano tutte le battute a memoria, quando rispettano le intonazioni e indossano i costumi di scena. Perché? Tu dici che alcuni interpreti sembravano finti, ma in realtà lo sono tutti: lo stesso monologo recitato da un attore capace non diventa vero."

"Sì, invece."

"Diventa vero per te" Mauro sorride, ha il gusto per i rilanci a effetto. "Il problema sta nelle divergenze. La distanza tra le espressioni verbali volontarie – le battute di un copione – e quelle involontarie – il tono, la velocità della voce. O, se vogliamo andare più per il sottile, la distanza tra le espressioni verbali tutte e il linguaggio del corpo, quello che una persona dice e quello che fa nel mentre lo dice."

Mauro sfila dal pacchetto una sigaretta, la accende e mi guarda, come a chiedermi se sono troppo stanco per questo. Gli faccio cenno di proseguire.

"Un'importantissima parte dell'interpretazione è nel corpo. Pensa a dove è nato il teatro greco: niente testi né dialoghi, solo mimica, gesticolazione e acrobazia prestate alle rappresentazioni sacrali. Pensa ai mimiambi, ma anche al teatro ottico dell'Ottocento. Pensa a dove fallisce l'inganno di una persona che mente."

L'ultimo riferimento è l'unico che colgo.

"Convincere il corpo di una bugia è un lavoro certosino" Mauro soffia fuori il fumo. "Il mondo interno dell'attore deve essere completo, il suo personaggio deve contenere le informazioni necessarie alla creazione di un nuovo schema di movimenti: i luoghi fisici dove l'interpretazione si consuma, gli atteggiamenti, le pose."

Scuote via la cenere.

"Ho cominciato a mettere insieme il copione."

"Quando?"

"Già da un po', dieci giorni, forse. Sto attingendo dal tuo materiale."

Ci guardiamo dai lati opposti del tavolo.

"È sufficiente?" chiedo, cercando di mantenere un tono neutro.

"È perfetto" risponde lui. "Non mi aspettavo tanta cura. Certo, i primi dati sono un po' incoerenti, ma gli ultimi resoconti sono impeccabili, ricchissimi di dettagli."

"È realistico?" insisto. "La riconosci?"

Lui si accorge della mia paura e ne sorride – ma di nuovo con gli angoli della bocca all'ingiù.

"Sì, Filippo, è realistico" dice. "E sì, la riconosco: è la tua Giorgia."

Lo osservo fumare ancora per un po', e lui non distoglie lo sguardo. Alla fine, sono io ad arrendermi.

"Ti porto a casa" dice, poi.

In macchina, mi spiega che sta costruendo il copione senza lasciare niente indietro, che poi rivedremo la trama principale insieme, quando sarà pronto. A metà strada decide di fare una deviazione dal percorso, ci avventuriamo in corso di Porta Ticinese. Lui guida lento, le strade sono quasi sgombre – "Guarda i negozi: non sono degli acquari?" Dico di sì, e per un po' stiamo in silenzio a fissare i locali vuoti dietro alle saracinesche, con la loro acqua di neon verdi e azzurri.

Quando arriviamo a casa mia, Mauro parcheggia e spegne il motore.

"Posso usare un attimo il tuo bagno?" chiede. "Non mi sento granché."

Lo guardo, è smorto, ha la faccia pallida. Non riusciamo a raggiungere l'appartamento in tempo: Mauro vomita in un'aiuola del cortile.

"Forse dovresti rimanere" dico, quando entriamo in casa.

"No, sciacquo solo la bocca e vado."

Usa di nuovo il bagno, dopo, a lungo. All'uscita dice che forse ha la febbre. Si convince a restare solo quando si accorge di non essere abbastanza lucido per guidare – "sono quei bambini maledetti, alle Scuole" dice.

Gli trovo una mia tuta, si spoglia sul letto che è stato mio e di Giorgia – il corpo è magro, i muscoli nervosi, c'è una cicatrice sull'addome che si arriccia nei suoi brividi di freddo. Quando finalmente si arrende al sonno, con un secchio vuoto a vegliare al suo fianco, lascio accesa solo l'abat-jour. Sto a guardare la sua schiena per un po', poi mi addormento nel lato sbagliato del letto, quello con la forma di Giorgia.

Nella notte, sogno: Mauro transita nel corridoio avanti e indietro, come un fantasma, e ha la sua sigaretta spenta in bocca. Si ferma sulla porta e guarda tutto, studia gli stipiti, i nostri mobili, cerca e non trova: poi i suoi occhi si fermano su di me, la metà ostile del suo profilo sparisce nel buio.

Mauro è seduto al posto di Giorgia, vicino alla finestra. Deve essersi svegliato molto presto: l'ho trovato ad aspettarmi in cucina che il cielo fuori era ancora scuro.

"A che ora inizi, al lavoro?" mi chiede, guardandomi affogare i cereali nel latte.

Ha due occhiaie blu e gli occhi lucidi, deve avere ancora la febbre.

"Alle sette" rispondo. "Vuoi una tachipirina?"

Lui scuote la testa e appoggia gli avambracci sul tavolo.

"Stanotte ho pensato molto, non sono riuscito a dormire" dice. "Voglio finire il copione il prima possibile. Dobbiamo vedere se funziona."

"Com'è la storia?" chiedo, cercando di spostare la conversazione su terreno neutro – non sono ancora pronto a discutere della possibilità.

"Quale storia?"

"La trama. Cosa succede?"

"Assolutamente nulla" risponde lui.

"Nulla, nessun evento?"

"No. Che cosa vorresti far succedere, scusa?"

"Non lo so... dovremo pur organizzare il materiale con un obiettivo."

"Filippo" Mauro sorride stanco. "Mi stai chiedendo se stiamo creando un personaggio con uno scopo?"

Il suo tono condiscendente mi infastidisce e lui lo sa, lo ha usato di proposito.

"Avevo capito che il personaggio deve essere credibile. Come facciamo a convincerla di un personaggio senza scopo?" Comprendo la portata di quello che ho detto con un minuto di ritardo, e di nuovo l'ipotesi mi fa girare la testa.

Mauro gioca con un buco nella plastica della tovaglia.

"Non credi sarebbe più pericoloso dargliene uno?" dice. "Guarda cos'è successo con Peter Pan. E poi, cosa c'è di più realistico di un personaggio senza uno scopo? Riesci a immaginare nulla che si avvicini maggiormente alla realtà?"

Ingoio un cucchiaio di cereali a fatica, scandaglio il fondo della tazza.

"No" continua Mauro. "Il copione sarà una lunga descrizione, una serie di battute intervallate dal sottotesto."

"E i personaggi collaterali?"

"Tu, io, quelli che lei conosce."

"Non dimenticare i miei genitori" dico, istintivamente.

"Stai tranquillo, controlleremo tutto insieme, appena la bozza sarà pronta" ribatte lui. "La storia sarà un lungo giorno di Giorgia, una summa della sua vita in ventiquattro ore: gli incontri con le persone che ama e a cui vuole bene, i suoi pensieri, i suoi movimenti da quando si sveglierà fino al momento di andare a dormire. Se saremo fortunati, lei si adatterà al copione e lo espanderà autonomamente procedendo per inferenze."

Più mi soffermo sull'idea, più so che non può funzionare. Ci guardo con un occhio estraneo, ci vedo esausti e disordinati, ostaggi di un piano delirante. Che cosa faremo, quando non funzionerà? Che cosa farà Mauro – penso, guardandolo tracciare schemi invisibili sul tavolo – ?

"Stanotte ho pensato anche che dovremo prestare molta attenzione" dice, senza guardarmi. "Ho pensato che è possibile che succeda qualcosa di straordinario, e che dobbiamo essere pronti. Io ho scritto per il teatro, molto tempo fa, ma sono un regista, non un drammaturgo: conosco le strutture come le mie tasche, ma dovrò essere prudente, e tu dovrai seguirmi passo passo."

Vorrei chiedergli se pensa che dovremmo fermarci. Lui alza gli occhi, come se avesse sentito la domanda.

"Ci sono cose che io non posso immaginare" dice, come a chiedermi scusa.

Quando esco per andare al lavoro, gli dico di restare quanto vuole. La giornata trascorre in fretta, al mio ritorno mi scopro a sperare di trovarlo ancora in casa; mi aspetta invece un suo biglietto incastrato nella cornice dello specchio, all'ingresso: "Grazie. Ti chiamo io appena sto meglio".

***

La prima bozza del copione è pronta per la settimana di Natale ed è il risultato di quindici giorni di lavoro intensissimo. Dopo l'influenza Mauro è tornato a pungolarmi. Abbiamo creato insieme la schiera di comparse, una descrizione breve e fitta di nomi organizzati sullo sfondo, poi i personaggi coinvolti direttamente nell'azione: i miei genitori, Amelia, lui stesso; sono stato l'ultimo a essere inserito: Mauro mi ha definito un co-protagonista. Il lavoro si è concluso nella totale riservatezza – alle domande di Amelia, abbiamo inventato un mio improvviso interesse per una prova da drammaturgo. Nella trasferta natalizia a casa dei miei genitori, porto il copione con me. Leggo nelle pause tra le cene e i pranzi, nelle mattine pigre, tra le carezze di mia madre – che mi tratta come reduce da una lunga convalescenza – e le domande caute di mio padre - "Come stai? Cosa vuoi farci, bisogna avere pazienza."

Io e Mauro ci sentiamo quasi ogni giorno al telefono, e oltre il suo capo della linea c'è un sottofondo di voci e musica: su questa colonna sonora, una sera, decidiamo dell'amore di Giorgia per me. Scegliamo di non esplicitarlo, di lasciarlo in custodia al suo corpo nel sottotesto, alle sue battute. Il punto cruciale sta nella descrizione del nostro primo appuntamento: il pub sul Naviglio, il primo bacio in un vicolo parallelo. Alle soglie del nuovo anno mi chiedo se basterà: se davvero questo momento sia stato sufficiente per determinarci.

***

Mauro arrotola il copione tra le mani e la carta nuova scricchiola, fa il verso ai nostri passi nel tragitto di ghiaia e brina, dalla macchina alla clinica.

L'impiegata, all'accettazione, ci saluta con il sorriso – "Giorgia è nella sua stanza" dice. Mauro avrebbe voluto che iniziassi da solo, ma ho rifiutato e, mentre risaliamo le scale fino al primo piano, non mi pento della decisione: oggi non avrei trovato la forza di leggere. Ho le mani sciolte in un sudore freddo, un sasso in gola. Lui è tranquillo, procede con decisione verso la stanza.

"Aspetta un momento" dice, fermandosi a metà del corridoio. "Comunque vada, ricordiamoci che si tratta solo di una prova. Un tentativo di aiutare Giorgia a ricordare."

Annuisco, lui riprende a camminare, poi si ferma ancora, torna indietro.

"Ci comporteremo come ci comportiamo sempre: la asseconderemo. Tenterò un trucchetto per convincerla ad ascoltarmi mentre leggo, tu tieni il gioco."

"Va bene."

Sento addosso l'insofferenza. Negli ultimi tempi ho diradato le visite a Giorgia per la stesura, ma anche per una mia forma di intolleranza. Non sopporto a lungo di dover nutrire il mostro – ogni risposta, ogni frase assurda è un incoraggiamento per l'inquilino abusivo; e poi vederla così disinvolta nel personaggio, trovarla stare un po' meglio ogni giorno in un'identità lontanissima da quella che io conoscevo.

Quando superiamo la porta della sua stanza ho già paura del fallimento, ma non posso pensare a lungo. Giorgia è in piedi davanti alla finestra: è la sua attività preferita, consumarsi nell'attesa di qualcuno. Non si volta quando entriamo. Mauro si fa avanti per primo.

"Mia signora."

Giorgia muove appena la testa, come disturbata dal ronzio di un insetto.

"Mia signora" ripete Mauro, stavolta a voce più alta.

Giorgia gli rivolge uno sguardo distratto.

"Lo avete visto arrivare?" chiede.

Ormai conosco anche io il copione a memoria. Trascino la sedia degli ospiti contro il muro e mi accomodo lentamente. Ora che siamo qui, il nostro tentativo è sciocco e disperato, e sento tutta l'inutile stanchezza accumulata nell'ultimo mese.

"Che dice Malvolio?" incalza Giorgia. "Il messo? Lui ha visto il messo arrivare?"

"No, mia signora" risponde Mauro, impassibile. "Malvolio dice che sarà qui a breve. Ha mandato noi per intrattenervi."

Giorgia si volta annoiata nella mia direzione.

"Dov'è il mio buffone?"

"Indisposto" Mauro agita il copione. "Ma, come vi dicevo, siamo qui per intrattenervi."

"Siete bravo nei giochi di parole?"

"Affatto. Vi propongo una lettura."

Lo sguardo di Giorgia si affila, valuta l'idea, poi torna a guardare fuori dal vetro.

"Una lettura non è sufficiente" mormora. "L'incertezza mi consuma."

Mauro china il capo all'altezza di Giorgia, riprende a parlare dolcemente.

"Mi creda, mia signora: questa non è una lettura come le altre. Le farà dimenticare l'apprensione dell'attesa."

"Avrebbe già dovuto essere qui" Giorgia serra il ventaglio chiuso contro il mento. "Che dice Malvolio? Vi ha detto quando arriverà?"

"Il messo è atteso a breve, mia signora. Non sarete delusa. Ma ora è bene che io assolva il compito di intrattenervi, o mi ritroverò presto indisposto come il buffone."

Lei si lascia andare a un sospiro, poi torna al letto reggendo l'orlo della vestaglia. Si accomoda sul bordo, composta, raccoglie le mani in grembo.

"Dunque, come desiderate" dice. "Qual è la vostra lettura?"

"La storia di un grande amore."

Giorgia leva gli occhi al cielo, tesa come una corda.

"Voi mi volete morta, dunque."

Per un attimo ho paura che ci caccerà dalla stanza.

"Un pensiero tanto abominevole non tocchi le vostre labbra" replica Mauro, accorato.

La sua interpretazione è impeccabile: non perde concentrazione, regge il suo personaggio nel mondo di Giorgia come io non sarei mai capace di fare.

"Voi mi dite: la storia di un grande amore. Quanto grande, dunque?"

"Due volte l'Illiria" risponde Mauro, approfittando della breccia. "Ma lasciate che legga."

"Il messo arriverà, non è vero?"

"Sì" dice lui. "Il messo arriverà."

Apre il copione, tornando alla sua posizione abituale, contro il davanzale. Studia con discrezione le reazioni di Giorgia, che si è finalmente rassegnata. Quando Mauro inizia a leggere, lei non ascolta davvero.

"Giorgia ha trentuno anni, corpo sottile, grandi occhi scuri. Si sveglia una mattina di gennaio, molto presto."

Lei prende ad agitare il ventaglio, e Mauro continua a leggere. Lo sostituisco quando è stanco, ma Giorgia pare non farci caso: ha lo sguardo perso nel vuoto. Leggo fino all'esaurimento dell'orario di visita. Al momento di andare, Giorgia chiede ancora del suo messaggero, noi la rassicuriamo che presto la raggiungerà, poi la solita infermiera ci sollecita e siamo costretti ad andare.

In macchina, Mauro dice che è meglio di niente e io non riesco a valutare, sento di sprofondare di nuovo nell'apatia, ma non ho il coraggio di confessarglielo. Non so cosa mi aspettassi: sono arrivato diviso in due tra il dubbio e l'imbarazzo, e adesso non mi rimane nulla. Mauro ripete che è solo una prova, un esercizio. Ma per cosa ci stiamo esercitando – vorrei chiedere – ? Mi attraversa il pensiero della resa, invece lui dice che qualcosa succederà. "Tutti quei ricordi" dice. "Qualcosa deve succedere."

Capitolo Cinque
Due tempi

Vedo arrivare Mauro da lontano, lo riconosco dal passo lungo; interrompe la conversazione al cellulare quando è a metà strada. Ha il cappotto sbottonato, la camicia aperta che lascia la gola esposta. Io sono gelato nel mio giubbotto, fermo da quaranta minuti davanti al bar chiuso, ad aspettarlo.

"Scusa il ritardo" dice, appena mi raggiunge.

"Ti ho chiamato."

Lui scuote la testa e tira indietro i capelli; ha le borse sotto gli occhi, è gonfio come se si fosse appena svegliato.

"Sì, scusa, ho avuto una giornata difficile."

"Potevo andare con l'autobus, non sarebbe stato un problema."

"La macchina è di là" taglia corto lui, facendomi cenno di seguirlo.

"È troppo tardi. Forse per oggi potremmo lasciar perdere."

Lui infila le mani in tasca, è stizzito.

"Perché? Andiamo."

"Quando saremo lì non ci resterà comunque molto tempo."

"Ho detto che andiamo" tronca Mauro, senza guardarmi.

Penso che forse ne ha abbastanza anche lui delle visite continue. Leggiamo da un mese senza risultato, ma nessuno dei due ha il coraggio di ammettere onestamente che il nostro piano è fallito: non poteva essere altrimenti. Credo che Mauro si senta in colpa, come se la responsabilità della sconfitta sia sua, e io non ho le forze di convincerlo del contrario.

Raggiungiamo la sua macchina, io faccio per aprire la portiera, ma mi fermo a metà: qualcuno mi saluta dal finestrino. Riconosco una delle amiche di Mauro, lo cerco con gli occhi per una spiegazione, ma lui evita il mio sguardo e sale senza dirmi una parola.

"Ciao" dice la ragazza, affacciandosi tra i sedili, quando sono dentro.

"Ciao" rispondo.

"Hai già conosciuto Giulia, vero?" Mauro esce dal parcheggio senza guardare la strada, qualcuno suona il clacson e lui ringhia un insulto.

"Non lo so" dice Giulia. "Forse ci siamo visti una volta, al Parenti."

Mi sorride, stringe le spalle e i seni abbondanti si toccano, combaciando nella scollatura profonda. Inciampo con gli occhi nelle sue gambe, velate dalle calze e affacciate alla gonna corta. Il sedile posteriore è angusto e scomodo. Cerco Mauro nello specchietto, ma lui continua a ignorarmi.

Fino a quando imbocchiamo l'autostrada, spero che accompagneremo Giulia da qualche parte, prima di arrivare in clinica, invece Mauro non devia dal percorso. Più ci avviciniamo alla destinazione, più mi sento agitato, partecipo malvolentieri alla conversazione – Giulia mi incalza con le domande, pensando di essere cortese, io rispondo a monosillabi e la guardo giocare con i capelli: arrotola ciocche brune e lunghe intorno alle dita, mentre, incoraggiata dalla mia partecipazione passiva, mi parla di un suo esame universitario, di Musil. Arriviamo in clinica che il nervoso mi fa tremare le mani – Musil, la sconosciuta, io che mi scopro a fissarla affamato, il ritardo di Mauro, Giorgia che ci aspetta.

"Torniamo tra una mezz'ora" dice Mauro, nel parcheggio. "Ti lascio le chiavi."

Lei annuisce, stuzzica i comandi dell'autoradio.

Quando abbiamo l'ingresso della clinica alle spalle, afferro Mauro per un braccio.

"Si può sapere perché l'hai portata qui?"

Lui mi squadra con ostilità.

"Che problemi hai?"

"Per caso hai organizzato una specie di gita di piacere? *Ti faccio conoscere lo sfigato con la fidanzata schizofrenica?*"

Mauro si divincola con uno strattone. Attiriamo l'attenzione della receptionist. Cerco di tranquillizzarmi, ma sono in sovraccarico: metto due passi di distanza tra me e lui.

"Tutta questa scena per venti minuti di ritardo?"

"Quaranta minuti. Comunque, sai che non è questo."

"Allora, cos'è? Sei offeso perché non ho risposto al telefono?"

Prendo le scale, deciso a mantenere il metro di sicurezza.

"Non voglio che porti nessuno."

"Giulia non sa nemmeno perché siamo qui. E anche se fosse? Te ne vergogni?"

Mi volto a guardare Mauro e lo trovo fermo sul primo gradino, che mi fissa. Non riesco a scrollarmi di dosso il suo sguardo, mi fa l'elenco dei pensieri meschini consumati nel tragitto. Decido di ignorarlo.

Fino alla camera di Giorgia, non parliamo più. Subito dentro avverto la nausea, distolgo gli occhi da Mauro e dal copione, che ormai è consumato dalle trasferte. Quando lui inizia a leggere, dopo la solita pantomima con Giorgia, chiudo gli occhi: penso di essere tornato al giorno in cui ci siamo incontrati, in questa stessa stanza, e di non aver fatto altro che girare a vuoto: il mio mondo ha ancora i poli invertiti. Vorrei isolarmi dal suono, invece ascolto Mauro leggere. È la stessa storia che si riavvolge, io e Giorgia ci incontriamo; io e Giorgia continuiamo a incontrarci, lei ha sempre grandi occhi scuri, corpo sottile, trentuno anni, e ogni giorno occupiamo lo stesso spazio immaginario. Io non so più dov'è che siamo esistiti e Giorgia non ha più trentuno anni: me ne accorgo con una settimana di ritardo.

"Puoi smettere, per favore?" chiedo a Mauro.

Lui alza per un momento lo sguardo dal copione, scandisce lentamente una battuta, poi torna a leggere, come se non avessi parlato. Giorgia guarda fuori dalla finestra, persa nel suo universo.

"Ti ho detto di smettere" ripeto.

"Prego?" dice Mauro.

"Basta."

"Si può sapere che cosa ti prende?"

Tiene il copione ancora aperto tra le mani: solo a guardarlo sento la rabbia montarmi in gola.

"È del tutto inutile. Te ne rendi conto, sì?"

Mauro fa un cenno verso Giorgia, come per dirmi di fare attenzione a quello che dico. Io non riesco neppure a guardarla.

"Non serve a niente."

"Questo non lo sai."

"Lo sai tu?"

"Ho capito" sorride lui, strafottente. "Hai deciso per una scena madre?"

Mi sporgo nella sua direzione, afferrando i braccioli della sedia.

"Ti stai ostinando solo perché non vuoi ammettere di aver fallito. Andresti avanti a leggere per i prossimi trent'anni."

"Hai un'altra idea?"

"Non avremmo neppure dovuto iniziare. Non so perché ti ho assecondato."

"Assecondato?" il volto di Mauro si trasfigura: l'ombra che gli passa davanti è feroce. "Cos'altro vuoi scaricare su di me? Credi sia colpa mia se il nostro tentativo non funziona? È colpa mia se non posso fare il miracolo di guarirla?"

Giorgia resta ferma ai margini del mio campo visivo.

"Allora? Magari è colpa mia anche del lavoro che detesti, che dici? O del fatto che non scopi? Forse è questo il tuo problema."

Scatto verso di lui senza formulare un solo pensiero, ho già le mani sul copione: lo afferro e lo lancio a terra. Mauro mi ride in faccia, una risata sguaiata e senza allegria.

"Posso provare a fare qualcosa anche per quello, se vuoi" dice.

"Per te è un gioco, vero? Ti stai intrattenendo."

"Un gioco? Devo ricordarti dove ti ho trovato, Filippo?" Mauro fa un passo in avanti e io sono costretto a indietreggiare per evitare il contatto. Lo sforzo di trattenere la rabbia mi paralizza. "Davvero vuoi ascoltare un resoconto penoso di tutto quello che sto facendo per te? Ti ho accolto in casa mia" incalza. "Ti ho presentato ai miei amici. Ti ho regalato la vita sociale che non hai mai avuto."

"Nessuno ti ha chiesto niente."

La bocca di Mauro si assottiglia in un altro sorriso gelido.

"Eccoti qui, finalmente. Forza, Filippo, raccogli gli ultimi resti di coraggio miserabile che ti sono rimasti: per una volta, di' quello che pensi."

Registro un movimento ai margini del mio campo visivo, ma Mauro è troppo vicino, non riesco a liberarmi dal desiderio di fargli del male.

"Dillo, Filippo: la colpa è mia. Prima di me, Giorgia stava bene, non è vero?"

Mauro si avvicina ancora, sento il suo fiato addosso.

"Stammi lontano."

"Dillo, Filippo: è colpa mia se Giorgia si è ammalata."

"Credi che non sappia perché lo fai? Vuoi il tuo passatempo indietro, vero? È lei che vuoi."

Mauro mi prende per il bavero del giubbotto, mi tira così vicino che non riesco più a metterlo a fuoco.

"Non osare-"

L'urlo ci fredda. Inizia fuori da noi, ci trascina con violenza di nuovo dentro a questa stanza. Viene da Giorgia, è acuto e insieme abbastanza profondo da vibrare anche nelle nostre gole. Quando finalmente torniamo a guardarla, lei ha gli occhi spalancati, li fa schizzare in tutte le direzioni, come se il nemico stesse avanzando rapidamente. L'urlo le muore in gola, lei si raccoglie nel centro del suo letto, inizia a scavare con le unghie nel pigiama.

"Non abbassare la guardia, non abbassare la guardia" ripete, senza respirare. "Da tutte le parti, da tutte le parti. Li ho visti."

Mauro mi lascia andare, ma entrambi siamo immobili. Giorgia urla ancora, si afferra la testa tra le mani e chiude gli occhi. Scatto istintivamente verso di lei, mentre lei inizia a tirare i capelli, e Mauro mi raggiunge. Crolliamo entrambi sul letto, io le afferro i polsi, lei scalcia, Mauro le abbraccia le gambe e le schiaccia con il suo peso.

"SONO DAPPERTUTTO!" l'urlo di Giorgia esplode dritto dentro al mio stomaco; di nuovo il panico.

Le piego i polsi, la stringo contro di me – "DAPPERTUTTO"; penso di poter resistere per sempre. Gli infermieri ci trovano annodati in un mostro, in formazione da granchi, ribaltati sul letto.

Ci hanno allontanato subito dalla sua stanza e confinati negli uffici del terzo piano. In assenza del primario, la struttura è sotto il controllo del direttore sanitario, una donna sulla cinquantina che ho intravisto solo un paio di volte: è lei che ci relega nella sala d'attesa, sempre lei a tornare indietro per comunicarci che la crisi di Giorgia è rientrata, che l'hanno messa sotto sedazione ed è meglio non esporla ad altri stimoli, per oggi. Ha l'aria di una che dice frasi del genere da tutta una vita.

Quando usciamo, Mauro si dirige verso la macchina senza parlare, e io mi incammino nella direzione opposta.

"Dove stai andando?" sento la sua domanda raggiungermi, lui seguirla sulla ghiaia.

Penso solo che vorrei sparire o addormentarmi di colpo; non voglio metabolizzare quello che è appena successo – vorrei che Mauro mi ignorasse, restare entrambi in silenzio, come abbiamo fatto durante l'attesa. Le urla di Giorgia, per un po', hanno risalito le scale. Sono rimasto ad ascoltare fino a quando non si sono spente, torturandomi all'idea di avere partecipato allo scatenarsi della ricaduta. È stata la nostra lite? E se fosse stato il copione?

"Ho bisogno di camminare" dico, quando Mauro mi taglia la strada.

Anche lui è sconvolto, lo rivedo a faccia in giù sul letto, con gli occhi strizzati, che tiene ferma Giorgia.

"Non dire idiozie. Sali in macchina."

Ignoro il suo ordine e proseguo: lui non si sposta, finisco per urtarlo. Mi afferra per una spalla, impedendomi di proseguire.

"Vuoi ricominciare?" chiedo.

Sono esausto, atterrito, non riuscirei a riprendere in mano l'energia dello scontro nemmeno per un minuto. Lo guardo e spero capisca che mi sto arrendendo.

"No" risponde, lasciandomi andare. All'improvviso anche lui si svuota. "Mi dispiace."

Vorrei dirgli che dispiace anche a me, e che questo mio dispiacere inizia molto lontano, nel passato che non conosco di Giorgia, dove vorrei andare a intervenire: maneggiare i ricordi per adattarli a un presente normale, di quelli che non contemplano dolorosi esercizi, né sofferenze di questa portata. Vorrei davvero essere capace di scrivere un nuovo copione e so che, per motivi tutti diversi, anche lui vorrebbe.

"Dispiace anche a me" dico. "Lasciamo perdere, per un po'?"

Mi guarda senza capire.

"Il copione, il resto. Ho bisogno di pensare."

Lui infila le mani nelle tasche del cappotto, non distoglie lo sguardo e io faccio altrettanto. Voglio che sappia che questa è la mia ultima parola.

"Va bene" dice. "Credo sia ragionevole. Ma fatti dare un passaggio."

Scuoto la testa, me lo immagino mettere in scena un'ultima strategia in macchina, magari in presenza della sua nuova ragazza, o ubriacarmi di discorsi davanti alla porta di casa mia.

"No. Ho bisogno di iniziare a pensare da adesso."

Lui incassa. "Come vuoi" dice.

Si allontana, io mi avvio sul margine della statale, diretto alla fermata dell'autobus che mi porterà indietro. L'ultima cosa che vedo di Mauro è la schiena della sua Alfa che mi supera e sparisce oltre la prima curva.

***

L'inizio è in un mondo lontano: il momento cristallizzato in cui Giorgia schiude le labbra nel primo sorriso. Siamo prigionieri in un pub sul Naviglio e il volume della musica è così forte che non riusciamo a sentire le nostre voci. Ho preso l'abitudine di visitare spesso questo ricordo, sedermi alle spalle del me stesso del primo appuntamento e osservare. I dettagli mi ossessionano.

Alcuni passaggi sono più elementari, come i movimenti delle mani di Giorgia, che seguivano sempre armoniosi criteri – prima dietro l'orecchio a sistemare un disordine immaginario, poi giù lungo il collo. Complessa e inestricabile risulta invece la fenomenologia del sorriso: era sempre in posti dove non lo aspettavo. All'inizio avevo pensato che ridesse di me, poi, conoscendola, avevo capito che mi sbagliavo. Tuttavia, il sorriso di Giorgia resta un mistero. Era stretto, delicato. Era raro. Ora che è scomparso, mi piace restare seduto in quest'angolo della memoria che è caldo e confortevole e così differente. Un istante uguale in eterno. Irripetibile. Irriproducibile.

Non riesco a mettere un freno all'esercizio: mi allungo nella memoria, inizio a esistere solo in due entità. Sono in quello che mi succede, un presente specifico e inutile, e anche sempre in un altro luogo, nel reame che è stato di Giorgia. Così, dopo un po', la realtà inizia a diluirsi e vivo in un sogno. Nel sogno Mauro non mi cerca, smettiamo di vederci, e lui si dissolve.

***

Mia madre ha un modo strano di ridere, quando si tratta di me: porta la mano al petto, si inclina in avanti, e getta la sua risata verso l'esterno, come una canna da pesca; lancia l'amo e sta vedere se qualcuno abbocca alla possibilità di un figlio dall'umorismo brillante – mio padre, i parenti, gli amici. Spesso, la risata risale a mani vuote dentro alla sua gola, fino a spegnersi: allora lei mi guarda con una tenerezza pericolosa.

La studio mentre separa la biancheria da stirare, divisa a metà tra il corridoio e la sala da pranzo, per tenere sotto controllo la televisione. Lei segue il salotto del sabato pomeriggio, io mi diverto a fare qualche battuta e a vederla cercare la complicità di mio padre, che, puntualmente, la ignora e prosegue impassibile la sua guerra alle parole crociate, sul divano. Da quando si sono ritirati dal bar, sono diventati estremamente sedentari, come se dovessero riaversi dal contatto con il mondo esterno accumulato in trent'anni. A mio padre non piace uscire nemmeno per le passeggiate: dice che la gente, quando non sta dietro a un bancone, è strana – "È per via delle gambe?" gli ho chiesto, oggi, e mia madre è scoppiata in una delle sue risate fallimentari.

Credo di aver smesso di sentirmi a casa, in questa casa, da quando sono andato a vivere insieme a Giorgia. Conosco a memoria gli spazi che mi sono estranei, mia madre tiene tutto nella stessa posizione, la sua cura e la sua pulizia sono maniacali.

"Non dico che dovresti tornare a vivere da noi" fa mia madre, soffocando con il vapore le mutande di mio padre. "Dico che ti vorrei un po' più tranquillo."

L'argomento della giornata è stato uno dei suoi tre preferiti: la mia precaria situazione economica. Si ostina a trattare il problema come se dipendesse dalla mia scarsa intraprendenza e non da una crisi più generica, strutturale, da cui io derivo come prodotto.

"Ma', non ci crederai: vorrei essere più tranquillo anche io."

La vedo irrigidirsi, indagare il primo piano della conduttrice. So che sta pensando a Giorgia, anche se non lo dirà mai ad alta voce: lei fa così con tutto quello che non riesce a gestire, finge che non esista. Guardandola vaporizzare mutande mi addolcisco e allo stesso tempo provo forte il senso di nausea – penso che i nostri mondi differiscono solo per contenuti e che la nostra tara è la stessa.

Dalla crisi, non sono più tornato a trovare Giorgia. Conto i giorni nei ricami dei centrini sparsi sui mobili: due settimane senza mettere piede in clinica. Sono ancora diviso, Giorgia sobbolle nei miei sotterranei, è una corrente che ho imparato a navigare; in superficie mi adatto agli interlocutori – quando sono a casa da solo, perdo forma.

Ho ripreso a visitare più di frequente i miei genitori. Hanno smesso di fare domande; mi accolgono nei fine settimana e lasciano che regredisca allo stato adolescenziale. Giorgia è una cosa di cui tutti sappiamo e di cui nessuno parla più, come il cuore di mio padre, che continua ad andare a singhiozzo, o le cartelle di Equitalia ancora aperte – tutti argomenti da discutere solo quando è inevitabile.

Mi alzo per raggiungere la cucina, in cerca di un po' d'acqua. Da questa prospettiva, vedo i miei genitori compressi nella cornice della porta: fanno lo stesso percorso, come nella mia memoria, si restringono, sempre più piccoli, e il loro mondo potrebbe stare in una scatola.

Quando il cellulare squilla, non riconosco il suono; lo lascio suonare fino a quando mia madre si volta verso di me – "Ma sei tu?" chiede. Infilo la mano nella tasca posteriore dei jeans e recupero il telefono in tempo. Lo schermo si illumina a intermittenza su un numero sconosciuto.

"Pronto?"

"Signor Bonini?"

Riconosco immediatamente la voce del primario e il sangue si gela.

"Sta bene?"

"Stia calmo, Bonini, è tutto a posto."

Soffoco il sospiro, volto le spalle a mia madre, che mi sorveglia dal confine della sala da pranzo; mi avvicino alla finestra.

"Cosa succede?"

È sabato pomeriggio, ci deve essere un motivo molto serio per cui mi sta contattando. Penso a un'altra crisi, un incidente che mi sta nascondendo.

"Scusi il momento poco opportuno, ho saltato una visita settimanale e ho dovuto recuperare oggi" dice il primario, mantenendo un tono pacato. "Lei aveva in programma una visita, nel pomeriggio?"

Forse vuole sapere perché sto disertando la clinica: penserà che sono un mostro.

"Veramente…"

"Ha la possibilità di modificare il suo programma? Vorrei vederla per un colloquio. Oggi."

"Che cosa sta succedendo?"

Sento il primario esitare.

"Prenda le mie parole con tutte le precauzioni del caso, tenga conto di quello di cui abbiamo parlato negli scorsi mesi" dice, lentamente. "Giorgia chiede di lei. Vuole vederla."

Mi sono congedato dal primario, poi ho agito senza pensare: ho chiamato Mauro, il telefono ha squillato libero a lungo; quando ha risposto, non mi sono lasciato andare a spiegazioni complesse: gli ho detto che era urgente, nulla di preoccupante ma urgente, e che non c'era il tempo di aspettare gli orari dell'autobus. Lui ha risposto a monosillabi, si è lasciato dettare l'indirizzo: quindici minuti dopo, era sotto casa dei miei.

"Non ha detto nient'altro?" chiede Mauro, imboccando la tangenziale.

"No" rispondo. "Ha detto di raggiungerlo per un colloquio, prima di vedere Giorgia."

Ripiombiamo nel silenzio. Nessuno dei due ha fatto cenno al litigio di due settimane fa, le notizie su Giorgia ci hanno ammutolito.

Arriviamo in clinica, Mauro parcheggia sghembo contro la siepe, ci affrettiamo entrambi verso l'entrata e poi su per le scale, fino al terzo piano. L'ufficio del primario è chiuso; busso con decisione, la porta cede: era aperta. Il primario ci squadra dalla sua scrivania, sorride gentile quando ci riconosce.

"Signor Bonini" saluta, facendo cenno di entrare.

Tentenno all'idea di sedermi. Non voglio che questo incontro preliminare duri più del dovuto. Resto in piedi di fronte alla scrivania, e Mauro mi asseconda. Il primario coglie la ragione della fretta.

"Solo due parole, prima di andare" dice.

Annuisco, impaziente.

"Si sieda, per cortesia."

Acconsento controvoglia, la tensione mi fa sudare le mani. Prendo posto e Mauro si accomoda vicino a me.

Il primario incrocia le dita lunghe sullo schermo luminoso del suo tablet.

"Sembra che Giorgia abbia iniziato a ricordare qualcosa."

"Quando è successo?" chiede Mauro.

"Già da qualche giorno. Ho preferito farla monitorare per accertarmi che non fosse un episodio isolato."

Mi lascio andare contro la sedia.

"Come è successo? Voglio dire… ha avuto una crisi appena due settimane fa" dice Mauro.

"Non posso affermarlo con certezza. Possiamo ipotizzare che la diminuzione dei dosaggi abbia creato la rottura che auspicavamo" il primario mi fissa gravemente. "È molto importante procedere con cautela. Giorgia è ancora fragile."

"Certo" dico.

"Le spiace se assisto alla visita? Non vi sarò d'impiccio. Le informazioni di oggi mi saranno utili per considerare la nuova terapia."

"Nessun problema."

"Bene, andiamo."

Quando il primario si alza, riempiendo la stanza, lo imitiamo e lo seguiamo nel corridoio. Scendiamo le scale in silenzio. Sento il sangue pompare nelle intercapedini del mio corpo, il cuore mi fa sordo.

"Cerchi di trattenere le manifestazioni emotive" dice il primario, quando raggiungiamo il primo piano. "È preferibile non sollecitare Giorgia con stimoli troppo intensi."

Serro i pugni, respiro profondamente. Quando siamo quasi alla porta, il primario mi cede il passo, poi ferma Mauro, dietro di me – "Non più di uno alla volta."

Da dentro viene la voce dell'infermiera: la distinguo prima di affacciarmi all'entrata. La voce di Giorgia è più bassa. Ancora al riparo del muro, resto ad ascoltare e le parole si organizzano in un insieme confuso, non sono in grado di districarle. La voce è la sua, penso, di nuovo; ha lo stesso tono. Per un momento credo di non farcela. Poi mi spingo oltre, un passo alla volta.

"Oh, Giorgia! Guarda chi è venuto a trovarti" il sorriso dell'infermiera si discioglie nella macchia bianca della sua divisa, già non la distinguo più.

Giorgia è sulla sedia, vicino alla finestra, ha una gamba piegata al petto, come in uno dei miei ricordi migliori. Si volta verso di me: il suo sguardo mi trova, mi riconosce. Mi vedo comparire nei suoi occhi, mi rimette insieme con il sorriso che mi rivolge. Ho di nuovo tutto addosso, il mio nome, la mia identità, un posto da cui provengo.

Lei si alza con uno scatto agile e mi viene incontro, mi abbraccia – "Filippo" dice.

Ho paura di crollare sotto di lei, così raggiungo il letto con una gamba, mi siedo sul bordo del materasso, e lei mi imita. Sta seduta proprio al mio fianco, come se fosse la cosa più naturale. Non riesco a crederci.

"Perché ci hai messo così tanto?" mi chiede.

Provo a formulare una risposta coerente, a trattenere il desiderio che ho di legarla di nuovo a me.

"Te l'ho detto, Giorgia, ricordi? Filippo è stato occupato con i suoi genitori" interviene l'infermiera.

"Stanno bene?" Giorgia mi osserva, la preoccupazione le scava la solita ruga tra le sopracciglia.

"Sì" dico, schiarisco la voce. "Stanno bene. Visite di routine."

"Mi sei mancato" dice lei.

"Sì, anche tu."

"Per quanto ancora dovrò stare qui?"

L'infermiera mi guarda con intenzione, ferma alle spalle di Giorgia.

"Ancora per un poco, Giorgia. Filippo verrà a trovarti tutti i giorni."

Annuisco, ho paura di dire qualcosa di sbagliato.

"Ma perché sono qui?" Giorgia è calma, mi guarda pacifica.

"È per la convalescenza, cara" continua l'infermiera. "Starai qui ancora per poco, Filippo verrà a trovarti tutti i giorni e poi potrai tornare a casa."

Giorgia alza gli occhi al cielo, poi si stringe nelle spalle e mi guarda come per scusarsi.

"Dice che è solo per poco" ripete.

"Certo."

Lei allunga una mano e affonda le dita tra i miei capelli, ritrovando il percorso della memoria.

"Stai bene?" dice.

"Sto bene. Devo solo andare in bagno" dico. "Mi scusi un momento?"

"Vai! Ti aspetto."

Lascio la stanza schivando l'ombra del primario, un istante prima che sia troppo tardi. Fuori, Mauro è in attesa dietro la porta. Incrocio i suoi occhi, li trovo grandi e sciocccati come i miei.

"Non sta bene" la voce di Giorgia ci raggiunge.

"Ha avuto molto da fare con i suoi genitori" dice l'infermiera.

"È smunto" insiste lei. "Davvero potrò andare via da qui presto?"

"Naturale, cara, ci vuole sono un po' di pazienza."

"Vorrei fare una passeggiata, è una bella giornata, oggi."

Crollo in un pianto silenzioso: lo consumo sulla spalla di Mauro, respiro senza rumore nel suo cappotto.

"Davvero potrò andare via da qui presto?"

***

Dal corridoio, monitoro l'ingresso dello studio: Giorgia è a colloquio con il primario, non voglio che, uscendo, mi sorprenda al telefono.

"Hai bisogno che ti raggiunga?"

"No, non è necessario" dico. "È che stamattina l'ha fatto di nuovo, con i vestiti... Come quando siamo andati insieme al parco."

Sento Mauro pensare, all'altro capo della linea.

Il ritorno di Giorgia è stato traumatico per entrambi. Abbiamo trascorso in tensione i quindici giorni raccomandati dal primario per l'osservazione delle sue condizioni. Il giorno della sua prima libera uscita, l'abbiamo portata al paese vicino per un caffè. Lei si è seduta al tavolino, come se nulla fosse, come se la clinica non fosse mai esistita. Noi l'abbiamo guardata parlare, osservare l'ambiente circostante, sistemare i capelli. Non so se anche Mauro ha sentito forte la paura, quel giorno, come di una disgrazia incombente – vederla toccare il vetro del suo bicchiere e temere un'esplosione; prefigurare una crisi scatenata dai saluti urlati del barista, e sentirla rispondere con un garbato "Arrivederci." La disgrazia non è arrivata, l'unica assurdità è stata l'ordinazione di Giorgia: un succo di frutta alla pesca, una bevanda che, prima del ricovero, non le sarebbe mai piaciuta.

È stato stabilito un programma e il tempo concesso per le nostre visite al mondo esterno si è dilatato progressivamente. Giorgia sta rispondendo bene agli stimoli, come dice il primario, e tuttavia lui procede cauto, mi raccomanda di stare in allerta. Le ore trascorse insieme a Giorgia sono ancora piuttosto stressanti: nei miei pensieri si consuma sempre la sequenza di possibilità che potrebbero verificarsi. Più di tutto, ho paura di perderla ancora e presto. Non riesco a guardarla a lungo negli occhi, raggiungo in fretta la soglia di sopportazione oltre la quale mi prende il panico di scoprirla a non riconoscermi più – la sogno ancora, quasi tutte le notti, rivolgersi a me come se fossi un'altra persona.

Sono sensibile alle avvisaglie, cerco nei suoi gesti le difformità. C'è stato un momento di defaillance, una settimana fa, quando abbiamo organizzato con Mauro la prima passeggiata in centro città. Per l'occasione, ho portato in clinica alcuni abiti di Giorgia – mi era sembrata buona l'idea di permetterle di scegliere cosa indossare, invece di essere costretta ai soliti jeans e maglietta. Avevo sistemato sul suo letto la camicia verde scuro che lei diceva di adorare, i due vestiti che le vedevo spesso addosso per le nostre cene, le calze di nylon grigie e nere. Giorgia era rimasta a guardare gli abiti per un po' – "Non so cosa mettere" aveva detto. "Quello che ti piace" avevo risposto. "Non so che cosa mi piace, non lo so davvero." Ero stato costretto a scegliere io per lei. Poi al parco, in città, mentre guardavamo i bambini colpire le anatre con le molliche di pane, lei era scoppiata a piangere. "Non so come vestirmi" aveva detto. Il pianto ci aveva scombussolato, l'avevamo subito portata indietro, ma non era stato più di una malinconia passeggera.

"Di nuovo non ha voluto scegliere i vestiti?" chiede Mauro.

"Sì. Ho fatto come hai detto tu, ci ho riprovato, le ho offerto solo due opzioni: maglietta blu o maglietta rossa. C'è mancato tanto così che si mettesse ancora a piangere."

"L'hai detto al primario?"

"Sì. Dice che è normale, che lei è in assestamento e dobbiamo ancora capire fin dove la malattia si è ritirata" dico, ripetendo a memoria le parole del medico. "Io non sono convinto, Mauro. E se-"

"Cosa?"

Mi sporgo ancora nel corridoio, abbasso la voce.

"Se avessimo dimenticato…."

"Non sappiamo ancora se è andata così."

"Lo so. Ma se fosse andata così e noi avessimo dimenticato questa particolare… istruzione. E se avessimo dimenticato altro, qualcosa di più importante?"

"Ti ho già detto che è inutile formulare ipotesi, dobbiamo monitorarla con pazienza, come dice il primario" risponde Mauro, pacato ma fermo. "Tuttavia, visto che non è il primo episodio, forse potresti provare a dare una lettura."

Trattengo il sollievo.

"Sì, grazie."

"Il miglioramento di Giorgia potrebbe non dipendere dal copione."

"Lo so."

"Ma potrebbe anche dipenderne."

"Lo so" ripeto. "Non voglio più parlarne, voglio solo che qualcuno controlli che è tutto okay."

"Va bene. Vuoi che ti raggiunga, oggi?"

"No" dico, fissando il riflesso della luce nel linoleum del corridoio. "Credo di farcela."

"Andrà tutto bene, vedrai. È la vostra prima uscita da soli. Come ti senti?"

"Non saremo soli, tecnicamente."

"Quanto durerà questo pranzo dai tuoi? Non più di un paio d'ore."

"Spero solo che tutto vada liscio."

"Stai tranquillo. Andrà bene."

Mauro lo dice come se conoscesse già l'esito della giornata e io non ho altra scelta che credergli, appoggiarmi alla sua sicurezza per compensare la mia incertezza.

"Ti riporto la macchina verso le cinque."

"Ci vediamo più tardi."

Chiudo la comunicazione sul suono delle voci in arrivo. Riconosco l'incedere pesante e cauto del primario nella conversazione, poi le risposte brevi e gentili di Giorgia. Quando raggiungono l'entrata al piano, lei mi sorride. Dopo il pianto sfiorato nella sua stanza, ora è pacifica. Il primario ha deciso di non affrontare immediatamente con lei i dettagli della sua condizione: per ora i loro colloqui si limitano a un'indagine generica del suo stato di salute, un'osservazione delle sue reazioni. Giorgia sa di trovarsi qui per un forte esaurimento psicofisico e non ha conservato memoria del periodo trascorso in clinica sotto effetto della terapia farmacologica, né del più recente stato di delirio.

"La ringrazio molto" dice Giorgia, congedandosi dal primario.

"Ricordi le note, per la prossima visita" dice lui, le braccia dietro la schiena. "Ora si goda la sua domenica."

Salutiamo entrambi. Mentre scendiamo le scale, lo sento guardarci, una sensazione che sparisce solo quando siamo definitivamente al di là della portata dei suoi occhi, in macchina, sulla strada.

Giorgia sta seduta composta nel sedile passeggero, guarda il paesaggio scorrere.

"I miei sono su di giri" dico, dopo qualche minuto di silenzio.

Sento le mani sudare intorno al volante, sono spaventato dalla possibilità che la conversazione finisca in un binario morto, neanche fosse il nostro primo appuntamento.

"Mia madre ha cucinato per un esercito."

Giorgia sorride: non posso vederla, devo concentrarmi sulla strada, ma il suo sorriso si apre ai confini del mio sguardo, è come poterlo incontrare direttamente e ha lo stesso potere. Penso alle sue gambe: ha ripreso il peso che aveva un anno fa, prima degli ultimi mesi di prove, e i pantaloni esaltano le forme del suo corpo – non importa se ho creduto di conoscerle a memoria: il tempo trascorso senza un contatto profondo ha cancellato le strade che ho percorso e devo imparare tutto dal principio. Deglutisco a vuoto, dirigo il pensiero altrove con uno sforzo.

"Ho un po' sonno" dice Giorgia.

"Puoi dormire, se vuoi. Non penso riusciremo a essere lì prima di venti minuti."

"Ma non voglio dormire quando sono fuori. Magari un po' di musica…."

Accende la radio e inizia a cercare una stazione. Quando si imbatte in una delle sue canzoni preferite, sento un brivido corrermi lungo la schiena: nei cinque secondi che lei impiega per valutare se le piace o no, mi torna in mente Mauro, e decido che dovremo rileggere il copione con attenzione, a prescindere da ciò che crediamo o non crediamo di aver provocato. Giorgia lascia proseguire il brano, ma non ne è entusiasta – mi ripeto che forse è solo una mia impressione, ma lo stesso sento l'angoscia scivolarmi in gola.

"È messa così male, la tua macchina?" dice lei, passando una mano sul cruscotto dell'Alfa.

"Sì, ma forse riesco a farla vedere dal meccanico, in settimana."

"Non vedo l'ora di uscire da qui e ricominciare a lavorare."

"Dobbiamo essere pazienti" dico, pensando al supermercato.

Lei annuisce.

"Sono contenta che oggi non c'è Mauro" dice. "Siete diventati inseparabili."

"Mi ha aiutato molto."

Giorgia sfila le scarpe, raccoglie le gambe al petto.

"Non ricordo quasi niente" dice. "Ho delle sensazioni vaghe, a volte, come di pensare qualcosa e non riuscire a parlare."

Imbocco l'uscita dalla tangenziale e, con la scusa di controllare dallo specchietto, raccolgo il tempo necessario a formulare una risposta non pericolosa.

"Sei stata male" dico. "Ma, come dice il primario, dobbiamo concentrarci sul presente. Come ti senti, adesso?"

Mi volto a guardarla ora che siamo fermi al semaforo. Lei appoggia la testa alle ginocchia e mi guarda con aria assonnata.

"Bene" risponde. "Ogni tanto vado in confusione."

"Credo sia normale."

"E tu?"

"Bene" dico, la guardo un attimo di più e non mi accorgo che è il momento di ripartire; qualcuno suona il clacson.

Ingrano la prima, lei continua a guardarmi.

"Ogni tanto vai in confusione" dice.

Ho istruito i miei genitori: le cose da dire e non dire, gli accorgimenti da prendere; li ho preparati alla possibilità che Giorgia faccia qualcosa di strano e li ho pregati di controllare le reazioni. Lei è stabile, è ancora sotto cura farmacologica costante, ma il primario si è raccomandato di prestare attenzione ai segnali di nervosismo e di assecondarla, tranne in caso di pericolo effettivo.

Quando arriviamo a destinazione, Giorgia non sembra ricordare bene la strada – svolta all'angolo sbagliato, poi mi raggiunge con una risata quando le faccio notare che sta andando a casa di qualcun altro. Si aggrappa al mio braccio e non mi lascia fino al portone dei miei genitori, come se avesse paura di perdersi, ma non è agitata: si guarda intorno felice, sorride ai passanti, addirittura saluta con il buongiorno una signora che incrociamo.

Credo di non averla mai vista così frizzante – forse molto tempo fa, ai primi tempi – non è più assonnata; penso che deve essere per via della sua convalescenza obbligata in clinica. Cerco di non pensare a quando dovrò riportarla indietro, più tardi.

Quando ormai siamo davanti alla porta dei miei genitori, non arrivo neppure a sfiorare il campanello: mia madre apre di colpo, sorprendendoci sul pianerottolo. Scoppia il rituale dei convenevoli – baci, abbracci, carezze, mia madre si commuove e si nasconde dietro alla schiena di mio padre. Giorgia sta nell'ingresso dei miei come una donna di Klimt dentro a un quadro neoclassico: è bella e fuori posto; ricordo di aver pensato la stessa cosa la prima volta che l'ho portata qui.

Attorno al tavolo, mia madre ci organizza da tradizione, intorno ai quattro lati, poi ci sommerge nelle sue chiacchiere, nello spezzatino, nelle patate al forno, mentre mio padre si limita ad aggiungere o togliere dai suoi discorsi due o tre frasi alla volta: si sono abituati a comunicare contemporaneamente con le persone durante gli anni al bar e adesso è facile capirli solo se parlano insieme. Dopo la fase di osservazione, i miei genitori si rilassano – Giorgia interagisce normalmente, è molto partecipe. La sua tranquillità incoraggia mia madre, dilata i suoi discorsi. Racconta e infila nella linea di fuoco i complimenti; vedo che si sente in colpa nel suo modo tipico, ha le guance rosse e la lingua sciolta, vuole recuperare. Penso al suo silenzio, all'invito muto ad arrendermi, ma non riesco a provare nessun tipo di rancore. Ogni tanto, mio padre alza la testa sul suo bicchiere di vino e mi osserva, ma io non restituisco lo sguardo.

Giorgia ha la sua gamba contro la mia, sotto il tavolo, e non la sposta per tutto il tempo. Durante il pranzo allunga una mano su di me, sul mio braccio, sulla mia spalla, mi tocca di nuovo come una superficie che le appartiene, e fatico a seguire il filo della conversazione.

"Sono così contenta" dice mia madre, dopo l'ammazzacaffè. "Ci sei mancata."

La guardo, ha la pelle lucida e quelli che tutti definiscono i miei occhi, verdi e resi liquidi dal vino.

Giorgia sorride, passa una mano sulla nuca, le dita tra i capelli corti.

"Grazie" dice.

C'è un momento particolare di pace, lo distinguo nitido: è quello in cui tutto sta tornando al giusto posto – ho di nuovo le orme dei miei passi davanti a me e basterà seguirle; le mie orme stanno proprio qui, in un posto che mi vede da quando sono nato; nella versione della persona che amo che ho imparato a conoscere.

C'è un momento particolare di pace, poi Giorgia si alza in piedi.

"Vorrei lavare i piatti" annuncia.

"Ma no, cara, stai pure seduta. Ci penso io, dopo" dice mia madre, agitando una mano.

"No, vorrei proprio lavare i piatti" ripete Giorgia.

Inizia a raccogliere le tazzine vuote, i bicchieri, i cucchiaini. Mia madre prova a toglierle qualcosa dalle mani senza nessun successo. Giorgia procede fino al lavello, incurante delle nostre proteste, apre l'acqua. Mio padre scrolla le spalle e fa cenno a mia madre di lasciar perdere. Stiamo a guardare Giorgia che svuota poco a poco il lavello, continuiamo a chiacchierare, ma lei non partecipa. Quando, esauriti i piatti e le stoviglie, la vedo accanirsi sui fornelli, inizio a preoccuparmi.

"Giò" la chiamo. "Va bene così, vieni a sederti."

Lei non dà segno di aver sentito. Mi alzo, la raggiungo.

"Giò?"
Le si volta di scatto, come se l'avessi distolta da un pensiero.
"Sì?"
"Va bene così, torni a sederti qui con noi?"
Lei mi sorride, poi si volta verso i miei genitori.
"È questione di un attimo" dice.
"Non ce n'è bisogno" dico. "Lascia qualcosa da fare a mia madre, per dopo."
"Ma io sono gentile" dice lei, confusa.
"Certo che sei gentile. Ma non c'è bisogno di fare le pulizie di primavera."
"Ma io sono gentile."
Inizio ad agitarmi, ma fingo di essere tranquillo: sento gli occhi di mia madre bucarmi la schiena.
"Sì, Giò, sei gentile."
"Voglio pulire."
"Sono sicuro che i miei genitori preferiscono la tua compagnia alla cucina pulita" dico, la prendo gentilmente per una mano. "Vieni."
Lei guarda la mano, poi i miei genitori, poi me; quando intercetto le lacrime è già troppo tardi: da zero a cento, Giorgia inizia a piangere. Sento la temperatura nella stanza crollare vertiginosamente.
"Ma io sono gentile" ripete, guardandomi come se l'avessi accusata di un crimine atroce.
"Certo, certo, Giò" dico, prendendola per le spalle. "Guardami. Certo che sei gentile."
Cerco di soffocare il panico, ma lei continua a piangere e il suo pianto cresce d'intensità, inizia a colorarle la faccia di rosso.

"Perché non vuoi che pulisca?" singhiozza, asciugandosi una guancia con una manica.

"Volevo solo che ti godessi il pranzo."

"Ma io voglio pulire."

Lo dice con una tale sofferenza che mio padre si alza da tavola.

"E lasciamola pulire, allora" dice, affiancandola. "Che problema c'è?"

"Io sono gentile" ripete Giorgia, voltandosi nella sua direzione.

"Eh, ci mancherebbe, lo so."

"Lo sappiamo, Giorgia" rincara la dose mia madre.

"Voglio pulire."

"Va bene, va bene, guarda, ti do il detersivo, la spugna per il piano cottura."

"Sei arrabbiato con me?" chiede Giorgia, guardandomi.

Ha gli occhi gonfi e la faccia rigata dalle lacrime.

"No, per niente, Giò. Hai ragione, pulisci" dico.

Mio padre mi prende per un braccio e mi fa tornare a sedere. Mia madre offre a Giorgia l'equipaggiamento, poi, dopo aver tentato di aiutarla e aver appurato di essere di troppo, ci raggiunge al tavolo.

Stiamo a guardare Giorgia che bonifica la cucina; più pulisce, più torna di buon umore. Al momento di sgomberare il tavolo dalle bottiglie e dalla biancheria, è raggiante. I miei genitori sono sollevati di vederla di nuovo sorridente, io mi agito sulla sedia. Lei sembra normale, presente a questa realtà, ma è evidente che qualcosa non va.

"Dovremmo spazzare per terra" dice Giorgia, le mani sui fianchi, studiando il pavimento.

Sento un brivido corrermi lungo la schiena. Non faccio in tempo a intercettarlo, che lei è già armata di ramazza e ci sgombera dalla cucina, agitandosi tra le gambe delle nostre sedie.

"Giorgia, bella, vuoi una mano?" chiede mia madre, con voce querula.

"No, grazie, non c'è problema" risponde Giorgia. "Non è che ha uno spazzolino? Le fughe sono un po' sporche."

Mio padre, turbato dalla crisi di pianto, le procura subito uno spazzolino da denti – "Ma è il tuo" protesta mia madre. "Che problema c'è, ne compro uno nuovo." Prima che ce ne possiamo rendere conto, stiamo guardando Giorgia, piegata a terra, che passa le setole insaponate tra le piastrelle. Mia madre mi prende da parte, trascinandomi in sala da pranzo.

"Filippo" mormora, con aria dolente.

"È solo un momento" dico, stando attento che Giorgia non si volti verso di noi.

Da qui vedo il suo didietro agitarsi, ma ogni pulsione erotica si è dissolta.

"Sei sicuro che sta bene?"

"Si sta ancora riprendendo. C'è bisogno di tempo" dico.

Uso il tono che piace a lei, fermo e sicuro. Mi crede, e tuttavia si volta ancora verso la cucina, poi di nuovo verso di me.

"Ma che dobbiamo fare, adesso?"

"Niente" rispondo. "Lasciamola pulire."

Oltre mio padre, che la fissa dalla porta, Giorgia continua a pulire. Dopo lo spazzolino lei vuole uno straccio, un secchio, la cera: non si ferma fino a che la cucina brilla.

Al rientro, in macchina, Giorgia è beata. Mi dice che le sono mancati i miei genitori, che sono squisiti: è proprio contenta di questa giornata. Ascoltiamo ancora la radio insieme, e lei è di nuovo la mia Giorgia, allora vorrei pensare che la crisi sia stata solo un momento; mi ripeto che non posso pretendere una riabilitazione completa e improvvisa e che il suo miglioramento è già di per sé una specie di miracolo.

Arrivati in clinica, lei si rabbuia. La accompagno fino alla stanza, poi dentro.

"Sono proprio contenta" ripete Giorgia.

Quando l'infermiera si affaccia alla porta per ricordarmi che ho ancora venti minuti a disposizione, prima del termine dell'orario di visita, lei mi fissa con il broncio.

"Devo avere pazienza?" chiede, una volta soli.

"Sì" dico.

Lei si acciambella come un gatto sul letto, raccoglie una mano sotto al viso e mi guarda dal confine del suo palmo. Le siedo accanto. Quando sono abbastanza vicino, lei prende la mia mano, la guida su un fianco.

"Coccolami" dice.

La rivelazione mi colpisce con la forza di una spinta. Riconosco il mio ricordo. Lei usa la stessa parola, la stessa tenerezza da bambina, e per un momento non so più dove sono, i due tempi della mia vita si sovrappongono.

Nel mondo passato, le mie dita sono sotto alla sua maglietta, disegnano cerchi intorno al suo ombelico, risalgono fino a un seno – nel ricordo, sento Giorgia tendersi sotto di me. Nel presente, la mia mano è debole, non riesce a risalire oltre il costato. Così vedo avverarsi i due tempi in un tempo solo e nelle due dimensioni divergo per azioni e reazioni.

Nel presente, Giorgia mi guarda: vedo il passato avverarsi nei suoi occhi. Così cerco di non disattendere le sue aspettative, mi forzo a inseguire il mio stesso tocco, ma fallisco. Le dita sono goffe, il solco invisibile ostruito.

"L'infermiera tornerà tra poco" dico, tirandomi indietro.

Sento il battito cardiaco forte nelle orecchie e riconosco l'eccitazione: non passa attraverso il corpo di Giorgia. È il sospetto che lei stia davvero prendendo spunto dal nostro copione e che questa sia la prova che io e Mauro speravamo di riconoscere.

"Hai ragione" lei è delusa ma sorride.

"Torno domani" dico.

Da qualche parte, il nostro ricordo finisce in un bacio.

Capitolo Sei
Incoerenza

Mentre stiamo a guardare, il giardino scivola grado a grado nel buio. La luce calda del salotto rende netti i contorni delle cose: il divano, il tavolo da pranzo, la penisola della cucina. Da qui si vede Giorgia, seduta sullo sgabello, e di fronte a lei Amelia. Non possiamo sentirle parlare, il vetro della finestra è troppo spesso, e loro esistono senza suono.

Siamo usciti con la scusa della sigaretta di Mauro, ma ora il suo mozzicone è spento, lui lo tiene morto lungo un fianco, stretto tra le dita. Giorgia e Amelia non ci vedono, siamo protetti dalle ombre degli aceri e, più la sera si scurisce, più il nostro nascondiglio si fa sicuro. Non potremo rimanere qui a lungo: gli invitati stanno arrivando.

"Che cosa ne pensi?"

Mauro non distoglie lo sguardo da Giorgia.

"Complessivamente sta bene, ma fa ancora quelle cose strane, ogni tanto."

"Cosa dice il primario?"

"Dice che potrebbe essere una fase di assestamento, o che questa potrebbe essere la nuova Giorgia: c'è bisogno di altro tempo per capirlo."

Mauro porta una mano ai capelli, inizia a stressare un ciuffo sulla tempia.

"Sua zia vuole vederla" aggiungo, riempiendo il suo silenzio. "Il primario l'ha informata degli sviluppi."

"Quando?" chiede Mauro, cercando il mio sguardo.

"Non lo so. Ha dato l'assenso per le libere uscite ma non sembra avere fretta di incontrarla di persona. Forse ha paura che lo stato di grazia non sia destinato a durare."

Lui annuisce lentamente.

"Dobbiamo considerare tutte le opzioni" dice.

"Cioè?"

"Potrebbe essere che questo sia davvero il decorso fisiologico della patologia" dice. "O potrebbe darsi che siamo stati noi a innescare il processo."

Mi guardo intorno, ho la paura irrazionale che qualcuno ci sorprenda alle spalle – mi tocca di nuovo l'idea che il nostro segreto sia pericoloso o magari sbagliato, che noi non dovremmo parlarne, che non dovrebbe neppure esistere. Allo stesso tempo, pensare che i nostri sforzi abbiano aiutato Giorgia mi esalta.

"Come facciamo a stabilirlo? Potremmo essere suggestionati."

Mauro sorride all'ingiù.

"La realtà è tutta suggestione" dice. "Comunque, non possiamo averne nessuna certezza. Dobbiamo considerare la possibilità come se fosse l'unica a nostra disposizione e, al tempo stesso, essere consapevoli che la causa potrebbe non avere nulla a che fare con noi. Capisci che cosa intendo? Potrebbe essere o non potrebbe essere, ma comportiamoci come se lo fosse."

Faccio un respiro profondo, mi preparo al salto.

"Va bene" lo dico come se avessimo siglato un accordo.

"Va bene" ripete Mauro. "Ho letto il copione, come ti avevo detto."

"E?"

"Ho trovato un errore che stavamo cercando. In nessun passaggio abbiamo parlato dei suoi vestiti. Ci siamo concentrati troppo sulle singole scene, sulle interazioni, e nessun cenno ai costumi di scena, neppure mezza riga nel sottotesto. Non posso credere di aver fatto un errore così grossolano."

"Credi che la sua confusione sia dovuta a questo?"

"Credo che il problema potrebbe essere più profondo" dice. "L'abbiamo bombardata di dati e lei risponde in modo adeguato. Per esempio, che ne pensi del movimento?"

Torno istintivamente a guardarla, e Mauro mi imita. Giorgia si sporge sul marmo, le braccia intorno al corpo, e osserva Amelia da vicino, mentre lei apre una bottiglia di vino.

"Non c'è niente che non va, nel movimento."

"Penso anch'io, è fedele" dice lui. "Sono lo stesso preoccupato di aver lasciato indietro qualcosa, come se lei non fosse completa. Se davvero avessimo fatto un buon lavoro, anche senza chiare indicazioni, lei dovrebbe essere capace di intuire cosa le piace e cosa no. Ma se il nostro errore sta nel non averle dato un gusto… be', è più complicato."

Il pensiero mi mette in agitazione.

"Quali altri effetti hai notato, a parte il problema dei vestiti?" chiede.

"C'è la storia della gentilezza: la prende troppo sul serio, non capisco perché" dico.

"Potremmo aver esagerato."

"Ma come facciamo a saperlo con sicurezza?"

"Dobbiamo rileggere più attentamente" risponde lui. "Ti va di venire, una sera di queste? Ci rimettiamo sul copione."

"Ma a che pro? Non è troppo tardi?"

Lo sguardo di Mauro comincia a sciogliersi nel buio invernale, così, quando mi guarda, non riesco a decifrare la sua espressione.

"Possiamo intervenire e aggiustare dove c'è bisogno."

"Riscriverlo?" sfiato, già atterrito dalla prospettiva.

"No. Integrarlo, piuttosto, e solo dove necessario."

"E poi?"

"Poi riprendere a leggere."

Lui mi guarda scuotere la testa. Faccio due passi indietro nel giardino, allontanandomi dalla finestra. Questa nuova idea è troppo per le mie forze.

"Sarebbe anche un ottimo modo per verificare l'efficacia del metodo" aggiunge Mauro. "Una sorta di prova del nove."

"Questa storia mi mette paura" trovo il coraggio di dire, alla fine.

"Anche a me" Mauro tira fuori un'altra delle sue sigarette, trova la fiamma e per un momento vedo di nuovo la sua faccia che si accende, poi torna subito a confondersi nelle ombre. "Ma ci siamo spinti troppo avanti, capisci? Se davvero stesse funzionando, non possiamo rischiare di lasciare il lavoro a metà. Ne va della felicità di Giorgia."

Ci siamo spinti troppo avanti.

"Ci vediamo domani sera?" propone Mauro.

"Va bene."

Ci interrompono le luci dei fari: arrivano le macchine, illuminano il viale esterno. Sono le sei e il pomeriggio invernale finisce nell'oscurità. Senza aggiungere una parola, Mauro si prepara ad accogliere gli ospiti.

Il gruppo è selezionato, quattro amici di vecchia data, ragazzi che hanno lavorato con Giorgia e Mauro o frequentato gli stessi corsi, in passato. Sono stati preparati: è Mauro ad avergli accennato della convalescenza di Giorgia e dei nostri tentativi di reinserirla nel mondo reale. L'idea che tutti coloro con cui Giorgia si relaziona siano in qualche modo messi in guardia mi disturba – sottolinea la precarietà del nostro equilibrio.

Neanche oggi Giorgia ce l'ha fatta a superare il problema dell'abbigliamento. Ha di nuovo avuto una mezza crisi, ho cercato di forzarla più del solito, e ho ottenuto che scegliesse solo la sciarpa da indossare. Il fatto di essere stata lei a scegliere deve averla impressionata, perché non l'ha più tolta. Sta seduta al tavolo, affacciata al piatto di pasta, con la sciarpa di lana azzurra ancora annodata intorno al collo. Non so se dirle di toglierla o far finta di nulla. Gli altri sono a proprio agio, così decido di lasciar perdere, anche se dentro il riscaldamento è alto e lei ha le tempie sudate – brillano sotto la luce, lasciate scoperte dai capelli corti.

Amelia mi sorride incoraggiante, seduta di fronte a me, mentre Mauro, a capotavola, intrattiene gli ospiti.

"Quando l'impalcatura del vestito comincia a cedere, è già troppo tardi, e comunque Vanna è così presa dall'interpretazione che non se ne accorge. Atto terzo, scena madre: il tessuto scivola giù dal sottogonna e il suo grande culo esplode sul palcoscenico."

Mauro getta indietro la testa in una sonora risata e il suo divertimento ci contagia. Non è solo il racconto, o il modo in cui lo riferisce: è la sua partecipazione alla narrazione. Ha bevuto molto, da quando ci siamo seduti a tavola, e non l'ho mai visto ridere così ostentatamente, né proporre una quantità tale di aneddoti. Ha preceduto ogni insidioso punto morto nella conversazione, deviato i potenziali pericoli.

L'unica a non essere impressionata dai suoi resoconti è Giorgia. Sorride timidamente, gioca con gli spaghetti, mi guarda come per accertarsi che anche io trovi davvero simpatici gli aneddoti di Mauro. So che lui se ne è accorto. Fino ad ora, l'impassibilità di Giorgia l'ha spinto a puntare sempre più alto, esagerare. Tutti i suoi sforzi falliscono.

Alla conclusione dell'ultima storia, è stremato – o forse sono io a immaginare il doppio fondo del suo sguardo, la stanchezza dietro alla scusa di un bicchiere di troppo. Si ritira nel suo angolo, un mezzo sorriso da giullare triste sulla bocca. Sento una punta di goduria stuzzicarmi, e non vorrei. Scaccio il pensiero inseguendo la conversazione.

Succede mentre io e Mauro siamo entrambi distratti, lui che finge di ascoltare, il mento appoggiato a una mano, io che sono ipnotizzato dal sudore sulla fronte di Giorgia – la mia attenzione schizza dall'orologio alle goccioline che le bagnano la radice dei capelli. Ci accorgiamo che la discussione è diventata rischiosa quando è già troppo tardi e Giorgia è coinvolta.

"Te lo ricordi? Paola aveva fatto quella scenata assurda, si era presentata nel bel mezzo della prova" dice uno degli invitati, un ragazzo attraente con un vistoso orologio al polso.

"Sì" risponde Giorgia. "Me lo ricordo."

"Non si era mica messa a urlare che la parte doveva essere sua, o qualcosa del genere?" aggiunge una delle due ragazze, scuotendo la testa. "Incredibile."

"Che poi, ci voleva un bel coraggio. Il confronto con te era impietoso. Cosa le sarà passato per la testa, per non vedere la differenza?"

Giorgia si volta nella mia direzione, mi guarda incerta.

"Io sono sincera" dice.

È una constatazione, non ho il tempo di replicare.

"Lei non credeva di essere più brava di me" dice Giorgia, rivolgendosi di nuovo agli ospiti. "Paola credeva di dover avere la parte perché lei e Mauro facevano sesso. Credo che lui gliel'avesse lasciato intendere, più o meno."

Una forchetta si schianta in un piatto, subito dopo Amelia chiede scusa e soffoca il boccone di pasta dietro al tovagliolo. Mauro è congelato nella sua posizione, la mano a sorreggere la testa, e guarda Giorgia dritto in faccia.

"Io li ho anche visti" aggiunge Giorgia. "Una volta in via San Mansueto, in macchina. Passavo di lì con la bicicletta. Lei gli stava facendo un-."

"Giò" tento, schiarendo la voce. "Forse non è il caso... sono questioni personali."

"No" dice Giorgia, pacifica. "Lo sapevano tutti. Mauro faceva sesso con quasi tutte le alunne del corso intermedio, e anche con qualcuna di quello principianti. Lo chiamavano il battesimo del-."

"Giò."

"Maestro."

Ora siamo tutti immobili intorno al tavolo. Per un folle momento, sento che Giorgia ci tiene sotto scacco. Non ha bisogno di violenza, di alzare la voce: siamo tutti appesi a lei, senza neppure il coraggio di guardarci. Abbasso gli occhi, fisso con ostinazione l'orlo della tovaglia.

"Hai dimenticato il gruppo senior" dice Mauro, rompendo il silenzio.

"No, non l'ho dimenticato" ribatte Giorgia. "Ma il gruppo senior era l'ultima scelta. Tu dicevi che ti piacevano i talenti da formare."

Nella sua voce non c'è provocazione, nessuna cattiveria, è un'analisi atona e impersonale.

"Ti ricordi proprio tutto."

"Mauro…."

Alzo lo sguardo, vedo Amelia rivolgergli un'occhiata d'avvertimento.

"Andiamo, lo sapevate già tutti, non prendiamoci in giro" continua Mauro, ignorandola. "Ti ricordi qualche altro dettaglio, per esempio, sulle insegnanti?"

"Sì" risponde Giorgia, imperterrita. "Morivi dietro alla Gandolfi. Ci è stata solo quando l'hai portata a cena per la terza volta."

"La Gandolfi?" il ragazzo con l'orologio non riesce a trattenersi. "Non ci posso credere. Ma è vero?"

"Io sono una persona sincera" ripete Giorgia, con aria offesa.

"Allora, Giorgia, tu che sei una persona sincera" dice Mauro. "Dimmi, ti ricordi com'è andata, con te?"

"Mauro!" esclama Amelia.

"Non provare a metterti in mezzo."

Gli occhi di Mauro sono feroci. Penso che dovrei alzarmi e andarmene, portare Giorgia via con me, ma non riesco a muovermi.

"Mi stai mettendo in imbarazzo" dice Giorgia.

"Perdonami, Giò" Mauro finge un sorriso contrito. "Ma tu sei sincera, giusto? La sincerità ha sempre un prezzo. Rispondi alla mia domanda."

"Sei scorretto" dice Giorgia, serena. "Sei sempre stato scorretto."

"Indubbio. Ti ricordi com'è andata, con te?"

"È stato dopo una prova, eravamo soli. Mi hai messo una mano dietro la testa, l'altra tra le gambe."

Amelia scatta in piedi.

"Mi rifiuto di assistere a questa sceneggiata!"

"Sta' zitta."

"Filippo!" gli occhi di Amelia annaspano cercando i miei, mi supplica, incredula.

Io continuo a non trovare la forza di oppormi agli avvenimenti. Mi scuso con gli occhi. Il desiderio di sapere, adesso, è più forte della mia volontà.

"Continua, Giorgia, continua. Cos'è successo, dopo?" incalza Mauro, sporgendosi sul tavolo.

Ha gli occhi lucidi, i pugni stretti.

"Ti ho detto di no. Tu hai lasciato perdere."

La risposta di Giorgia deflagra sulla compagnia. Sento il mio corpo slegarsi, la tensione sciogliersi.

"Ho molta aria nella pancia" annuncia Giorgia, incurante del nostro scombussolamento. "Devo andare in bagno."

Ci lascia, sudata nella sua sciarpa azzurra; Amelia la segue subito.

Il silenzio è così spesso che ci annego dentro.

"Non è così male" tenta il ragazzo con il codino. "Voglio dire, a parte l'intermezzo, si capisce. Generalmente, sembra stia bene."

"Sì" dice la ragazza al suo fianco. "Ci aspettavamo peggio, da quello che avevi accennato."

Gli amici di Mauro, che sono brave persone, costruiscono una conversazione intorno a noi due; nonostante io e Mauro non partecipiamo, neppure parliamo, loro continuano, anche quando io e lui finalmente riusciamo a guardarci di nuovo in faccia.

Lui è accasciato contro lo schienale della sua sedia. Mi guarda come per dire: "Hai visto?"; e io lo guardo come per dire: "Mi dispiace."

***

Abbiamo ripreso in mano il copione. Lo leggiamo in doppia copia, di nuovo ligi al nostro programma, armati di penna rossa. Alla rilettura, gli errori si sono moltiplicati. Mauro dice che non dobbiamo fissarci troppo sulla questione delle responsabilità: è stata una prova, l'abbiamo trattata come tale e il risultato è ottimo in ogni caso, seppure una revisione significativa sarà necessaria; lo dice mentre la sua penna sventra i dialoghi, aggiunge interi paragrafi di sottotesto. Io non sono ancora convinto della bontà di quello che stiamo facendo, né che le nuove stranezze di Giorgia siano causate dalla nostra pessima prova da drammaturghi, ma ho smesso di dirlo, perché Mauro non tollera più le mie lagne.

Dalla cena del terrore, provo per lui una specie di pena. Non abbiamo riaperto l'argomento, né io ho sentito il bisogno di fare ulteriori indagini. L'ho guardato sparire sotto alla sincerità spietata di Giorgia; mi sono chiesto se, all'epoca, il rifiuto di lei sia stato un colpo per il suo orgoglio – e mi sono detto di no: lui non si attacca veramente a nessuna delle sue amanti, appaiono e scompaiono ai margini della sua vita come comparse, in un ricambio continuo.

A Giorgia ho chiesto perché l'ha fatto, ma lei non mi ha offerto altro che le sue risposte ottuse: "Io sono sincera"; "Io sono gentile." Ho provato a spiegarle che, a volte, le due possibilità non possono coincidere; che, più spesso di quanto si creda, la verità esclude la gentilezza e la gentilezza non può contemplare la verità. Lei non ha capito, questa affermazione ha provocato un altro cortocircuito.

Il giorno in cui riporto Giorgia a casa per la prima volta, c'è un acquazzone. L'ombrello si rompe nel tragitto che consumiamo di corsa, dall'auto al portone del nostro interno: ci bastano i pochi metri di cortile per trovarci bagnati fradici. Una volta al riparo, Giorgia mi lascia la mano, drena via l'acqua dai capelli; si mette a ridere come una bambina e, anche se non ricordo di aver sentito questa sua risata così di frequente, in passato, mi scopro a gradirla. È una versione alternativa di Giorgia, o forse solo la sua eco, ma è pur sempre lei.

"Che tempo stupido" dice, togliendosi il giubbotto, nel pianerottolo.

"Già" sbuffo, precedendola sulle scale.

Siamo subito alla nostra porta, la prima alla sinistra dell'ascensore. Anche se è la solita porta, torniamo indietro al giorno del nostro trasloco: sento la stessa strana tensione, come se, non appena saremo dentro, qualcosa dovesse per forza succedere.

Cedo il passo a Giorgia e lei mi precede all'interno. Riconosco di nuovo il percorso del mio ricordo, la scena principale – ho smesso di stupirmi della sua fedeltà al copione e tuttavia vederla rispettarlo mi fa impressione, osservo ogni mossa come tentando di coglierla in fallo. Invece Giorgia riproduce senza errori i dieci passi nel corridoio, e la sua voce, quando scompare oltre l'angolo del salotto, è la stessa.

"Vorrei tornare a vivere qui" dice, quando la raggiungo.

Tocca il profilo del mobile, guarda il divano dove l'ho aiutata a provare la sua parte.

"Tornerai presto" dico.

"Lo credi davvero?"

"Sì."

Il pensiero del copione adesso è fisso, non riesco a scacciarlo. So che cosa succede dopo, perché sono già stato qui, così tante volte, durante il mio esercizio. Lei allunga una mano verso di me, proprio come fa adesso, poi mi attira a sé, e il bacio è identico: lo è nelle proporzioni fisiche, temporali. Una memoria precisa che torna a trovarmi.

Giorgia mi prende per mano e mi guida in camera da letto. Il passato si realizza, conosco la pressione, il rumore dei suoi vestiti che scivolano a terra quando lei si spoglia. La vedo nuda e bianca, sovrapposta al suo fantasma. Facciamo l'amore nello stesso modo, nella stessa posizione, la bocca affonda nella sua stessa orma, la lingua raccoglie lo stesso sapore. Anche il piacere è identico, e la macchia addosso a lei ha la stessa trama, il piumone si chiazza nello stesso quadrante.

Quando è finito, l'angoscia mi prende alla gola e stringe. Tutt'un tratto vorrei scappare via da qui.

"Sei felice?" chiede Giorgia, seguendo la sua battuta.

Non ho il coraggio di tradire il mio ruolo.

"Sì."

"Oggi ho pensato una cosa" dice poi, ed è la sua prima deviazione.

Sto su un fianco e la guardo.

"Cosa?"

"Ho pensato che non ho uno scopo nella mia vita" risponde. "Un obiettivo. Mi alzo al mattino e non c'è niente che voglio."

Penso ancora al copione, l'idea non se ne va.

"Tutti hanno uno scopo, non credi?"

La camera da letto di Mauro è nella mansarda, occupa tutto il terzo piano. Non c'è una porta, le scale portano direttamente alla bocca della stanza, nel pavimento ci sono ancora i segni del cartongesso che deve essere stato rimosso per ampliare la pianta – un tappeto li maschera, ma non integralmente. C'è il letto, sistemato contro la parete di fondo, un attaccapanni, l'armadio tagliato su misura. Si vede che questo non è il luogo della casa dove lui passa il suo tempo: a differenza della tavernetta, l'ordine delle cose è rispettato. Ci sono dei vestiti lasciati appesi all'attaccapanni, le lenzuola rimboccate tra il materasso e la spalliera, ma non c'è traccia del corredo che lo segue dappertutto – nessun posacenere, libri o carta accumulata negli angoli.

Quando Mauro torna su, è nudo. Abbiamo iniziato la nostra discussione al pianterreno, poi abbiamo proseguito durante i suoi preparativi: stasera dobbiamo assistere a una prima. Lui strofina in fretta i capelli con un asciugamano, lo sfrega senza eleganza tra le gambe, poi lo getta a terra.

"Dicevamo" fa, aprendo una delle ante dell'armadio e riprendendo la conversazione da dove l'abbiamo interrotta. "Ci ho pensato mentre facevo la doccia: hai ragione, abbiamo seguito troppo da vicino i tuoi ricordi. Avremmo dovuto elaborarli e inserirli in un contesto originale."

"Sì" confermo, mentre lo guardo scegliere una giacca e un paio di pantaloni. "Così è come una continua replica. Io non riesco a concentrarmi, sto impazzendo."

"Forse è la strada che avremmo dovuto seguire fin dal principio" dice lui, lanciando i vestiti sul letto. "Forse avremmo dovuto costruire una trama. Niente di troppo complesso, ma *qualcosa*."

"E quello che ha detto oggi? "Lo scopo della sua esistenza"... io non vorrei che diventasse un'altra fissazione o, peggio, una causa di malessere."

"È risolvibile. Basta darle un'aspirazione, tutto si muoverà di conseguenza" Mauro infila la biancheria.

Sto seduto nell'angolo del letto e lo guardo indossare i vestiti.

"Vieni così?" mi chiede, abbottonando la camicia.

Abbasso istintivamente gli occhi sul mio maglione infeltrito. Scosso dalla mattina trascorsa con Giorgia, non ho neppure pensato a scegliere qualcosa di più appropriato.

"Avevo il cambio a casa, ma l'ho dimenticato" dico.

Mauro stringe la cintura e torna all'armadio, sceglie una giacca scura.

"Ti sta di sicuro" dice, lanciandomela.

Non tento nemmeno una protesta, sfilo il maglione e indosso la sua giacca sopra alla t-shirt. Vorrei raccontargli di oggi, spiegargli di Giorgia, perché da quando l'ho riportata in clinica il malessere si è ingigantito e mi sento incapace di trattenerlo. Poi ripenso alla cena dell'orrore e alle rivelazioni di lei, e non ho il coraggio di parlare.

"Abbiamo avuto troppa fretta di concludere" dice Mauro, raccogliendo i capelli bagnati in una coda. "Sei pronto?"

"Sì."

Scendiamo le scale, già in ritardo di quindici minuti sulla tabella di marcia.

"Ci siamo fermati alla prima stesura" continua Mauro. "Il personaggio di Giorgia, per come si presenta nel copione che abbiamo scritto, è ancora un abbozzo. Elaborato, ricco di spunti eccellenti, ma pur sempre un abbozzo. Non possiamo stupirci che lei si comporti in modo strano: l'abbiamo messa in una condizione di disequilibrio."

Saltiamo entrambi l'ultimo scalino, ancora sfondato.

"Poi, come ti accennavo ieri, abbiamo esagerato con i sentimenti" raccoglie le chiavi dal mobile dell'ingresso e siamo subito fuori. "Lei è descritta in modo troppo romantico."

Il freddo di questa sera di marzo è asciutto. Intuisco vagamente quello che Mauro intende – ma è subito troppo tardi per parlarne ancora approfonditamente: decidiamo di rimandare le conclusioni all'appuntamento di domani.

Il teatro è in Porta Romana, siamo costretti all'agonia delle code nel parcheggio sotterraneo. Al nostro arrivo, le luci sono già basse: raggiungiamo Amelia e Giulia, sedute accanto ai nostri posti, pochi minuti prima che in sala si faccia buio. Le file frontali sono state sgomberate, al loro posto c'è un cerchio di tavolini e sedie occupati dal pubblico. La scena si apre al livello della platea, non c'è un confine netto, e l'attore compare senza annunci, quasi di soppiatto. L'abito di scena è povero: un maglione scuro, pantaloni lisi sulle ginocchia. Dopo dieci minuti, riconosco nella sua voce le parole di Pasolini; penso di essere arrivato qui totalmente impreparato, come sempre.

A metà dello spettacolo, quando abbiamo già raggiunto un livello discreto di sofferenza, il copione ha un'impennata, l'attore si trasfigura e, dopo, si spoglia. Lo guardiamo diventare l'assassino, ha un corpo uguale al nostro – ho il coraggio di voltarmi verso Amelia e Mauro, e vedo lo stesso corpo riflesso nei loro volti, le ombre identiche a quelle che aprono il costato. Allora mi prende il terrore: è nelle parole che recita l'attore; lui si trasfigura e le sue frasi mi si intasano nei polmoni. Quando è finito sono grato, perché mi sento soffocare.

All'uscita, Mauro ha una serie infinita di conoscenti da salutare; rimaniamo tra le schiere degli ultimi, ma non ci tratteniamo per omaggiare il protagonista: le ragazze hanno fame, loro l'hanno già incontrato e visto altrove. Finiamo in un ristorante vicino, ma nessuno di noi ha voglia di approfondire sullo spettacolo, evitiamo il discorso; Giulia ci intrattiene, parla moltissimo – di se stessa, della chitarra che sa suonare, delle poesie che scrive, del cinema d'autore che le piace. Io e Amelia sappiamo che Mauro non la ascolta ma lui finge granitico e, nel frattempo, continua a riempirci i bicchieri di vino. Noi beviamo tutti per motivi diversi: Amelia perché è di buon umore, Giulia per mostrare che sa come tiene una donna il bicchiere, io perché da quando ho fatto di nuovo l'amore con Giorgia, invece di ritrovarmi, mi sono perso del tutto.

All'uscita dal ristorante siamo ubriachi. Sotto all'arco di Porta Romana ci fa compagnia una luna che è un arancio, o forse è un lampione. Mauro ci carica in macchina come adolescenti in gita scolastica.

"Era proprio piccolo" continua a ridacchiare Giulia, e Amelia le va dietro. "Era piiiccolo piccolo piccolo."

"Giulia, ma tu che cosa pretendi? Un fenomeno del teatro italiano e pure superdotato?" la prende in giro Mauro, guardandola dallo specchietto.

Mi giro, attirato dal buonumore che mi ispirano le loro risate stupide, e vedo Giulia distesa sulle ginocchia di Amelia, gonfia dal ridere, il reggiseno scappato alla presa lenta della scollatura. Amelia ride con la testa all'indietro e di lei si vede solo una gola lunghissima.

Mauro le guarda affamato dallo specchietto, così, anche se sono ubriaco, non mi stupisco quando dice di volerci portare tutti a casa sua, subito. Arrivati, lui beve quello che non ha bevuto per riuscire a guidare. I nostri discorsi si sfilacciano, perdono di senso, sono intervallati dagli strilli di Giulia – "Io so suonare anche il guitalele!" Quando è stanco di sentirla parlare, Mauro la trascina su per le scale e loro due spariscono.

Soli, io e Amelia, ci guardiamo solo per sbaglio.

"Ti va di mettere su un po' di musica?" chiede lei, a un certo punto. "Ho un giradischi."

"Va bene" dico.

"È su da me."

"Va bene."

Nonostante l'alterazione, ricordo la trappola nel primo gradino, lo supero dietro ad Amelia, che risale le scale senza fare rumore. Dall'ultimo piano arrivano ancora le risate di Giulia. Entriamo nella sua stanza, che è più grande di quella degli ospiti. Ha una parete coperta di foto polaroid, facce sceme scolorite dall'inchiostro lucido, e ha detto la verità: il giradischi è a terra, in un angolo, sotto alle mensole dove lei tiene i vinili.

"Me li ha regalati quasi tutti Mauro" dice, indicandoli. "I primi tempi, quando ci siamo conosciuti, io non sapevo nemmeno che musica mi piacesse. Avevo detto di volere un giradischi solo perché mi sembrava una cosa sofisticata. Una cosa che lui avrebbe apprezzato" lo dice a voce bassa, rallentata.

Raccoglie i capelli biondi in una coda, poi la scioglie subito su un lato del collo. Fa un gesto e all'improvviso io noto il suo vestito corto, di un verde che adesso brilla; il grado di bianco nella sua pelle e una vena alla base del collo, in una virgola.

"Sai com'è che succede?" dice, scegliendo un vinile.

Si accuccia a terra, sui tacchi, lo sfila dalla custodia con cura. Poi ripete il gesto a memoria: solleva la testa, sceglie la traccia; chissà quante volte ha sentito questa canzone.

"Cosa?" dico.

"Eh?" fa lei, tornando in piedi.

"Com'è che succede, cosa?"

"Non lo so, devo andare in bagno."

La guardo uscire dalla stanza; appena lei non c'è più, non so perché, ma mi convinco che non tornerà. Mi metto a sedere sul letto, che è poco più alto di un futon, con un piumone croccante sopra. Ho un momento di assenza, sull'onda dei Jefferson Airplane, e forse dura moltissimo, due o tre giorni, o invece finisce quando Amelia torna.

Non ha più le calze e il vestito le si è impigliato in un angolo delle mutande, così la gonna si alza asimmetrica tutta da un lato. Accende un'altra luce, l'abat-jour. Da questo angolo del materasso sono vicinissimo al giradischi, così, quando lei si piega, senza più scarpe, né calze, io vedo nitidamente la goccia d'acqua che le è rimasta su una coscia e scivola giù, fino alla piega interna del suo ginocchio sinistro. È come il primo giorno qui, con Mauro: tutto si fa nitido prima di sfocarsi completamente.

Amelia cambia la traccia, ma sono ancora i Jefferson Airplane.

"Mi ricordo" dice, sedendosi vicino a me.

Ha i piedi piccolissimi, gli occhi limpidi.

"Cosa?" dico.

"Come succede."

Succede nella sua bocca, in questo letto e dentro al suo corpo. È tutto nitido prima di sfocarsi completamente.

Arrivo in ritardo all'appuntamento del pomeriggio con Mauro. Ho anche pensato di annullarlo, fingere di stare male, perché l'idea di tornare a casa sua mi atterrisce.

Questa mattina mi ha svegliato l'alba. Amelia era ancora sopra di me per metà, la testa a fondo nel mio cuscino, la pelle sottile di un seno incollata alla mia, crollata come se le avessero sparato alle spalle; si era raffreddato il sudore, il mio corpo, ma ho iniziato a sentirlo solo quando mi sono alzato. Ho fatto la raccolta dei vestiti, sono stato attento al rumore; le tempie mi battevano per il mal di testa, ma non mi sono fermato nemmeno per andare in bagno. La casa era un acquario di quelli che piacciono a Mauro, con un mare artificiale tutto denso e biancastro. Non ho ricordato la trappola dell'ultimo gradino: ci sono finito dentro con un piede e ne ho ricavato un brutto graffio sulla caviglia.

Quando sono arrivato a casa, ho deciso di non pensare. "Non me lo posso permettere," mi sono detto, "se lo farò andrà tutto perduto." Così sono tornato a dormire, nel mio letto, e, al risveglio, ho recitato il copione di una domenica qualunque: il dopo sbornia, un caffè senza zucchero. Alle dieci e trenta, ho chiamato Giorgia in clinica, che già sapeva non ci saremmo rivisti prima di lunedì; le ho raccontato dello spettacolo della sera prima. Al suono della sua voce ho avuto un breve cedimento, e mi è tornata di nuovo davanti agli occhi la schiena di Amelia, la sua curvatura imperfetta. Ho ricacciato indietro il ricordo insieme all'alito acido, in un sorso d'acqua.

All'alba di stamattina, ero solo nel silenzio. Davanti alla porta di Mauro ho l'ultima esitazione: il mio mondo che minaccia di crollare ancora, e subito dopo il suono del campanello. Immagino Amelia venire ad aprire la porta, come il primo giorno in cui ci siamo incontrati, ma resisto alla tentazione di elaborare mentalmente le scuse. Tengo il punto sulla mia realtà e vengo premiato: ad aprire è Mauro.

"Ma porca-" nello spalancare la porta inciampa nelle scarpe lasciate all'ingresso, il caffè che ha in mano si inclina insieme alla tazza e cade sul pavimento, un po' anche tra le dita dei suoi piedi nudi.

Stiamo a guardare il disastro per qualche secondo.

"Entra" dice lui, poi.

Ha in bocca la sigaretta spenta del fermento creativo – ormai ho imparato a riconoscerla – e non sembra che sappia. Lo studio, mentre asciuga il parquet con uno strofinaccio, poi lo guardo lavarsi le mani in cucina. Quando ha rimediato al danno, mi guarda dritto in faccia, e in lui non vedo niente che mi dica di essere stato scoperto. Decido di non pensare ad Amelia, a se e quando glielo potrebbe confessare.

"Vuoi un caffè?" chiede Mauro.

"No, grazie."

"Iniziamo subito?"

"Subito" rispondo.

In tavernetta, torniamo ai nostri posti.

"Facciamo il punto" dice Mauro, recuperando un foglio e una penna. Il copione è pronto sul tavolo, apre le pagine al segno che ha lasciato. "Ho trovato un passaggio che potrebbe essere la fonte di tutti i nostri problemi. È la scena in strada, prima del bacio, quando state camminando per allontanarvi dal mucchio di gente in coda davanti alla gelateria. Lei dice: "Io sono sempre sincera". E tu: "Sempre?". E lei: "Io sono sempre sincera e gentile"."

Lui alza gli occhi e mi guarda torvo.

"Va bene, non è il massimo" dico, intimorito dal suo sguardo.

"È orrendo. Non leggevo un dialogo così brutto da moltissimo tempo."

"Credevo che alla forma avresti pensato tu. Sai che non sono uno scrittore…"

"La responsabilità non è tua, infatti" dice Mauro. "Ho voluto rispettare la memoria che hai di Giorgia, ho cercato di renderla fedele e aderente al tuo ricordo, senza domandarmi se ciò che leggevo fosse credibile in termini narrativi: il risultato è un personaggio traballante. Insomma, già solo queste due frasi fanno acqua da tutte le parti. Chi è che è sempre sincero? Nessuno. Come facciamo a metterle in bocca questo pensiero? Credi che Giorgia avrebbe detto davvero: 'Io sono sempre sincera'?" O peggio, credi che lei fosse sincera in questo modo assoluto?"

Le sue domande mi incalzano troppo velocemente. Lo guardo infliggere altri due tagli rossi nella carta.

"Non credo che fosse sincera in modo assoluto. Ma lei era, lei è sincera" dico.

Mauro passa una mano tra i capelli, poi massaggia gli occhi, si appoggia allo schienale della sua sedia.

"Filippo" dice. "Giorgia ci ha mentito sulla sua malattia. Non possiamo descriverla come una persona sincera, sarebbe del tutto incoerente con il suo personaggio."

Anche se lui l'ha detto con gentilezza, incasso il colpo.

"Capisci cosa intendo per coerenza del personaggio? Le facciamo dire che è sempre sincera, poi, nel sottotesto, spieghiamo che lei ha una malattia di cui non parla a nessuno, neppure a te, che sei il secondo personaggio principale di questo dramma. Il fatto che l'abbiamo descritta capace di nascondere e gestire la sua malattia, come è stata per i tre anni della vostra storia, è irrilevante: l'omissione è una menzogna. E questa è una menzogna grossa."

"Io penso comunque che lei fosse sincera, nonostante quella bugia" insisto.

Mi sento stretto all'angolo, come se Mauro stesse tentando di chiudere le vie di uscita.

"Pensi che lei ti dicesse la verità su tutto? Che l'unica eccezione fosse la malattia?"

La sedia si fa scomoda, cerco una posizione che non mi costringa a fronteggiarlo direttamente. Raccolgo uno dei fogli che lui ha preparato, poi una penna.

"Penso che lei facesse come facciamo tutti" dico, iniziando uno scarabocchio.

"Quello che tutti facciamo è diverso dall'essere sinceri. È selezionare le verità accettabili."

Il pensiero torna alle nostre sere, quelle prima del ricovero, e alle lunghissime passeggiate del fine settimana, in centro – seguivamo la strada del ritorno dai miei corsi invernali in Statale: via Torino, la deviazione in Colonne di San Lorenzo, sfiorare il fianco di piazza Vetra; in corso di Porta Ticinese Giorgia guardava le vetrine dei negozi e i vestiti che avrebbe comprato in un altro momento, e quel momento non arrivava mai; in piazza Ventiquattro Maggio stavamo come bambini in riva ai semafori, Giorgia mi stringeva la mano per un riflesso, non la lasciava mentre camminavamo sul lato sbagliato del Naviglio. Inizio il mio esercizio per istinto, ormai, distinguo le nostre conversazioni, le ricordo parzialmente e tutte assieme, nelle conversazioni il racconto che ci facevamo, uno con l'altro, uno per l'altro, di una vita che non esisteva mai completamente. Ogni giorno una variazione impercettibile nella nostra versione e, un passo alla volta, avevamo creato due mondi incompatibili: in uno di essi ci fingevamo convinti di vivere.

"Forse sarebbe più corretto dire che Giorgia mentiva per non fare del male. Che tutte le sue bugie seguivano il criterio della bontà."

Mauro parla con cautela, ma lo stesso non riesco a guardarlo negli occhi, e il mio sgorbio a penna si allarga.

"Il secondo punto: la gentilezza" continua lui, fingendo di non recepire il mio disagio. "Sono d'accordo, Giorgia è sempre stata gentile, ma riduciamo un po' questo tratto, facciamola diventare una cosa normale. Direi che, per entrambe le qualità, dovremmo eliminare il ricorso al sottotesto: ampliamo e rendiamo più naturali i dialoghi, mostriamo dei gesti che la raccontino più fedelmente."

"È un'ottima idea."

"Perfetto. Per la svista dei vestiti, possiamo limitarci a descrivere i costumi di scena previsti per i tre atti" prosegue Mauro, sfogliando il copione. "Mentre, per quanto riguarda lo scopo… credi che l'aspirazione teatrale sia sufficiente?"

Penso che, prima del suo incontro con lui, io ho sentito Giorgia nominare il teatro di sfuggita, come un elemento di contorno della sua vita, e che non mi ha mai parlato di un sogno in particolare da inseguire. Lei sapeva delle mie velleità da giornalista, e io niente della sua passione per la recitazione.

"Non lo so" rispondo. "Dimmelo tu. Quanto era importante per lei? Intendo, prima di stare con me."

Adesso è Mauro a perdersi in una nota a margine.

"Essenziale. Oserei dire che, quando ci siamo conosciuti, era l'unica cosa di cui le importasse davvero" dice.

Stiamo in silenzio per qualche minuto. Ora vedo una variante di Giorgia sedere al suo fianco, qualcuno di cui intuisco l'identità solo parzialmente. L'idea mi spaventa, tento di archiviarla, ma tutto lo spazio è occupato dalla scorsa notte.

"Va bene, inseriamolo" dico.

Mauro annuisce, serio, gioca con l'angolo di una pagina ma lo vedo rilassarsi. Quando mi guarda, sorride.

"Ce la faremo" dice. "Si tratta di tenere in conto che, dentro di lei, esiste già la memoria di tutto quello che è successo, di ciò che le piace e che non le piace, di chi è lei veramente ma anche di chi vorrebbe essere. Dobbiamo solo ritoccare la formula."

Alle sue parole, mi viene in mente un'ipotesi che ho avuto il coraggio di considerare solo una volta, prima di oggi, il giorno del pranzo dai miei genitori.

"A proposito di questo" dico. "Diciamo che il nostro piano funziona, che lei sta meglio grazie al copione, e diamo per certi tutti i presupposti di cui non abbiamo nessuna certezza."

"Non girarci intorno. Cosa?"

"Credi che dovremmo intervenire sul suo passato?"

Appena lo dico, capisco il peso della mia proposta. La vedo maturare negli occhi di Mauro, che non si scompone, anzi, si accende.

"Spiegati meglio" mi incoraggia.

"Non possiamo cambiare quello che le è successo, ma forse dovremmo fare almeno un tentativo di ridurne l'impatto. Forse lei starebbe meglio se avesse superato il trauma della madre, del padre."

Lo vedo mettersi in moto, corruga la fronte, pesa la proposta con attenzione.

"Come potremmo rendere una cosa del genere, in un copione?" dice, poi.

"Sei tu che ti occupi di questo."

"Dovrai pur avere un'idea, se me lo proponi."

Riprendo a giocare con il mio scarabocchio, che diventa presto un buco caotico e nero.

"Magari potremmo descriverla un po' più sicura, più ferma, meno fragile."

"Non ti piaceva, fragile?"

La domanda di Mauro mi fa trasalire.

"Certo che mi piaceva" dico, sento il volto infiammarsi. "Io voglio solo che lei sia più felice."

Il suo sguardo è immobile, indecifrabile.

"Se davvero questo esperimento sta funzionando, abbiamo l'occasione di renderle la vita più facile. È un'opportunità troppo preziosa" aggiungo.

Non voglio che fraintenda, mi sentirei un mostro ad aver considerato un'ipotesi tanto estrema.

"Io voglio solo che lei sia più felice" ripeto.

"Possiamo provarci" dice Mauro. Raccoglie i capelli in un nodo, prende un foglio dalla pila di quelli puliti. "Ma qui stiamo andando oltre, non stiamo più seguendo una traccia. Stiamo creando."

Mi sonda come per chiedermi se me ne rendo conto, se davvero voglio imboccare questa strada. Non ho il coraggio di dirgli di sì a voce alta ma lui capisce ugualmente, fa un cenno d'assenso e inizia a scrivere.

"C'è altro che ti piacerebbe?" chiede.

Nella sua voce non c'è nessun giudizio, solo la solita punta riconoscibile di eccitazione.

"No" dico. "No, va bene così."

"Ci lavoro questa settimana. Appena pronto, te lo passo in lettura."

La frase suona come il sigillo di un patto, ma io dico solo che sì, grazie, andrà bene. Quando Mauro chiude il copione e accantona la bozza da un lato, mi sento liberato da un peso.

Lui accende finalmente la sigaretta, abbandonata sul tavolo durante la nostra riunione, e si sbraga nella sua sedia. Ha addosso i resti di un pigiama sbiadito, una camicia usata abbottonata senza criterio.

"Com'è andata, ieri sera?"

Penso che, se distoglierò lo sguardo, lui saprà che è successo qualcosa: così non perdo la presa, nemmeno per un momento.

"Abbiamo sentito dei dischi, con Amelia. Mi sono addormentato. Sono rientrato a casa stamattina presto" dico.

Lui soffia fuori il fumo. La mia versione della realtà non si incrina, la mantengo solida, la ripeto tra me e me; mi dico che, se ci credo abbastanza intensamente, anche il mio corpo ci crederà. Sto bene attento a non muovermi più del dovuto.

"E tu?" rilancio. "Con Giulia?"

Lui fa mezzo sorriso.

"Sai com'è, no? Dopo un po' che mastichi, tutto il cibo si somiglia."

Non riesco a trattenermi, rivedo il corpo di Amelia, un'altra goccia, più torbida e lenta, che scivola dritta fino alla sua nuca e si scioglie nei suoi capelli. Mauro distoglie lo sguardo per scrollare la cenere, io posso finalmente stringere i pugni dove lui non può vederli.

Decido di andare a parlare ad Amelia, prima che sia troppo tardi.

"Vado un attimo in bagno" dico.

Mi stupisco dell'improvvisazione ma sono già sulle scale, è troppo tardi per pentirmene.

Capitolo Sette
Un ottimo lavoro

Amelia sta seduta al tavolino centrale, con il basco inclinato a sinistra. Ieri, quando sono andato a cercarla al piano di sopra, a casa di Mauro, non l'ho trovata; oggi si è presentata al bar senza nessun preavviso, all'ora di punta – cioè l'intervallo tra le dodici e l'una, in cui si concentrano i clienti della pausa pranzo. È entrata dietro a due matricole del Politecnico, mentre io ero occupato dai cappuccini. Mi ha salutato, ha sorriso tranquilla – "Posso sedermi?" ha detto, senza avvicinarsi al bancone. Si è accomodata di fronte a me, con l'aria di qualcuno capitato qui per caso, e da quando è arrivata si guarda intorno o passa il dito sul cellulare, sempre con la stessa espressione serena sul volto.

I clienti continuano ad arrivare e io continuo a inciampare nelle ordinazioni, monto il latte già montato, sbaglio un resto. Insieme ad Amelia è entrato qui dentro un bagaglio di fotogrammi, tutti i suoi angoli dell'altra notte. Appena l'ho rivista, il mio copione si è sfaldato: macino il caffè e mi ricordo che è successo davvero. Due espressi, un macchiato – dopo siamo crollati nel sonno quasi senza parlare – un panino da scaldare, "quant'è per un orzo?" – ci eravamo guardati? Mi prende il terrore immotivato che Mauro arrivi qui da un momento all'altro, o che lei mi dica di averne subito parlato con lui – sono molto legati, è evidente; e se ieri Mauro avesse finto di non sapere?

Quando il locale si svuota, Amelia è presa dalla lettura di un manuale che ha tirato fuori dalla borsa. Legge spedita, tenendo il segno sulla pagina con un dito, e non si accorge che siamo soli. Sfrego le mani sul grembiule, incespico nel pavimento di gomma dietro al bancone ma, quando lo aggiro, lei non lo nota.

"Ciao" dico.

Lei alza gli occhi dal libro, sorride.

"Ciao."

"Vuoi qualcosa da bere?" chiedo.

Penso che se mi comporterò come fosse tutto normale, forse tutto diventerà normale per davvero; poi penso che non c'è niente di normale in quello che mi circonda, che ho passato quasi un anno in una condizione di prostrazione e che sono stanco. Così non aspetto la sua risposta e crollo a sedere di fronte a lei – "Mi dispiace."

Lei chiude senza fretta il libro, le sue mani si intrecciano sulla copertina – "Lindhe – *Parodontologia clinica*". Quando sollevo di nuovo lo sguardo, mi guarda senza imbarazzo.

"Ti dispiace?" chiede, con tono incolore.

"Sì" rispondo. "Devi scusarmi."

Lei strizza gli occhi in un altro sorriso.

"Eh, no, amico mio" dice. "Non la parte dell'affranto penitente."

Non c'è astio o sarcasmo nella sua voce e la presa in giro è bonaria. Mi guarda, il mio impaccio la diverte. Peggio: sembra che indovini il mio sforzo di non pensare all'altra notte, scindere le due immagini che ho di lei.

"Io intendo che non avrei mai dovuto-"

"Adesso dirai che è stato perché hai bevuto?"

La sua domanda mi zittisce. Lei non sorride più, ma non è offesa.

"Siamo due adulti" aggiunge. "Era chiaro che, quando ti ho chiesto di salire a vedere il mio giradischi... Cioè, il giradischi era un equivalente della collezione di farfalle. Su questo siamo d'accordo?"

"Sì" annuisco, con prudenza.

Non mi pare che stia tendendo un agguato.

"Ed è chiaro che non è una cosa successa per caso?"

"Sì, è chiaro."

Penso al giorno dell'esercizio durante la lezione alle Scuole, a come ho creduto di riconoscerla nel buio.

"C'è stata dell'attrazione e l'abbiamo assecondata" dice. "Questo non significa che io e te dobbiamo prendere alcuna decisione al riguardo."

"Che cosa vuoi dire?"

Lei accavalla le gambe e si sporge sul tavolo.

"Voglio dire che la situazione è già abbastanza complicata e io non ho intenzione di dare un nome a quello che è successo. È successo e basta. È stato un episodio singolo."

Trattengo il sollievo, ho paura di offenderla.
"Penso sia una buona idea" dico.
"A me è piaciuto molto."
"Anche a me" ammetto.
"Non l'ho detto a Mauro" lei ripone il libro di nuovo nella borsa. "Penso sia meglio tenere la cosa per noi."
"Amelia-."
"Non dire ancora che ti dispiace, perché non sono una persona paziente" scherza lei.
"No... posso offrirti qualcosa?"
Lei ci pensa un attimo, controlla la mattina di sole.
"È ancora abbastanza freddo per la cioccolata?"
"È sempre abbastanza freddo per la cioccolata."
"Cioccolata sia."

Lei rimane per un'altra mezz'ora, beve la sua cioccolata mentre la guardo da dietro il bancone. Chiacchieriamo di cose innocue: lo spettacolo che ormai ha preso forma, la sua sessione d'esame in arrivo. La notte dell'altro giorno si è consumata in un passato indefinito, l'abbiamo entrambi superata come una febbre stagionale. Lo stesso vorrei chiederle se era lei, al buio, quella sera delle Scuole, ma solo pensare alla domanda mi fa sentire in colpa. Un cliente entra per usare il bagno e mi distrae.

Quando siamo di nuovo soli, lei dice di dover tornare in università. Le faccio notare che ha un paio di baffi di cioccolato sulla bocca. Lei li lascia lì dove sono, dice che le piace rischiare, poi mi saluta e marcia fuori dalla porta. È successo e basta, mi ripeto, è stato un episodio singolo – e la guardo andare via.

"Avrò due settimane impegnative" dice Mauro, quando arriviamo a casa mia.

Siamo di ritorno da una visita a Giorgia. Oggi ha piovuto così forte che abbiamo preferito restare in clinica. Lui si è fermato con noi per una mezz'ora, poi è tornato in macchina ad aspettarmi. Credo ci sia qualcosa che lo disturba in questa Giorgia ma sento che, se provassi a indagare, non otterrei una risposta sincera – il suo fastidio è slegato dall'episodio della cena, deve riguardare la qualità del loro rapporto. Lei lo tratta con cortesia ma lo tiene a distanza senza intenzione, lui le è indifferente. Quando è sola con me a volte si lamenta della sua presenza. In un solo anno i nostri ruoli si sono ribaltati: ora sono io a doverla convincere della bontà di Mauro e dell'aiuto che mi sta offrendo.

Lo guardo sfilare il copione dalla tasca della portiera.

"Ho fatto tutto quello che ho potuto, in alcuni punti sono intervenuto direttamente, ho tagliato le parti fuorvianti. In altri passaggi ti ho lasciato delle istruzioni" dice. "Completalo tu. Lo rileggiamo insieme quando è pronto."

"Completarlo?" chiedo.

"Il portatile" dice, recuperando la valigetta dal sedile posteriore. "È più facile se ci lavori così."

"Che cosa intendi per *completarlo*?"

"Intendo che ci ho pensato e voglio che stavolta ci lavori tu."

Fisso la valigetta, il copione, poi lui. Provo la disorientante sensazione di essere stato appena abbandonato.

"Io non so lavorarci da solo."

"Sì che sai farlo" dice. "Poi ti darò una mano con la revisione."

"Perché stai scaricando questa cosa su di me?"

Non riesco a trattenere la delusione, e lui scuote la testa, infastidito.

"Non sto scaricando niente" dice. "Credo solo sia giusto che questa volta tu abbia mano libera. Non voglio essere io a mediarti."

"Ma io ho bisogno della tua mediazione. Non ho gli strumenti."

"Tu hai bisogno solo di coerenza formale, nient'altro. Io non voglio più intervenire sul soggetto, voglio che faccia tu. Insomma, non credo di aver ottenuto chissà che risultato con il primo tentativo."

"Ma appunto: era un tentativo" ribatto.

Il suo passo indietro mi spaventa. Il copione mi pesa come piombo sulle gambe. So di non essere pronto per questo, non ce la farò mai.

"È un tentativo anche questo" dice lui. "Ti aiuterò a sistemarlo, dopo. Ma stavolta devi pensarci tu."

"Quando l'hai deciso?"

Lui mi guarda, è di nuovo stanco come non lo vedevo da mesi.

"Non ho deciso niente, è una questione pratica. Devo seguire dei workshop, nei prossimi quindici giorni, ho un calendario che è una follia. Ti chiedo di occupartene tu per un po', adesso."

Non riesco a replicare.

"Te la caverai benissimo" dice, sfilando una sigaretta dal pacchetto nel cruscotto. "Senti, ho chiamato il mio amico. Viene a prendere la macchina domani mattina, accertati che ci sia il libretto e tutto."

"Cosa?"

"Se la lasci in mezzo alla strada ancora un po', diventerà inservibile. Te la sistema lui."

Abbassa il finestrino, la pioggia si infiltra nell'abitacolo ma lui non se ne preoccupa.

"Non è necessario."

"È necessario. Hai bisogno della macchina."

Accende la sigaretta, stiamo in silenzio per qualche minuto.

"La stai facendo più grossa di quello che è, ti sto dicendo di provare a lavorarci in autonomia per un paio di settimane. Vedrai che andrà bene, non essere spaventato" dice lui, dopo un tiro. "È più semplice di quello che credi."

Ha un tono gentile e piatto che non lascia possibilità di appello. Ha già deciso e ho l'impressione che, qualunque obiezione tentassi, non funzionerebbe.

"Chiamami se sei in crisi" conclude, congedandomi. "A qualsiasi ora. Farò il possibile."

"Va bene. Grazie."

Esco senza dilungarmi nei saluti. Presto sono di nuovo solo, il copione sta sul tavolo della cucina e mi guarda dalla sua copertina bianca. Lo ignoro. Rimugino su Mauro e sulla sua defezione, raccolgo i panni sporchi, mi lancio in una pulizia eroica del bagno. Pulisco fino a che non si fa buio e mi sento come Giorgia, ostaggio di un'ossessione improvvisa. Ceno in salotto, mi porto dietro il piatto e tengo alto il volume della televisione – lo stesso è come se qualcuno mi stesse aspettando seduto nell'altra stanza, un ospite inevitabile. A letto, il pensiero del copione è così insistente che fatico a chiudere gli occhi. Mi immagino Giorgia, lì dentro, e mi addormento contandole tutte: tutte le possibili Giorgia rinchiuse nel copione che deve essere ancora scritto.

Mi sveglio, l'orologio segna le cinque e trenta del mattino, digitali e lampeggianti, rosse. Tento di riprendere sonno, ma dopo pochi minuti finisco per arrendermi: mi sento lucido e presente come se mi avessero rovesciato addosso un secchio d'acqua. Mi alzo; dopo aver scaldato il latte, aver scelto i biscotti seguendo un rito lentissimo, siamo ancora io e il copione, seduti uno di fronte all'altro. Allungo una mano, lo porto più vicino, non lo apro. Cerco una strategia e la costruisco come è mia abitudine, seguendo la traccia di una realtà accettabile. Il copione è solo un'illusione, mi ripeto, sollevando la copertina; non funziona davvero, non può cambiare Giorgia: è un modo di affrontare il problema che non offre nessuna soluzione. È inefficace e quindi innocuo.

Percorro le note stampate in rosso da Mauro, lo sfoglio senza criterio, da metà alla fine e poi il principio, inizio a guardarlo integralmente e non a frazioni. Dopo un po', le note acquisiscono forma, il sentiero lasciato da Mauro ha un significato. Comincio a valutare gli interventi richiesti, uno dopo l'altro, finisco la mia colazione e lascio sedimentare.

Penso che c'è un solo modo in cui posso fare quello che mi è stato richiesto, ed è alimentando la mia realtà accettabile. Forse così potrò scrivere di Giorgia, costruirle un nuovo mondo in cui vivere, in cui raddrizzare i danni che ha subito, in cui immaginare che cosa sarebbe stato di lei se qualcuno avesse spostato l'ordine degli eventi, se una mano le avesse teso gli strumenti.

Non funzionerà, mi ripeto, cerco una penna. Non funzionerà. Prendo un appunto sul margine del copione.

**

Riprendo due vite parallele, quella di superficie e quella solo mia, invisibile e profonda, in cui ricomincio a smaltire i ricordi. Stavolta non sono impreparato e inizio il mio esercizio con disinvoltura. Certi ricordi sono case del centro senza ascensore, altri ripostigli angusti, sale d'aspetto, parchi smisurati, e nella memoria io mi oriento seguendo uno sviluppo temporale, dal principio alla sua fine. Da un certo punto in poi, inizio a cercare Giorgia anche dove non c'è, nei pomeriggi prima di incontrarla, nelle scuole superiori. La cerco in me prima che in lei.

L'esercizio è dappertutto, mi insegue. Nei luoghi in cui io e Giorgia siamo stati sono rimasti i nostri fantasmi, non riesco a evitarli, mi imbatto nelle impronte che abbiamo lasciato con i nostri corpi, ovunque qui in città. L'unico posto in cui non riesco a trovarci è in clinica. Continuo le mie visite, le libere uscite. Più sono esposto alla Giorgia del presente, più fantastico su quella del futuro e, al ritorno, aumento il volume dei miei appunti.

Al momento di scrivere negli spazi che Mauro ha predisposto, il copione è diventato la mia dimensione alternativa. In questa dimensione, Giorgia ha superato il dolore della perdita e dell'abbandono, e da questo nucleo si innesca la reazione a catena: la nuova Giorgia è tutto quello che avrebbe potuto essere e non è stata. Lavoro al copione e penso che è quello che vorrei qualcuno facesse con me: che mi riscrivesse da capo, più fermo, più alto, più sicuro. Penso che, visto che il copione non funzionerà, tanto vale esagerare, formare la versione più rosea della realtà che non potrà mai esistere.

Lavoro alla nuova Giorgia per due settimane. Non chiamo Mauro, non rispondo alle sue telefonate, mi sigillo nel processo creativo. Al termine, non rileggo. Nel copione la nuova Giorgia è una persona felice, forte, mi ama ed è ricambiata, ha il sogno di diventare una grande attrice; nel copione Giorgia sa scegliere i vestiti, le piacciono quelli che non avrebbe mai indossato neppure prima della malattia, ma che le sarebbero stati meglio; nel copione Giorgia ha un modo diverso di camminare, come l'ho vista camminare solo una volta da quando la conosco, dritta e sicura verso una meta. La nuova Giorgia, la nuova Giorgia, il modo in cui le piace accontentarmi quando facciamo l'amore, seguendo schemi originali e imprevedibili; la immagino aggirarsi nel mio mondo, immagino di toccarla, e vorrei toccarla, proprio come se fosse già vera. Nella nuova Giorgia i miei ricordi sbiadiscono, e l'esercizio prende un'altra forma.

Non riesco a stare seduto. Mi aggiro nei dintorni della libreria, mentre Mauro, alle mie spalle, sta concludendo la lettura del copione. Dopo le nostre due settimane di separazione, lo trovo con i capelli ancora più lunghi, dimagrito. Stamattina, nello specchio, avevo la sua stessa faccia smunta. Sono stanco, penso, smuovendo un volume dalla fila: guardo il *Punto contro punto* di Aldous Huxley, e capisco che ci stiamo consumando.

Sono sensibilissimo al rumore, distinguo subito quando le pagine si fermano per un intervallo più lungo del solito. Fingo di essere ancora interessato alla libreria, ma continuo a guardare i titoli solo per un poco, poi mi volto, mi sforzo di sembrare tranquillo. Lui ha chiuso il copione e ci ha appoggiato su le mani. Da questa angolazione non riesco a vederlo in faccia.

"Finito?" chiedo, raggiungendolo al tavolo.

"Sì" risponde.

Ora che posso guardarlo, non ho indizi: la voce è la sua solita, l'espressione neutra. Mi siedo di fronte a lui.

"Cosa ne pensi?"

"Hai fatto un ottimo lavoro, come avevo previsto."

La sua immobilità mi innervosisce, mi agito sulla sedia.

"Ho seguito la tua traccia" dico.

"No, hai fatto molto di più, e lo sai" Mauro accenna un sorriso a mezza bocca.

"Cosa ne pensi del terzo atto? Un po' povero?"

"No, è perfetto."

"E la scena dell'appartamento? Ti piace come l'ho rivisitata?" dico, misurando le sue reazioni – questa è una trappola.

Ho la sensazione che mi stia mentendo, come se potessi vedere la bugia attraverso la barriera del suo corpo. Nella scena dell'appartamento, il sesso tra me e Giorgia è differente dalla sua versione originale, quella che abbiamo usato nel primo copione. Voglio che Mauro reagisca, che mi dica la verità, ma lui non si scompone.

"In linea con il personaggio" dice.

"Ho fatto una specie di compendio" aggiungo.

"Sì, ho intuito, ma l'insieme non è forzato, è coerente."

Mi lascio andare contro lo schienale, sconfitto. Non so perché mi aspettassi di dover affrontare le sue critiche. Il copione è esagerato, la Giorgia del copione è esagerata, eppure è tutto ciò che io sono riuscito a creare. Vorrei che Mauro mi fermasse, che mi dicesse che va tutto rivisto e che non possiamo sottoporlo a Giorgia così com'è. Invece lui vuole farselo piacere a tutti i costi.

"Non mi convince" dico, tentando l'ultima carta.

"Cosa non ti convince?"

"Non lo so, forse ho calcato troppo la mano. Voglio dire, Giorgia..."

"Non sei convinto del personaggio?"

"Sì, sì. Io voglio solo che sia felice."

Mauro annuisce con aria comprensiva.

"Voglio solo che possa tornare alla normalità" continuo, e non so più se sto parlando a lui o a me stesso. "Non che prima non andasse bene. Ma io voglio che lei possa vivere senza essere continuamente inseguita dalla sua malattia, dal suo passato."

"Naturale, naturale" mi rassicura Mauro. "Ascolta, non preoccuparti troppo. Inizia a leggerglielo, e vediamo come va."

Allunga il copione sul tavolo, fino a toccare le mie mani.

"Subito, così?" chiedo, incredulo. "Non vuoi davvero cambiare nulla?"

"Filippo, tu sia dannato" dice, la voce distorta da uno sbadiglio. "Sì. Non ce la faccio più a reggere la tua insicurezza. Il copione va bene così com'è, ti ho già detto che è perfetto. Adesso fammi la grazia di fare il tuo dovere e proporlo a Giorgia."

Prendo il copione. La reazione spontanea di Mauro mi placa.
"Okay" dico. "Quando iniziamo?"
"Temo dovrai iniziare da solo."
Lo guardo alzarsi, recuperare il pacchetto lasciato sul divano, mettere la sigaretta in bocca.
"Come sarebbe a dire, da solo?"
"La prima è tra due mesi, ho intensificato le prove e siamo terribilmente indietro. Devo fare economia del tempo che non ho e non posso garantirti la mia presenza in clinica."
"Ma io-"
"Ti giuro, se mi dici un'altra volta che non ce la fai…" mi minaccia, brandendo l'accendino.
"Ma cosa le dico, come faccio a convincerla?"
"Non devi convincerla. Devi dirle che hai un copione da farle leggere, che a te piace, che io ti ho detto di farlo leggere a lei. Inventa, improvvisa, menti" dice lui, tornando a sedere. "E levati di dosso quell'espressione da penitente."
Mi sonda con gli occhi, a lungo, e io mi sforzo di seguire il suo consiglio, mi ripeto a una a una le sue parole.
"Io ti seguo da lontano. Sai che puoi contare su di me, se ci fosse un'emergenza" dice, poi sorride all'ingiù. "Quando inizi?"
"Subito" rispondo. "Domani pomeriggio."
"Vedi che mi hai capito al volo?"
Lo vedo sparire dietro a una nuvola di fumo.

Giorgia dondola una gamba, seduta sulla sedia alta del ristorante. L'ho portata a mangiare un kebab, nella finestra della nostra libera uscita.

"È buonissimo" dice, raccogliendo la maionese da un angolo della bocca. "Sicuro che non ne vuoi un po'?"

"Sicuro."

Le sorrido, riprendo a guardare fuori dal vetro. L'idea del kebab è stata mia, a questa Giorgia non vengono idee: si limita a seguirmi, dove la porto lei si adatta. Forse è un intorpidimento indotto dalla degenza in clinica, il sapere che il tempo trascorso all'esterno non le appartiene del tutto. O forse il suo abbandono è parte della Giorgia trascinata dalla corrente che io non riesco più a tollerare. L'ho vista mangiare il kebab con la stessa espressione estatica già visitata nel mio esercizio, lo stesso modo di masticare da un solo lato, la bocca sigillata: avrei voluto mi dicesse che il kebab le fa schifo, che è orrendo. Prevedo ogni sua mossa, lei avvera le mie aspettative in ogni passo, ormai anche quando è presa dalle sue crisi passeggere. So già quando piangerà, so quando mi prenderà sottobraccio, so quando vorrà baciarmi, e conosco, in ogni singolo gesto, quel che è passato e quello che accadrà – perché quel che è passato è quello che accadrà. Nel suo personaggio noi smettiamo di esistere: non c'è variante che io non abbia già immaginato.

Mi concentro sul pensiero di una vita intera al suo fianco, tutta identica, e l'idea del nuovo copione diventa subito un gesto amorevole, inevitabile. Con tutto me stesso, voglio che funzioni, voglio che sia la nostra impossibile via d'uscita.

Al ritorno, lei pesca dal bagaglio dei soliti argomenti, e io l'assecondo. Ascoltarla parlare è l'unico piacere che mi è rimasto – ma devo concentrarmi intensamente solo sul suono della sua voce, sforzarmi di inventare discorsi sostitutivi. Quando parcheggiamo di nuovo in clinica, recupero il copione dalla tasca della portiera e lo prendo con me. Una volta dentro, lei non ha voglia di ritornare nella sua stanza, e abbiamo ancora un'ora prima che l'orario di visita si esaurisca, così finiamo nella sala comune, che è deserta.

"Che cos'è?" chiede lei, quando appoggio il copione sul tavolo.

Ripeto il mantra di Mauro: inventa, improvvisa.

"Un copione" dico. "Mauro vuole che tu lo legga."

Lei lo afferra, inizia a sfogliarlo.

"Perché?" chiede.

Nella sua voce non c'è sospetto.

"Dice che è bello, vuole sapere che cosa ne pensi" rispondo.

Giorgia richiude il copione.

"È molto urgente. Mauro ha bisogno di un tuo parere" insisto. "Dice che, senza la tua benedizione sul ruolo principale, non se la sente di proporlo alla compagnia."

"Non so se ho voglia di leggere" dice.

Inventa, improvvisa, menti.

"Se vuoi te lo leggo io. Credo che dovremmo aiutarlo, ti ho già detto che in questi mesi si è dato da fare per noi."

Giorgia non è persuasa, intorpidita dallo spuntino abbondante. Per un momento penso di avere già perso la partita, ma nascondo il nervosismo, riapro il copione alla prima pagina.

"Tu sei gentile, Giorgia, non è vero?" dico, tentando l'ultima carta.

È come premere un interruttore: Giorgia si raddrizza sulla sedia, mi guarda stupita.

"Certo" dice.

Trattengo l'entusiasmo, procedo cautamente.

"Allora, non credi che dovremmo fargli questo piacere?" spingo il copione verso di lei.

"Sì" dice. "Credo proprio che dovremmo."

China subito la testa sull'elenco dei personaggi, legge le poche righe con attenzione.

"Perché si chiamano come noi?" chiede, senza alzare la testa, sfogliando le pagine con rinnovata energia.

Non credo che la risposta le importi davvero, ma mi ripeto che devo essere prudente, non tendere troppo la corda.

"Mauro non ha ancora trovato dei nomi adatti, ha deciso di usarne alcuni familiari. Poi saranno sostituiti alla correzione della bozza" rispondo – e lei neppure mi ascolta, è già immersa nel suo nuovo esercizio.

***

Nella stanza di Giorgia, il letto è intatto, le lenzuola rigide. Mi guardo intorno e penso che qui dentro non c'è niente che le appartenga: non appena il suo corpo supera il confine dell'uscita, del luogo che l'ha ospitata per quasi un anno non resta nulla. È il fondale di una rappresentazione che volge al suo compimento.

La luce del sole affonda le unghie nelle cicatrici del primario e scava – il suo profilo è irregolare, teso verso il basso. Guarda fuori dalla finestra, giù nel giardino. Anche oggi il paziente della sedia a rotelle e il suo amore per la fontana; poi, su una panchina, la variazione imprevista: Giorgia è seduta con le gambe accavallate, parla, e la sua mano segue il ragionamento in movimenti misurati, poi riposa sul ginocchio; sua zia ascolta, è protesa verso di lei. C'è qualcosa di strano in noi che le osserviamo – la mia non è un'analisi ma un'ipnosi, continua a succedere ogni volta che mi soffermo più a lungo su di lei, quando non la lascio passare davanti ai miei occhi come un evento normale.

"Glielo ripeto: sia scrupoloso con i farmaci" dice il primario, distogliendomi dalla contemplazione. "La terapia è blanda, ma lei deve seguirla."

Annuisco, non riesco a trattenere un moto di eccitazione: penso a dove eravamo, solo tre settimane fa, Giorgia seduta a leggere il copione dalla sua prima pagina. Da quel giorno, ha letto costantemente – è bastato spronarla ancora un poco con l'argomento della gentilezza, del favore dovuto a Mauro, e lei ha superato se stessa, ci si è impegnata come fosse questione di vita o di morte. Ha letto durante le ore trascorse fuori dalla clinica, ha letto da sola. La nuova Giorgia si è diffusa in un contagio benefico e silenzioso, di fibra in fibra. L'ho vista cambiare sotto ai miei occhi – la mutazione è stata troppo pervasiva per negare l'influenza del copione. Lei ha iniziato a stare così bene che è come se avesse ricominciato a camminare. Non c'è voluto molto perché il primario prendesse in considerazione la sua richiesta di dimissioni. Ci sono stati i colloqui, il monitoraggio, fino al traguardo di oggi: l'incontro con la zia. Se lei acconsentirà, Giorgia potrà uscire da qui.

Non vedo l'ora che Mauro la incontri.

"So che ne abbiamo già discusso in sede di colloquio" aggiunge il primario. "Ma io voglio essere certo che lei non si assopisca: tenga alto il livello di attenzione, ricordi l'elenco dei sintomi pericolosi, si premuri di farle rispettare il programma di visite che abbiamo stabilito. Giorgia ha ancora bisogno di essere assistita clinicamente."

"Lo farò" dico.

"La tratti ancora come un individuo in riabilitazione. Le ferite sono meno visibili, adesso, ma ci sono. Non si lasci ingannare."

Non riesco a nascondere l'ansia, lui sorride per come tormento gli spigoli della barba, io abbasso subito il braccio e mi sento colto in flagrante.

"Dunque, la marea si è ritirata" dice, infilando le mani nelle tasche del camice. "Si goda il momento, signor Bonini, ché le maree sono capricciose, e questo vale per tutti."

In giardino, Giorgia e sua zia si abbracciano strette.

Il giorno delle dimissioni, è Giorgia ad aprire la strada, quando arriviamo nel nostro appartamento. Ha voluto a tutti i costi trascinare la valigia con sé, nonostante mi sia offerto di aiutarla. È come se volesse sottolineare che questo ritorno le spetta. La lascio fare. A casa, la guardo riconquistare gli spazi: prende le misure passeggiando da una stanza all'altra, studia i dettagli come per quantificare il tempo trascorso.

Quando è il momento di svuotare il bagaglio, la raggiungo in camera da letto.

"Come ti senti?" chiedo.

Lei guarda la valigia squadernata, i vestiti al suo interno, che consistono tutti in pigiami, calzini.

"Bene" risponde, senza alzare lo sguardo. Tocca distratta i capelli, poi scuote la testa. "Odio questa roba."

Esce dalla stanza, la sento cercare qualcosa in cucina; torna con una busta della spazzatura in mano. La apre e inizia a riempirla con il contenuto della valigia.

"Giò" provo a dire.

"Non voglio tenere questa roba, puzza di quel posto" dice.

Quando è tutto sparito dentro alla busta, lei tira un sospiro di sollievo. Mi guarda e fa un sorriso ampio, vitale.

"Non hai idea di come mi sento bene" dice.

"Posso immaginarlo. È stato un anno difficile."

"Non parlo solo della clinica" dice lei. "È anche quello che c'era prima, come se avessi passato gli ultimi anni della mia vita in una specie di sonno. Non mi sentivo così piena di energie da tantissimo tempo."

Abbassa lo sguardo sulla sua maglietta, poi la sfila con un movimento fluido, finisce anche quella nel sacco. Non ho il coraggio di protestare. Questa sua versione vivace mi paralizza: è come una rappresentazione perfettamente riuscita, e non vedo l'ora di sapere che cosa succederà dopo. Penso al miracolo del copione, che adesso non è più solo su carta ma esiste anche in Giorgia. Ed esiste così intensamente, è reale e io posso toccarlo.

Lei si libera dei pantaloni, resta con il reggiseno e le mutande, spalanca il suo lato dell'armadio. Muove i vestiti, li valuta, poi si volta verso di me, incredula.

"Non mi piace più niente" dice.

È un inconveniente a cui non avevo pensato.

"Possiamo comprare qualcosa" propongo.

"Buona idea" fa lei, richiudendo l'armadio.

C'è un cambiamento piacevole anche nella sua voce: ora è più chiara, precisa, in qualche modo più coraggiosa.

Si siede sul letto, di fronte a me, incrocia le gambe. L'unica cosa che riesco a pensare è che voglio che Mauro la veda il prima possibile. Durante la fase di apprendimento di Giorgia, ha preferito non presentarsi: ha detto di volerla incontrare solo a processo compiuto. Nelle nostre telefonate non gli ho rivelato i dettagli, mi sono limitato a comunicargli l'imminente dimissione, gli ho descritto un miglioramento generico del suo stato. Riconosco una punta di orgoglio, e fatico a nasconderla a me stesso; mi perseguita anche il fantasma di un senso di colpa, lo stesso che ho soffocato durante la stesura. Ma Giorgia sta così bene, ed è così vera...

"Mauro vuole che andiamo a trovarlo, domani" dico.

"Ottimo" dice lei. "Devo parlargli."

"A proposito di?"

"Del teatro. Vorrei tornare a recitare."

Annuisco, simulo tranquillità, anche se la richiesta innesca un campanello d'allarme.

"Sai che il primario ha detto di andarci cauti, che devi avere pazienza" dico. "Ricomincerai a fare tutto, un poco alla volta."

"Infatti, infatti" dice lei. "Voglio solo rientrare nel circuito, anche con una piccolissima parte, poche battute."

"Devi evitare gli stimoli troppo intensi" aggiungo.

Lei sorride di nuovo, ma stavolta è un'espressione ancora diversa, c'è qualcosa dentro che non riesco a decifrare.

"Lo so" dice, insinuando le dita sotto al profilo sottile del reggiseno.

Scopre la pelle dove si apre una goccia scura, passa un polpastrello sul centro e poi si mostra, senza distogliere lo sguardo da me.

"Non mi piace più nemmeno la biancheria" dice, e la sua voce percorre una corrente profonda, dalla sua gola alle mie gambe.

"Possiamo comprare qualcosa" ripeto.
Lei prende uno dei miei polsi, mi tira vicino.
"Subito?" dice.
Le mie mani sono fredde, me ne accorgo solo adesso che conosco la temperatura del suo corpo.
"No" mi manca la voce. "Non subito."
Giorgia apre la bocca sulla mia e si prende tutte le parole che non posso dirle.

Mauro mi allunga il drink e per un momento godo della nostra parentesi di silenzio, ascolto il ghiaccio creparsi nel Martini.
"Che ne pensi?" chiedo, dopo il primo sorso.
Lui lancia uno sguardo alle mie spalle. Ha aperto la porta finestra, da lì si vede un angolo del giardino. È un aperitivo organizzato con pochi selezionati dalla compagnia della nuova rappresentazione, persone che Giorgia non conosce bene, alcune per niente. Non so se da questa prospettiva lei sia visibile o meno, ma lui fa lo stesso una smorfia compiaciuta.
"Notevole" dice.
Giorgia non ha debolezze, regge il personaggio magnificamente. È lontanissimo il giorno in cui, in questa stessa casa, stava sudando nella sua sciarpa. Gode della compagnia, chiacchiera, è totalmente padrona di sé. Ogni momento al suo fianco, il mio entusiasmo cresce e la mia paura rimpicciolisce.
So che il primario ha raccomandato prudenza, ma è difficile mantenere una rotta neutrale. Lei è così fedele al copione e al tempo stesso così originale, ha l'imprevedibile prevedibilità che alla prima stesura mancava. E mentre elaboro questo

pensiero, dentro di me, la stranezza delle parole sbiadisce – copione, stesura, personaggio, sono solo altri modi di intendere una guarigione che ci sta salvando la vita.

"Com'è, con te?" chiede Mauro, affacciato al suo bicchiere. "Intendo, in privato."

"Nulla di cui lamentarmi" dico. "Anzi."

Lui indovina un'altra risposta sulla mia faccia e fa un sorriso ferino, tutto aperto sui canini.

"Tutta quell'insicurezza, quanto spreco di energie" dice.

Quando si avvia verso il giardino, lo seguo. Ci fermiamo al limite dell'uscita, da dove la visuale è più ampia. La scena è completa, il gruppo occupato in chiacchiere veloci, alimentate dall'alcol. Giorgia e Amelia stanno sedute vicine.

"Cosa pensi dell'abbigliamento?" domanda Mauro.

"Ecco…"

"Non voglio dire che sia male, per carità."

"Lo so."

"È solo differente dal solito suo."

Giorgia indossa una gonna corta, le gambe lunghe sono scoperte, e non ha messo le calze, nonostante sia una giornata piuttosto fresca. Mentre parla con Amelia, gioca con l'orlo della scollatura.

"Ha voluto dei vestiti nuovi" ammetto. "Dice che quelli vecchi non le piacciono più. Mi rovinerà."

Mauro fa mezza risata nel suo bicchiere.

"Non è straordinario?" dice, poi.

Capisco il riferimento, e annuisco.

"Lo è."

"Al di là del prodigio: il poter usare la sua stessa malattia per guarirla è ovviamente sensazionale."

"Già."

"Ma non è solo questo. Io parlo del personaggio, delle inferenze. Di come Giorgia ha dedotto dal tuo copione anche quello che non era scritto, come lo ha rielaborato e proposto. È un fenomeno che mi trova sempre impreparato."

"Capisco che cosa vuoi dire."

"No, non lo capisci."

Il tono è improvvisamente distante. Mauro mi rivolge uno sguardo gelido, come se non mi vedesse davvero. Prima che possa pensare al motivo di un cambiamento così repentino, lui torna subito alla normalità: mi punta l'indice addosso e strizza un occhio.

"Filippo" dice. "Sei così espressivo quando sei spaventato, dovresti vederti."

Immagino sia un altro dei suoi strani modi di divertirsi e lo assecondo, anche se non mi piace essere il suo passatempo.

"Te la sei presa?" chiede lui, prendendomi per una spalla.

Ha di nuovo gli occhi bonari, il sorriso accogliente.

"No" mento.

"Bene" lui svuota il suo bicchiere. "I workshop sono finiti. Possiamo vederci più spesso, ora, se ti va. Magari sfruttare l'occasione di inserire di nuovo Giorgia in contesti sociali più allargati, vedere come reagisce. Credo sia più prudente se siamo insieme a gestire la situazione."

"Concordo."

"Immagino che prima o poi dovrà tornare a lavorare" dice lui.

"Sì, per forza" ammetto. "La situazione economica non è rosea, e i nuovi vestiti, i medicinali."

"Posso aiutarti io, in questo periodo, non è un problema."

"Non potrei mai-"

Lui scuote la testa.

"Sarà solo per poco, vedrai."

Torniamo a guardare Giorgia, che adesso si aggira nei dintorni del tavolo da giardino, sceglie qualche stuzzichino.

"C'è una cosa" dico, mentre lei tocca i capelli dove stanno crescendo, alla base del collo.

Dietro di lei, Amelia guarda nella nostra direzione – "Piantatela di confabulare e venite qui" dice, a voce alta.

"Arriviamo" dice Mauro.

Io distolgo lo sguardo. Non sono ancora libero da quel ricordo e vederla così vicina a Giorgia mi spaventa, come se due versioni incompatibili di realtà dovessero coincidere. So che Amelia non parlerà, il giorno del bar è stata chiara, e io continuo a ripetermi le sue parole, in questo preciso momento – *un episodio singolo.*

Non voglio sciupare questa giornata, così svuoto anche io il mio bicchiere, in un colpo.

"C'è il problema della recitazione" dico. "Lei verrà a chiederti di partecipare allo spettacolo, ne sono sicuro. Continua a parlare della possibilità di un ruolo marginale."

Mauro si fa serio, pesa le mie parole.

"Capisco."

"Ho paura che possa destabilizzarla."

"Va bene, fammici pensare" dice.

Giorgia agita di nuovo una mano nella nostra direzione, imbronciata.

"Vai, vi raggiungo" fa Mauro, spingendomi.

Mi allontano, precedendolo in giardino. Quando sono a metà strada, lo sento chiamarmi.

"Filippo" dice, alzando il bicchiere alla mia salute. "Ottimo lavoro."

Capitolo Otto
Spettro

Mia madre fa roteare il sorso di caffè rimasto sul fondo della tazzina, valuta un'impressione che la lascia poco convinta. Lancia l'ultimo di una serie di sguardi diffidenti verso il salotto: sul divano, Giorgia aiuta mio padre con le parole crociate. La gonna lascia scoperte le gambe – una coscia bianca accavallata sull'altra, le parigine di cotone strette sopra il ginocchio. Mio padre, un po' rosso in faccia, fa una battuta, e lei ride gettando la testa all'indietro.

"Ma come mai adesso si veste così?" chiede mia madre.

Siamo in cucina, seduti al tavolo, come in tutti i fine settimana – dopo pranzo, lei vuole sempre almeno un quarto d'ora sola con me, per discutere di quello che la preoccupa. È il rito a cui nessuno ha mai avuto accesso; non mio padre, negli ultimi trent'anni, e neppure Giorgia. Di questi quindici minuti in cui io divento una cosa sua sono pieni i miei ricordi.

"Non ti piace?" dico.

Lei stende le pieghe immaginarie della tovaglia di plastica.

"Prima non si vestiva così" dice.

La guardiamo entrambi, adesso: non ha il reggiseno sotto la maglietta, e, quando mio padre solleva lo sguardo, lo fissa sulla punta delle sue scarpe, sull'angolo del tappeto, sulla piantana della lampada – ovunque tranne che su Giorgia.

"A me piace" dico.

Mia madre fa una faccia come se un frutto poco maturo le avesse legato la lingua.

"È un po' vestita da…" mormora, poi, e ridacchia.

Lo dice senza cattiveria, sull'onda del buon umore di questo pranzo, e non riesco a prenderla come un'offesa. Mi chiedo cosa direbbe questa Giorgia se avesse sentito: forse sorriderebbe anche lei. Sì – penso, osservandola mentre indica una casella a mio padre, con un'espressione bonaria in viso – sorriderebbe.

"A tuo padre verrà un altro infarto, tra poco, guarda com'è rosso" aggiunge mia madre, soffocando un singhiozzo. "E io resterò vedova."

Ride querula, penso che abbia bevuto troppo vino e solo ora noto gli occhi lucidi.

"Mi sembra che stai bene" dice.

Questa conversazione potrebbe proseguire anche senza il mio contributo, ma so che le piace quando la rassicuro ad alta voce, senza limitarmi ad annuire concentrato.

"Sto molto meglio" dico.

"Sono contenta" fa lei, ruotando ancora la tazzina. "Allora, a te piacciono i suoi vestiti."

"Sì" ripeto.

"C'è qualcosa di diverso, a parte quello, non lo so" continua lei. "Mi ricordo quando me l'hai presentata: un uccellino caduto dal nido, non parlava mai ad alta voce."

Ora ho la certezza che abbia bevuto troppo, perché non è da lei esprimersi così ampiamente riguardo a qualcuno che non sia se stessa – ha una prospettiva strettissima, piccola come il bar in cui ha passato la vita a lucidare superfici, di cui io e mio padre facciamo parte come estensioni del suo corpo. Il mondo di mia madre è cucito su misura, ha delle regole precise, leggi fisiche che nessuno può eludere. Lei aveva formulato le sue previsioni, fatto calcoli complessi che si sono rivelati tutti sbagliati. Al suo piano erano sfuggiti la salute precaria di mio padre e il mio fallimento professionale; le variazioni l'hanno destabilizzata e lei vive ancora in due mondi che non si incontreranno mai: quello che procede sulla scia di ciò che avrebbe voluto e quello in cui lotta contro l'inevitabile stato di cose. Nel suo punto di vista non c'è equilibrio, è tutto un futuro idilliaco o una imminente tragedia. Mi fa tenerezza a guardarla se penso che, per più di vent'anni, la vita ha rispettato il programma che lei credeva di averle imposto – e poi, tutt'un tratto, quando era già troppo vecchia per contemplarne l'eventualità, la sua realtà aveva iniziato a crollare. Mi chiedo se si è mai pronti per questo.

"Mi è piaciuta subito" la sento dire.

Allungo una mano e le stringo l'avambraccio, la vedo fingere di non emozionarsi.

"Lo so" dico. "Ti piace ancora?"

"È diversa."

"Più sicura di sé, non è vero?" la incoraggio.

Sono curioso della sua impressione.

"Sì" risponde. "La prima volta che l'hai portata qui era qualcuno a cui bisogna stare attenti a non fare del male."

Capisco che cosa intende, perché ricordo di avere avuto anche io la stessa impressione: anche per me Giorgia era indifesa.

"Credo che essere più sicura le faccia bene" dico. "Credo che prima fosse troppo vulnerabile."

Lei non sembra afferrare, e invece a me preme che capisca.

"Non vorresti lo stesso per me?" le chiedo.

Mi guarda, gioca con il manico di ceramica della tazzina.

"Non vorresti che fossi anch'io la versione migliore di me stesso? Più intraprendente, più coraggioso, più muscoloso" insisto, prendendola in giro.

Lei ride ancora, si sottrae alla mia presa e mi schiaffeggia la mano.

"Non è quello che voglio" dice, schermendosi. "A me tu vai bene così come sei. È il resto che non funziona."

È sempre stato il suo problema: pretendere di cambiare il risultato della somma senza modificare gli addendi; è troppo tardi per dirglielo.

"Dobbiamo andare, ci aspettano per le prove."

Lei mi guarda alzarmi.

"Una pulita alla cucina non mi sarebbe dispiaciuta, comunque" dice.

Scuoto la testa, mentre lei si concede una risata dispettosa. Quando raggiungo Giorgia e mio padre in salotto, li trovo ancora impegnati dalle parole crociate.

"L'incontrario di crisi?" fa lui, la penna sospesa sul foglio.

"È ora" dico.

Giorgia alza gli occhi su di me: "Proprio adesso?"

"Facciamo tardi."

Lei annuisce e sospira in modo teatrale, poi schiocca un bacio sulla guancia di mio padre. Lui si ingessa ancora di più. Al momento dei saluti Giorgia abbraccia i miei genitori con trasporto, come fosse una cosa normale – la Giorgia di un tempo non l'avrebbe mai fatto. Loro ne sono impressionati, e non resisto a lanciare un'occhiata a mia madre. "Va bene, hai ragione tu" dice a voce bassa nel mio orecchio, quando sono già sulla porta.

Non sono ancora abituato alla nuova energia di Giorgia. In strada, la guardo camminare veloce, due passi avanti a me, le mani in tasca nella giacca di ecopelle; quasi non riesco a starle dietro.

"Non vedo l'ora" dice, voltandosi. Un passante si gira a guardarla, lei se ne accorge, mi sorride. "Non ci posso credere che stiano lavorando su Wedekind: io lo adoro."

"Bene" dico, mentre raggiungiamo la macchina.

L'idea di farla assistere alle prove è stata di Mauro e io non mi sono opposto, ma ora mi sento teso. Penso che sarà l'ultimo della nostra serie di esami, e che spero Giorgia superi brillantemente anche questo.

"Che c'è?" fa lei, quando metto in moto.

"Cosa?"

"Sembri nervoso."

"Per niente" rispondo.

Sa che sto mentendo, me ne accorgo da come mi tocca – passa una mano all'interno del mio ginocchio.

"Sto bene" dice. "Ho preso le medicine."

"Lo so."

La verità è che la sorveglio da vicino, anche se non ve ne è la necessità: lei si attiene alla terapia scrupolosamente, non sgarra mai. Ha già avuto due controlli settimanali con il primario ed entrambi hanno dato esito positivo.

Arriviamo alle Scuole in ritardo. Ci intrufoliamo nell'aula dodici cercando di passare inosservati, ma non ci riusciamo: gran parte degli interpreti è raccolta sul margine del muro e la scena è occupata solo da Amelia e da uno dei co-protagonisti. Alle loro spalle, Mauro li studia – ci fa un breve cenno quando ci vede arrivare, mentre gli attori proseguono come nulla fosse. Ci uniamo al gruppo a riposo, ricambiamo in silenzio i saluti; Giorgia allunga le gambe davanti a sé, ha lo sguardo acceso. Dopo pochi minuti ha già sottratto un copione a una delle comparse, e lo sfoglia distrattamente, alzando la testa di tanto in tanto per tenere d'occhio i movimenti in scena. Vederla con il copione in mano mi agita.

Davanti a noi, Amelia è in difficoltà: Mauro continua a interrompere la sua performance – "Più sicura la voce, più sicura la voce" dice, camminando intorno alla scena in cerchi sempre più stretti. Lei si ferma, riprende da dove dovrebbe iniziare a modificare l'interpretazione, ma non riesce a terminare una battuta senza che lui le rimproveri una lacuna.

"Io in tutta la mia vita non ho mai preso le botte, nemmeno una volta" recita Amelia. "Non so neanche immaginare che impressione faccia. Mi sono già picchiata da me per sentire che cosa si prova. Dev'essere una sensazione-"

"Amelia, per carità di dio, ascoltati, quando parli!" Mauro alza la voce, brusco. "Riesci a sentire la pietà che ci metti dentro? È del tutto fuori posto."

Lui invade lo spazio, adesso, si frappone tra Amelia e l'altro attore.

"In Wendla non c'è nessuna richiesta di compassione: non preparare il pubblico a commiserarla. Lei sta per chiedere a Melchior di picchiarla con un bastone, non vede l'ora che succeda. Nessuno sente il bisogno di conoscere il tuo giudizio a riguardo."

"Ma io-" tenta Amelia.

"Non provarci nemmeno" taglia corto Mauro. "Siamo alle solite. Io ti chiedo di sparire e tu metti il tuo corpo dappertutto, guarda come tieni le braccia: il tuo personaggio non vuole essere protetto, non vedo perché dovresti farlo tu."

Amelia annuisce a labbra strette.

"Guardami" ordina Mauro.

Lei non si decide. Intorno a me nessuno è particolarmente colpito dalla sfuriata di Mauro: qualcuno rilegge il copione, altri godono dell'imbarazzo di Amelia come se fosse parte dello spettacolo; anche Giorgia fissa entrambi, per un momento distinguo l'accenno di un sorriso all'angolo della sua bocca, poi lei si volta e il sorriso scompare: non so se l'ho immaginato o c'è stato davvero, perché è mortificata quanto me. Scuote appena la testa, come per dire che le dispiace.

"Ho detto: guardami" Mauro non allenta la presa e, finalmente, Amelia obbedisce. "Per favore, fai quello che ti dico e basta. Sono stanco di ripetermi."

Lei annuisce ancora, senza distogliere lo sguardo. Mi chiedo come faccia Mauro a sostenerlo senza battere ciglio – "Proseguiamo."

Quando lui lascia la scena, Amelia tenta di rientrare nel personaggio – la vedo rilasare le spalle, respirare profondamente, poi fare un cenno in direzione dell'altro attore.

"Io non credo che un ragazzo possa migliorare con ciò."

"Migliorare con che cosa?" chiede Amelia.

"Con le botte."

Lei fa un passo o due, come seguendo una traccia sul pavimento, fino a raggiungere il bastone sottile che la aspetta, posato a terra. Lo raccoglie e, non so se per una suggestione o per effetto delle parole di Mauro, sembra tremare di paura mentre lo tiene in mano.

"Con questa verga, per esempio" recita, come in trance. "Come è flessibile e sottile…"

"Fa sanguinare."

"Tu mi picchieresti una volta con questa?"

Non è una suggestione: la voce di Amelia, adesso, è incerta. Mauro irrompe di nuovo in scena, agitando il copione.

"Mi arrendo" dice. "Una pausa di dieci minuti, riprendiamo dall'atto secondo."

La pausa viene accolta con entusiasmo, molti lasciano l'aula, e Amelia rimane sola in scena, con il bastone in mano. Vorrei raggiungerla, dirle qualcosa, ma la presenza di Giorgia mi frena: al mio fianco, è di nuovo immersa nel copione.

"Che fai?" le chiedo.

"Credo di capire dov'è il problema" risponde lei, a voce bassa.

"Ti va di andare a prendere qualcosa alle macchinette?" propongo.

"Un secondo."

La vedo alzarsi e raggiungere Mauro, che si aggira come una bestia in gabbia, in fondo alla stanza. Lui le rivolge uno sguardo ostile, poi Giorgia dice qualcosa, da qui non riesco a sentirla, e lui si ammansisce.

Amelia si sovrappone all'inquadratura, nascondendoli, poi si siede a terra, vicino a me. Una ragazza le tocca la spalla – "Esci a fumarti una sigaretta?" dice. Amelia scuote la testa e le sorride poco convinta. Quando la ragazza si allontana, lei lascia andare un lungo sospiro e appoggia la testa al muro. Più in là, Mauro e Giorgia continuano a parlare, lei apre il copione, lui si sporge a leggere, e io sono costretto a deviare la mia attenzione.

"Come stai?" domando.

Amelia fa una smorfia disgustata.

"Lo odio" dice. "Se potessi, gli ficcherei questo bastone su per-"

Si interrompe al passaggio di un collega.

"Mi dispiace."

"Non dovresti, ha ragione. Il problema sono io. C'è qualcosa che mi spaventa, in questo copione, e lui lo sa. Gli avevo promesso che sarei riuscita a superare le mie riserve e non sto mantenendo il mio impegno."

"Mi dispiace lo stesso."

Lei allunga una mano, sposta i capelli su un lato del collo, e il pensiero della notte del giradischi mi torna addosso. Incasso il colpo, distolgo lo sguardo.

"Sai cos'è che mi dà davvero fastidio? Che lui abbia sempre ragione" dice Amelia.

Guardiamo entrambi Giorgia e Mauro discutere seri, all'altro lato della stanza. Il copione sta tra di loro come un campo di battaglia: Giorgia vuole convincerlo a tutti i costi di qualcosa. Lui mi rivolge uno sguardo obliquo, poi ritorna subito a leggere.

"Non ha sempre ragione" dico.

"Non lo conosci abbastanza" replica Amelia, alzandosi. "Ho bisogno di prendere un po' d'aria."

La guardo allontanarsi, sparire oltre la porta, e mi sento in disordine, come se mi avessero frugato. Solo mezz'ora fa, il mio mondo era casa dei miei, il marciapiede, il nuovo equilibrio perfetto: ora tutto si scombina, è bastato un gesto. Soffoco l'agitazione, mi ripeto che è il risultato dell'essere sopravvissuto a un lungo periodo difficile e che l'esperienza della malattia di Giorgia mi ha messo alla prova, debilitato.

Giorgia e Mauro continuano a parlare fino a che gli attori rientrano, poco alla volta, in aula: quando la pausa è finita, Giorgia torna da me con un sorriso beato in faccia. Aspetto che riprenda posto al mio fianco, ma lei si china appena, sporgendosi verso di me.

"Facciamo solo una prova" mi dice, con tono rassicurante.

Non ho il tempo di chiedere spiegazioni: lei sparisce subito nell'orbita della scena, il copione in una mano. Quando sono di nuovo tutti seduti, capisco cosa sta per succedere ed è già troppo tardi.

"Facciamo una prova" dice Mauro, stavolta a voce alta, perché tutti sentano. "Amelia, accomodati pure."

Amelia guarda Giorgia a lungo, senza cattiveria, ma lei non se ne accorge: ha gli occhi ancora fissi sul copione. Quando segue l'ordine di Mauro, torna a sedersi accanto a me, nel posto che Giorgia ha lasciato vuoto.

"Con Giorgia abbiamo avuto l'opportunità di lavorare insieme su questo dramma, molto tempo fa" spiega Mauro al gruppo. "Forse la sua collaborazione può aiutarci a uscire dall'impasse."

Lui è serissimo, compreso nel suo ruolo di maestro severo, e mi chiedo cosa stia pensando, quale assurda idea gli abbia fatto credere che questa fosse la cosa giusta da fare. Dov'è la prudenza che ci siamo promessi?

Trattengo il nervosismo, capisco di essere bloccato dal nostro segreto.

"Riprendiamo" dice Mauro, allontanandosi dalla scena. "Quando siete pronti."

Il co-protagonista reagisce con prontezza al cambio, si adatta a Giorgia, in attesa della sua battuta: ora lei è al centro della scena, ha la sua gonna corta, le sue calze sopra il ginocchio, i bottoni della maglietta aperti lungo la scollatura, i capelli corti, e, per un momento, stento a riconoscerla.

"Io in tutta la mia vita non ho mai preso le botte, nemmeno una volta" attacca Giorgia. "Non so neanche immaginare che impressione faccia prenderle. Mi sono già picchiata da me per sentire che cosa si prova. Dev'essere una sensazione raccapricciante."

Mentre parla, guarda il bastone, tornato al suo posto sul pavimento, alle spalle dell'altro interprete. È subito qualcosa di diverso, non è la nuova Giorgia. Il terrore di non vederla tornare indietro mi paralizza – com'è possibile guardarla e non potere impedirlo? È tornare indietro fino alla sera della prima.

Sta prendendo i medicinali – mi ripeto – la marea si è ritirata.

"Io non credo che un ragazzo possa migliorare con ciò" dice l'interprete di Melchior.

"Migliorare con che cosa?" chiede Giorgia, ancora distratta dal bastone.

"Con le botte."

Giorgia raccoglie il bastone da terra realizzando l'intenzione che l'ha animata dal principio. Lo passa tra le dita, saggia la punta affilata.

"Con questa verga, per esempio..." dice. "Com'è flessibile e sottile."

Il suo tocco è ipnotico, ed evadere dall'idea del dolore è impossibile.

"Fa sanguinare" dice Melchior, rapito anche lui dalle dita di Giorgia.

Lei non parla, il silenzio si dilata, vibra della sua battuta successiva.

"Tu mi picchieresti una volta con questa?"

Sento la tensione esplodere – esplode nelle mie mani, che si stringono in due pugni, negli spettatori: non c'è nessuno che non stia guardando, che non sia in attesa del passo successivo. Giorgia, che non è più Giorgia, ci trascina lenti verso l'orlo del precipizio.

"Picchiare chi?"

"Me."

"Che ti viene in mente, Wendla?"

Melchior fa due passi indietro, terrificato, e Giorgia colma subito la distanza.

"Che male ci sarebbe?" dice.

"Stai tranquilla! Io non ti colpisco."

Giorgia stringe il bastone al petto come una cosa cara.

"Ma se te lo permetto?" supplica.

"Mai, bimba" Melchior la prende per le spalle, la allontana.

"Ma se te ne prego, Melchior!" invoca Giorgia.

Ha gli occhi spalancati, è tesa contro le mani del ragazzo, contrasta la sua spinta. Ha le guance rosse di un'eccitazione malsana, la stessa che mi contagia, stringe alla bocca del mio stomaco. Mi trovo a sperare che lui l'accontenti subito, senza fare altra resistenza.

"Hai la testa a posto?" Melchior la lascia andare, adesso anche lui è vittima della tentazione.

"In tutta la mia vita non le ho mai prese" dice Giorgia; ha la voce dolcissima.

"Se sei al punto di pregare per ottenerle…"

Giorgia è la ragazzina che implora per la tortura, cede il bastone alle mani tese di Melchior, lui lo afferra senza opporsi.

"Sì. Ti prego, ti prego."

Il ragazzo stringe tra le mani il bastone, fa un passo avanti e lei non retrocede. Lui misura il suo desiderio per un momento, poi si allontana di quel tanto da prendere lo slancio, carica tirando indietro il braccio.

"Ti insegnerò io a pregare!"

Quando il primo colpo si abbatte sul fianco di Giorgia, mi sorprendo a sospirare di sollievo. Non ho il tempo di verificare se intorno a me altri provino la stessa sconcertante sensazione, come di essere stati liberati.

"Dio mio, non sento proprio niente, niente…" dice Giorgia, gli occhi spalancati, mani strette allo stomaco.

"Sfido io, con tutti quegli abiti" ansima Melchior, feroce.

"E allora frustami le gambe."

Il ragazzo obbedisce, il legno schiocca secco sulle cosce nude di Giorgia, lei morde le labbra per il male.

"Ma tu mi accarezzi" grida. "Mi accarezzi."

"Aspetta, strega, te li levo io i capricci!"

Melchior colpisce ancora e ancora, e, quando Mauro afferra il bastone, mi ritrovo con il fiato corto, ad aspettare un nuovo colpo che non arriva più. L'attore si risveglia da uno stato di trance: guarda il bastone, i segni rossi sulle gambe di Giorgia, passa una mano sulla faccia sudata e stravolta – "Non so che mi sia preso" dice. "Stai bene?"

"Tranquillo" Giorgia torna a esibire il suo sorriso radioso. "Sto bene."

Sul pubblico è calata una quiete innaturale. Non riesco ad alzare lo sguardo, sento come se ognuno di questi sconosciuti mi guardasse e nel guardarmi mi giudicasse per ciò che ho appena desiderato. Ancora una volta, Giorgia si è staccata dal suo corpo e mi ha portato lontano insieme a lei, in un altro dei suoi mondi pericolosi. È tornata, certo – mi dico – dopotutto prende i suoi medicinali; recito a memoria i nomi, le dosi, i contenitori, e mi chiedo se la paura di perderci entrambi finirà mai.

"Spero che ora sia più chiaro a tutti ciò che intendevo" dice Mauro, serio. "Wendla vuole essere colpita. Il masochismo è connaturato al suo personaggio, non esiste Wendla senza desiderio di una punizione. Privarla di questo desiderio vorrebbe dire spogliarla della sua identità."

Mauro si concentra con intenzione su Amelia, adesso.

"La Wendla di Giorgia vuole il dolore così intensamente che lo vogliamo anche noi" aggiunge. "Ora hai capito di cosa stavo parlando?"

Tutti gli occhi sono puntati su Amelia e neppure io riesco a resistere – c'è qualcosa di seducente in questa disciplina, ora lo so: è irresistibile il piacere di non esserne vittima. Lei accoglie la sconfitta con un cenno secco della testa, si piega a Mauro e anche a Giorgia che, alla conclusione della prova, accetta i complimenti entusiasti dei colleghi senza difficoltà.

A cena, sulle cosce di Giorgia si allungano le striature viola dei colpi ricevuti, ma lei non se ne cura. Siamo ospiti a casa di Mauro, per una cena programmata prima del trambusto delle prove pomeridiane. Amelia è presente: non ha sofferto per la lezione che Mauro le ha inflitto – tuttavia, evita di parlarci troppo a lungo, lascia che siano altri a rispondere al posto suo – e beve: è al quinto bicchiere di rosso. Lui non ci fa caso, si comporta come se nulla fosse successo. Del loro modo di gestire gli attriti sul lavoro io non so nulla, e neppure li ho mai visti litigare; inoltre, Giorgia mi distrae. È da quando ci siamo seduti a tavola che tiene banco: ha estratto dal cilindro una serie di aneddoti di cui ignoravo del tutto l'esistenza, avventure risalenti ai primi tempi in teatro, ai corsi da principiante.

La guardo, mentre descrive il collasso disastroso di una scenografia – seduta a capotavola, occupa il posto che solo poche settimane fa era di qualcun altro. Mauro la studia, seduto di fronte a me, e mi chiedo se anche lui è capace di riconoscere le somiglianze: lei gli ha sottratto la sua parte migliore – lui non ha mai nemmeno provato a interrompere il monopolio nella conversazione, osserva e la lascia fare, assecondando le risate.

Voglio che questa giornata lunghissima finisca, ho bisogno di riflettere, fermarmi. Non riesco a sottrarmi alla nuova forza di Giorgia, questo modo che ha di legare a sé l'attenzione – e mi chiedo come ho fatto, in quale angolo del sottotesto le ho fornito il superpotere. Sono tentato di considerare una rilettura, per prudenza.

"Giorgia era la mia punta di diamante" dice Mauro, a un certo punto.

Lei si stiracchia, porta le mani dietro la nuca – è un movimento mascolino e insieme carico di sensualità. È la prima volta, da quando è uscita dalla clinica, che vorrei si comportasse in modo differente.

Al margine del mio sguardo, Amelia svuota un altro bicchiere.

"Un'interprete unica" rincara la dose Mauro. "Impossibile trovarne un'altra all'altezza."

Giorgia non nasconde il compiacimento, mi guarda alla ricerca di una conferma, come se si aspettasse anche da me la sua dose di omaggi.

"Vado un attimo in bagno" dice Amelia, alzandosi.

Nessuno ha sentito: gli invitati sono concentrati altrove.

"Oggi è stato da brivido" commenta qualcuno.

"Sì, straordinario."

"Com'era, quella parte in cui hai offerto a Luca il bastone? Eri così intensa…"

Mi prende un profondo malessere, il desiderio improvviso e assoluto di un po' di silenzio.

"Vado in bagno" dico, e finisco ignorato anche io.

Risalgo le scale, mi lascio indietro le celebrazioni del talento di Giorgia, il suo sorriso fiero. Arrivato al primo piano, tutto è lontanissimo.

La camera di Amelia è vuota; la trovo in bagno, ha lasciato la porta aperta: sta davanti allo specchio a guardarsi, qualcuno l'ha disegnata sul vetro, tanto è immobile. Quando mi vede, muove solo gli occhi nella luce calda delle lampade sospese sopra al lavandino.

"Mancava l'aria anche a te?" dice.

Entro, accosto appena la porta. "Non ce la faccio più. E poi il modo in cui lui ti tratta…" ammetto.

Amelia sorride senza allegria, si volta verso di me.

"Perché insiste tanto con questa storia?" le chiedo.

Lei salta a sedere sul marmo del lavandino.

"Ogni tanto gli piace fare così" risponde. "A me generalmente non importa. È che sono stanca di tutte queste stronzate."

"Ti chiedo scusa a nome di Giorgia, non so cosa le sia preso" dico.

Lei mi pesa con gli occhi, fa cenno di chiudere la porta. Lascio indietro la paura di essere sorpresi, delle domande che potrebbero farci, chiudo la porta. Quando il battente è sigillato, torno a respirare.

"È ancora un po' strana, non trovi?"

Amelia lo dice come se il pensiero la rendesse triste. È proprio la sua espressione malinconica a impedirmi di agitarmi: la sua non è una vera domanda, più una constatazione amareggiata.

"Forse, un po'" dico, pensando alle parole di mia madre.

"Credi che tornerà com'era prima?"

Mi avvicino a lei con la scusa di guardarmi meglio nello specchio.

"Magari ha solo bisogno di tempo" dico, ma non lo penso davvero.

Non c'è possibilità che la Giorgia di una volta torni indietro, il copione non lascia spazio a nessuna delle sue vecchie debolezze. Mi chiedo se sia giusto pretendere che lei incarni in tutto e per tutto il nostro ideale, se non sia egoista volerla identica a com'era prima della malattia. Perché non permetterle di essere differente, migliore?

"La adorano tutti, vero?" continua Amelia. La metà illuminata del suo volto è incerta. Dondola piano una gamba, abbassa un po' la testa ma non distoglie lo sguardo. "Sono solo gelosa."

"Non ne hai nessun motivo" dico.

Lei sposta i capelli su un lato, scoprendo il collo.

"Sì, invece" dice. "Almeno uno."

Penso che dovrei uscire da qui, subito, e che non voglio farlo. Penso alla Giorgia perfetta che mi aspetta, mi concentro sul suo corpo nell'ultimo orgasmo, ma non basta, ho la gola appesa a un altro desiderio.

Amelia decide per me: scivola giù, in piedi, barcolla fuori nel mio attimo di esitazione, e quando la seguo è già troppo tardi, la sua camera è chiusa. Scendendo di nuovo le scale mi sento mancare il fiato, mi dico che non è successo niente, non stava per succedere niente. Sono troppo teso, penso, mi distraggo e dimentico la trappola nell'ultimo gradino: ci precipito dentro e le schegge di legno riaprono il solco della vecchia ferita.

Il mio incidente conclude la cena, con la scusa della medicazione convinco Giorgia a tornare a casa. Durante il viaggio e anche una volta arrivati, lei continua a parlarmi dello spettacolo, di come si è sentita viva durante la recitazione di quella singola scena – è distratta dal suo stesso racconto, devo badare al taglio da solo.

"Non credi che Amelia sia inadatta per la parte?" dice Giorgia, mentre tento di disinfettare la ferita.

Seduto sul divano, ho per le mani il cotone, un cerotto, l'acqua ossigenata. Tentando di tamponare la caviglia, mi sbilancio e rovescio il disinfettante. Lei se ne accorge a malapena, ignora i miei tentativi di recuperare la bottiglia prima che rotoli troppo in là. Quando mi raddrizzo e mi lascio andare contro lo schienale, torna alla carica.

"Non voglio dire che non sia brava, solo credo che la parte non sia adatta a lei" dice.

"Non pensi che, in fondo, la cosa non ti riguardi?"

La mia risposta la coglie di sorpresa: si irrigidisce, seduta all'altro lato del divano.

"Perché dici così?" chiede.

Abbandono il cerotto e il cotone, ignoro la scia di disinfettante che si allunga sul pavimento.

"Perché la parte è di Amelia" dico.

"Lo so, stavo solo facendo un'osservazione."

"Un'osservazione superflua."

"Posso capire qual è il problema?" dice, inarcando le sopracciglia.

È bellissima anche con il trucco consumato, sciolto intorno agli occhi scuri. Mi guarda con il broncio di una bambola.

"Perché hai dovuto farlo, oggi?" dico. "Perché hai dovuto umiliarla?"

Lei ha un momento di esitazione, poi sceglie un sorriso innocente.

"Non era la mia intenzione."

"Ma è quello che hai fatto."

"Nessuno voleva umiliare nessuno, era solo una prova."

"Mauro non sembrava pensarla così."

Giorgia raccoglie le gambe al petto, scoprendo la conchiglia azzurra degli slip. Sono combattuto tra la dimensione in cui non vorrei aver mai iniziato questa discussione, e quella in cui la porto a termine fino alla vittoria – ma per il bene di chi? Che cosa sto difendendo?

"Io sono più brava."

La vecchia Giorgia non l'avrebbe mai detto ad alta voce; era, solo un anno fa, qui, davanti a me, ancora incerta del suo ruolo principale.

"Che cosa significa?" dico.

"Perché avrei dovuto trattenermi se sapevo di poter fare meglio?"

"Perché Amelia è tua amica. Perché, che ti piaccia o no, l'hai mortificata" rispondo. "È il suo spettacolo, non il tuo."

Giorgia assorbe il colpo, le guance arrossate dal confronto. A vederla così mi attira e insieme mi respinge, come se parlasse alle due parti di me. Dopo qualche minuto di silenzio, mi chino di nuovo, stendo il cerotto sulla ferita. La sento venire vicino.

"Sei arrabbiato?" chiede, accarezzandomi un braccio.

"No" dico, senza alzare la testa.

Lei scivola a terra, si inginocchia davanti a me, tra le mie gambe, mi costringe a guardarla.

"Mi perdoni?" chiede.

Capisco che non è pentita: ha ancora addosso l'ombra del sorriso compiaciuto, lo stesso senso di onnipotenza che deve aver provato mentre era in scena. Quando la mia risposta non arriva, lei appoggia una mano contro il mio sterno e mi spinge indietro. Sposta la maglietta, passa un dito intorno al bottone dei jeans, mi sfida a fermarla. Non potrei nemmeno se volessi – e non voglio. Tira giù la lampo, si fa più vicina, non smette mai di guardarmi.

"Mi perdoni?" respira, sopra di me.

Penso ci sia qualcosa di sbagliato e qualcosa di tremendo e giusto; penso che avrei dovuto supplicare la Giorgia di un tempo per la stessa attenzione spontanea.

"Sì" dico, o lo immagino e basta, o questa non è la mia voce ma un verso.

Lei sorride su di me, non smette mai di guardarmi, nemmeno quando è il momento.

***

Lo studio del primario ha una sala d'attesa dipinta di verde pallido, con una grande finestra. Da che le visite di Giorgia sono iniziate qui, in città, non abbiamo mai incontrato nessun altro paziente in transito, né in uscita, né in entrata. Il primario ci accoglie personalmente, alle cinque del pomeriggio, a ogni appuntamento, senza camice bianco; il colloquio con Giorgia non dura mai più di un'ora, a volte anche meno. Non ci sono riviste da leggere, né loro parlano abbastanza forte da poterli ascoltare, e io non riesco a stare seduto per più di dieci minuti.

Dalla finestra si vede la doppia corsia del viale: siamo in bocca a maggio e i tigli si stanno preparando per la fioritura. Solo un anno fa era un altro sette di maggio, e due anni fa un sette identico, mentre noi eravamo tutti diversi. Dall'inizio dell'esercizio, la mia memoria si è fatta pulita e ingombrante, in certi momenti è così nitida che scorre su un piano equivalente al presente, come se tutti i ricordi accadessero contemporaneamente; sono qui e anche in tutti gli altri sette di maggio della mia vita, un solo sette di maggio ogni anno, trentadue sette di maggio: in questo, Giorgia ha una consapevolezza di se stessa che non le è mai appartenuta, e io ho una malinconia, cresciuta di recente, del suo bilico. La nostalgia risorge a tratti, nelle pause in cui lei non mi sta troppo vicino, in cui non può parlarmi – la nuova Giorgia mi intrappola nel suo corpo più di quanto vorrei. Per gran parte del mio tempo, riesco a non pensare all'eventualità di avere commesso un errore – come potrebbe essere? Questa è la Giorgia che è stata liberata dal ricovero e ha ricominciato a vivere.

"Filippo?" la voce mi fa trasalire.

Giorgia è emersa dal corridoio che porta allo studio del primario; ride, si avvicina.

"Tutto okay?" chiede, scrutandomi. "Ti sei spaventato?"

"No. Sì" lei mi accarezza una guancia. "Stavo pensando."

"Il dottore vuole parlarti" dice.

"Perché?"

"Non lo so, non me l'ha detto. Vorrà chiederti qualcosa su di me."

Strizza un occhio con aria complice.

"Va bene" mi avvio verso il corridoio, la lascio indietro.

Nella stanza ci sono due divani, sistemati uno di fronte all'altro e separati da un tavolino: il primario mi aspetta seduto tra i cuscini, alla mia sinistra. Davanti a me, oltre la scrivania di legno scuro, c'è un'altra finestra. Avanzo sul tappeto alto – "Può chiudere la porta, gentilmente?" dice lui, quando sono già a metà strada. Torno indietro, chiudo la porta, poi lui mi fa cenno di accomodarmi.

"Come sta?" chiede.

"Bene" rispondo.

Fuori dalla clinica ha un aspetto innocuo – è l'assenza del camice, o forse poterci parlare in un contesto normalizzato.

"Cosa mi dice di Giorgia?"

"Sembra stia bene" dico.

"Sembra?"

"Sta bene."

Lui intreccia le mani sulle gambe, mi studia in silenzio per qualche secondo.

"Giorgia mi ha chiesto di supportare la revoca dell'interdizione" dice.

La notizia mi coglie di sorpresa. Lei non ha mai accennato alla questione, da quando è stata dimessa, e mi stupisce rendermi conto solo ora che lei non è ancora davvero libera. La verità è che all'interdizione non ho pensato seriamente: mi è bastato vederla tornare a casa. In fondo, Giorgia è tornata da me grazie al benestare di sua zia, che avrebbe anche potuto decidere di prolungare il suo ricovero o costringerla a vivere con lei. Mi chiedo come sia possibile che non mi sia venuto in mente di discuterne con Giorgia.

"Quindi adesso cosa succederà, dottore?" dico.

"Dovrò formulare la mia diagnosi. Fornire un referto medico che certifichi le sue buone condizioni."

Non riesco a indovinare il suo pensiero: il primario ha il mezzo sorriso cortese, inespressivo.

"Penso che lei possa essermi d'aiuto."

Annuisco, raddrizzando la schiena.

"Cosa posso fare?"

"Cosa pensa di Giorgia?"

L'idea che la libertà di Giorgia dipenda in qualche modo da ciò che risponderò mi rende nervoso.

"Credo stia bene."

"Episodi maniacali?"

"Nessuno."

"Resistenze alla terapia?"

"No."

"Reazioni insolite?"

Esito, la domanda mi blocca.

"In che senso?" chiedo, cercando di guadagnare tempo.

"Insolite" dice il primario. "Che non rientrano nello schema dei comportamenti abituali."

Di nuovo sistema gli occhiali.

Un comportamento abituale, ripeto tra me e me – ma di quale abitudine stiamo parlando?

"No, niente di insolito" dico, la voce non è sicura e lui se ne accorge.

"Qualcosa di cui vuole discutere?"

"Nulla in particolare" so di aver ceduto quando è già troppo tardi. "È solo che ci sono delle differenze."

"Che tipo di differenze?" chiede il primario.

Sfila gli occhiali, inizia a ripulirli nell'orlo della polo blu. Mi sento più a mio agio senza i suoi occhi puntati addosso.

"Non è come era prima. Ci sono delle differenze" ripeto, e, mentre lo dico, penso di essere pazzo: sono io ad aver scritto questa Giorgia.

"Forse capisco che cosa intende" dice il primario, sollevando le lenti contro la luce. "Non deve allarmarsi, signor Bonini, è naturale che sia così. Giorgia ha attraversato un periodo molto difficile. Anzi, sono stupito dalla rapidità del suo miglioramento: nell'ultimo mese ha fatto passi da gigante."

Annuisco, tocco istintivamente la cicatrice nello zigomo.

"Deve avere pazienza, attendere l'assestamento" continua il primario. "Ma deve anche iniziare a considerare la possibilità che Giorgia non tornerà identica a ciò che era prima."

Ciò che era prima.

"Io voglio solo che stia bene" dico – è l'unica frase che non mi costa lo sforzo di una formulazione.

"È quello che vogliamo tutti" dice il primario. "Siamo vicini al nostro obiettivo, non le pare?"

"Sì."

"Perciò, non ha nulla da segnalarmi?"

"No" rispondo. "Tutto normale."

"Perché non ho un telefono mio?"

I tacchi di Giorgia colpiscono l'asfalto a un ritmo serrato

e, anche se siamo a braccetto, mi sembra sempre di correrle dietro.

"L'ho perso la sera della prima" spiego – non le dico che credo mi sia caduto di dosso mentre ero in ospedale, ma lo stesso lei intuisce che le nascondo una parte della storia.

"Fa niente" dice. "Ne vorrei uno."

Si guarda intorno: stiamo attraversando la piazza alle Colonne di San Lorenzo e gli unici cellulari a disposizione sono già di qualcun altro.

"Possiamo comprarne uno, domani" dico.

Lei annuisce, impegnata nella costruzione di qualche programma che mi esclude.

"Voglio parlare con mia zia, domani" annuncia, quando siamo costretti a fermarci per un semaforo rosso.

"Il primario mi ha detto dell'interdizione" dico.

"Sì, credo sia il momento di iniziare almeno a discuterne" Giorgia passa una mano sulla nuca – come stesse cercando i suoi capelli lunghi.

"Hai ragione" dico.

La mia memoria è piena di luci del tramonto simili a questa. Stiamo facendo la strada che percorrevamo spesso i primi tempi, quando non avevamo una direzione da seguire, un posto cui appartenere. Era tutto potenzialmente straordinario; provavo spesso la sensazione, ora la distinguo chiara, che qualcosa di risolutivo stesse per accadere.

I fari delle macchine mangiano il profilo di Giorgia – un morso tra la fronte e il naso, una luce dentro alla sua bocca.

"Non vedo l'ora di essere di nuovo padrona di me stessa" dice, mentre attraversiamo la strada.

"Non è una gran cosa" dico, prendendola per mano.

Lei stringe le dita intorno alle mie, sorride, ma il suo sorriso non è solo per me: abbraccia tutta la strada, il tram in transito rischia di inciamparci dentro.

"Non lo pensi davvero."

Forse anch'io vorrei che qualcuno mi riscrivesse, penso, mentre consumiamo la distanza che ci divide da piazza Ventiquattro Maggio. I posti sono quelli che conosciamo già, dappertutto vedo i nostri fantasmi. Non so che cosa mi stia succedendo, il colloquio con il primario mi ha reso vulnerabile a riflessioni scomode. Siamo io e Giorgia, e insieme a noi tutti gli altri, i noi stessi che ci hanno preceduto.

Accelero dietro a lei, ansioso di lasciarmi alle spalle questo tratto del corso.

"Spero davvero che mia zia non faccia storie" dice Giorgia – passiamo davanti al capannone del mercato comunale, ma lei neppure lo guarda, non dice niente: in un altro passato mi avrebbe costretto a entrare; ora sono due passi e il mercato è già lontano.

"Non vuoi fare un giro dentro?" chiedo, quando siamo ormai fuori tiro. Lei mi guarda senza capire.

"No" dice, distratta. "Pensi che la zia farà storie?"

"Perché dovrebbe?"

"Non lo so" Giorgia mi guida lungo le mura alte della darsena. "Ho paura. Magari, se mi comporterò come vuole…"

"Come vuole?"

"Sì" risponde lei. "A lei piaccio quando sono posata, tranquilla. Potrei cambiare vestiti, forse ho ancora qualcosa di vecchio, nell'armadio. Non voglio andare impreparata."

La vedo immaginare gli abbinamenti, sciolgo le nostre mani con la scusa di cederle il passo nel traffico di pedoni che imboccano le passeggiate lungo il Naviglio.

"Non devi prepararti" dico. "Devi solo essere te stessa."

Giorgia mi sorride con condiscendenza.

"Che c'è, Giò?"

"Lei non cederà mai, se non le mostro quello che vuole vedere" dice.

Il suo pensiero mi lascia interdetto – lei sembra aver detto la cosa più normale del mondo. Magari lo è, magari questa frase fa parte di una normalità che non conosco, ma non è sua, non è di Giorgia, e neppure mia. Non posso aver scritto niente del genere. Deglutisco a vuoto.

"Potrei ricominciare a lavorare" continua Giorgia. "Anche tu dovresti pensare a un nuovo lavoro."

"Un nuovo lavoro?" ripeto.

"Sì, non vorrai mica startene segregato in quel bar per tutta la vita. Non hai nessun futuro, se resti lì. Dovresti rimetterti in gioco, non puoi pretendere che faccia tutto io."

"Che faccia tutto tu, cosa?"

"Che sia solo io a pensare al nostro miglioramento."

Giorgia è persa nella sua nuova dimensione, non si accorge di me, né della distanza sempre più ampia che ci divide: procediamo così lontani che i passanti ci camminano attraverso. Lei sta bene, penso, ha tutto quello che le serve per questa vita. Le sue gambe risalgono le scale di un ponte, le guardo allungarsi davanti a me, in un attimo siamo in cima. A metà strada, mentre Giorgia continua a parlarmi dei suoi piani per il futuro, la memoria è più forte del presente: la vedo sovrapporsi allo spettro che abbiamo lasciato qui l'ultima volta – stavamo affacciati alla ringhiera dove adesso lei è sola. È bellissima. È bella come allora, nel modo in cui si tende per studiare il riflesso dei lampioni nell'acqua nera. È tutto quello che Giorgia avrebbe potuto essere, se il dolore non l'avesse piegata.

"Vieni?" dice.

Vorrei dirle che è perfetta, vorrei dirle che l'ho scritta adatta al mondo che ci ha sempre spaventato, perché non avesse paura, perché non dovesse soffrire – ma è già troppo tardi: nelle sue braccia divento un fantasma.

Capitolo Nove
Differente

La zia di Giorgia fa resistenza, determinata a non cedere sull'interdizione fino a quando sarà convinta che la condizione della nipote è stabile: la costringe a un calendario di pomeriggi da trascorrere insieme, a casa sua, e io sono obbligato a cambiare gli orari di apertura del bar.

Oggi, mentre la accompagno all'appuntamento, Giorgia continua a sistemare la maglietta: si è vestita con i resti del guardaroba di un tempo, i pantaloni e le scarpe che metteva sempre per andare al lavoro. La guardo passare due dita all'interno della manica, grattare via un prurito immaginario.

"Non ne posso più" dice, quando siamo quasi arrivati. "Lo fa apposta."

"Vuole solo passare del tempo con te."

Lei trattiene un sospiro, scuote la testa. "È un'egoista. Mi sta rallentando."

"Magari ha paura che la escluda di nuovo dalla tua vita" dico.

Lei si ferma a pochi passi dal portone, infila le mani nelle tasche dei jeans.

"Non può obbligarmi a coinvolgerla" dice, senza guardarmi negli occhi.

"È tua zia."

"Questo non significa niente."

La nuova Giorgia non è sensibile ai miei sforzi di proporle punti di vista alternativi. Mi tira a sé, soffoca i miei rimorsi in un bacio profondo.

"Passo a prenderti tra un paio d'ore" dico, lasciandola andare.

Aspetto che chiuda il portone alle sue spalle, torno alla macchina con addosso lo stesso senso di vuoto che mi perseguita dal giorno della nostra passeggiata. Anche il corpo di Giorgia è diventato ostile, la tocco e subito penso al suo primo risveglio, quando a possederla era un altro personaggio. Impiego molte energie a scacciare la paura, vivo le mie giornate sott'acqua.

Quando arrivo al bar, sono così preso dallo sforzo di non pensare da non accorgermi che qualcuno mi sta aspettando.

"Ehi, amico mio."

Amelia sta appoggiata alla saracinesca chiusa, tiene tra le mani il foglio di carta che ho lasciato appeso prima di andare via – "Sei tornato presto" dice, leggendo.

"Ciao" tento un sorriso spontaneo, lo sento fallire. "Che ci fai qui?"

Lei incrocia le braccia, si guarda intorno cercando qualcuno.

"Dov'è Giorgia?" chiede.

"L'ho portata da sua zia" dico. "Perché?"

"Devo parlarti."

Mi chino ad aprire il lucchetto, le chiavi scivolano nelle mani, che hanno iniziato a sudare.

"Va bene" dico. Sollevo la saracinesca, apro la porta per lei. "Prego."

La seguo dentro, lei rallenta al centro del locale, all'improvviso, e le finisco addosso. Seguono cinque minuti imbarazzanti in cui non faccio che chiederle scusa, poi riesco a mettermi al sicuro. Amelia è ancora preoccupata, raggiunge l'altro lato del bancone; penso di chiederle cosa sta succedendo, ma la verità è che sono esausto, così finiamo per guardarci in silenzio.

"Devo parlarti di Giorgia" cede lei, alla fine. "C'è qualcosa che non va."

"Lo so. Il primario ha detto di avere pazienza, che si assesterà."

"Cosa vuol dire che si assesterà?"

Vorrei darle una delle risposte che ho pronte, ma, quando è il momento, non riesco a seguire il copione: dimentico la battuta.

"Non ne ho idea" dico. "Perché sei preoccupata?"

Lei esita, mi studia per qualche secondo. "Vuole la mia parte" dice.

"La tua parte?"

"Sì, nello spettacolo" continua Amelia. "Ha detto a Mauro che dovrebbe sostituirmi, che non sono all'altezza. Ha detto che non valgo nemmeno la metà di lei, o qualcosa del genere."

"Ma quando…"

"Si è presentata alle prove, due giorni fa" Amelia stringe i pugni sul bancone. "Ha insistito finché Mauro è stato costretto a farla recitare al mio posto."

"Due giorni fa?" calcolo le date, i tempi. "Non è possibile, ha passato la giornata da sua zia."

Appena lo dico, capisco che questa affermazione non significa nulla: una giornata sono sei ore in cui avrebbe potuto essere ovunque – "Sono andato a prenderla, era lì."

Amelia appoggia la testa tra le mani, anche lei esausta, non mi ascolta davvero.

"Non capisco che le sia preso" dice. "Questa è una cosa che Giorgia non avrebbe mai fatto. Da quando è stata dimessa è un'altra persona."

Mi guarda in cerca di una risposta che non possiedo. Considero la possibilità di confessarle l'esistenza del copione, ma accantono subito l'idea – penserebbe che sono un mostro?

"Forse è per via del ricovero" dico. "È stata in clinica per tanto tempo."

Lei continua a sondarmi con gli occhi – che sappia? Quando distoglie lo sguardo, l'allarme suona ancora nelle orecchie, un battito dopo l'altro.

"Provo a parlarci" dico.

"Non credo che servirà."

"Perché?"

"Ho provato a parlarci anche io" dice Amelia. "Non è lei. Il modo in cui mi guardava, quello che ha detto. Non so spiegartelo, è come… come se l'avessero sostituita con qualcun altro."

"Non pensi di esagerare?"

"Esagerare?"

"Forse sei suggestionata" dico. "Sei troppo coinvolta."

Lei si irrigidisce.

"Pensi che mi stia preoccupando della mia parte?"

"Non ho detto questo. Però-"

"Non è la parte, Filippo" si sporge verso di me. "Possibile che tu non noti la differenza? C'è qualcosa che non va."

"La situazione non è grave come la dipingi."

"Vuoi dirmi che tu vedi la stessa persona che hai conosciuto tre anni fa?"

"Non è questo il punto."

"È questo il punto."

"Le parlerò" ripeto. "La farò ragionare, rinuncerà alla parte."

"Non stiamo discutendo della parte."

"Ho detto che le parlerò, che non dovrai preoccuparti della parte" passo una mano sul bancone in un gesto automatico. "E non ci sarà nient'altro di cui discutere."

Amelia resta sospesa nel mezzo, tra noi, e io non ho più il coraggio di guardarla – immagino di vedermi riflesso nel suo viso. La ascolto andare via in silenzio, poi penso che, se mi sforzerò abbastanza e a lungo, potrò fingere che questa conversazione non sia mai esistita. Eppure, le domande di Amelia tornano, in una marea lenta che copre tutto.

Giorgia ha chiuso gli occhi. La luce gialla della lampada taglia due mezzelune sotto i seni, un'ombra morbida tra gli addominali. Non dorme: dopo il sesso, si è stesa accanto a me; il suo respiro è regolare, profondo, ha ancora metà del suo nuovo sorriso in una piega sulla bocca.

Anche il suo corpo ha iniziato a cambiare, la metamorfosi si sta estendendo dalla profondità alle superfici. L'incertezza della Giorgia originale la faceva muovere dentro a una gabbia, ne aveva preso la forma: stava piegata, nel letto, riempiendo il minor spazio possibile; camminava con una cautela eccessiva, senza rumore, calcolava le distanze – aveva già provato tutto il male che avrebbe potuto procurarle una distrazione. Riesco a vederla così chiaramente, adesso che ha smesso di esistere.

"Oggi è venuta a trovarmi Amelia" dico.

Giorgia apre piano un occhio, poi l'altro, mi guarda placida. "Bene."

"Mi ha detto che sei andata alle prove, sabato."

Lei non si scompone, è fatta di cera. Appoggia la testa a una mano, aspetta la mia prossima mossa.

"Perché non mi hai detto di volerci andare?"

"Tu ti preoccupi per tutto. Questa storia della malattia ti ha fatto diventare paranoico."

"Voglio solo che tu stia bene. Il primario-"

"Oddio, ancora, il primario, il primario" Giorgia scatta a sedere sul materasso. "Mi sento soffocare."

Mi dà le spalle, abbraccia le ginocchia; vorrei toccarla, allungare una mano intorno al collo nudo.

"Anche lui vuole che tu stia bene" dico.

"Anche lui vuole che io stia *buona*, vuoi dire."

"Giorgia" provo a prenderla per una spalla, lei si tira indietro. "Giorgia, per favore."

Sono costretto ad aggirarla sul letto per guardarla in faccia: trovo i suoi occhi fissi dentro ai miei, immobili; nel suo sguardo c'è una pace fredda che mi fa paura.

"Volete che torni come ero prima" dice.

"Di che cosa stai parlando? Io voglio solo capire perché vuoi a tutti i costi quella parte. Amelia ha detto-"

"Io sono più brava."

"Questo non è un buon motivo per fare del male alle persone."

"Dovrei tirarmi indietro? Posso interpretare il ruolo meglio di chiunque altro."

"È tutto l'anno che Amelia studia per lo spettacolo."

Giorgia scende dal letto, mi guarda dall'alto.

"È irrilevante."

"Non lo è."

"Lo è per me."

Nel suo corpo che mi sovrasta c'è una forza diabolica, la pelle è sottile e trasparente sul telaio delle ossa. È il mio incubo che torna a trovarmi – tendere le lenzuola su questo stesso letto, ricordare che la vera Giorgia è nascosta nell'armadio. È ricomparsa la difformità: così tremenda che mi manca il respiro.

"Lei... Tu non avresti mai..."

"Lei? Io?" Giorgia si allunga come un'ombra su di me, la voce ferma in una nota profonda.

"Una volta non avresti pensato niente del genere" trovo la forza di dire.

Il sorriso si apre in un taglio, ha gli angoli ampi.

"Ho ragione, allora. Tu mi vorresti com'ero prima."

Il mio silenzio non la spaventa; ride piano di me, mentre mi spinge disteso sul letto. Mi è subito sopra a cavalcioni e mi guarda così da vicino che la luce sbiadisce.

"Io me lo ricordo, com'ero prima" parla sulla mia bocca, ha il fiato caldo, dolce. "Più morta che viva, ingabbiata dentro al mio corpo, paralizzata. È così che mi vuoi, Filippo?"

La sua voce esita, si assottiglia, e lei sfrega il suo profilo contro il mio.

"È di nuovo così, che mi vuoi?"

"Io-"

"Come mi vuoi? Devi solo chiedere. Ti manca il coraggio di chiedere? Dimmi come mi vuoi."

Tra me e lei non c'è spazio per formulare un pensiero, la luce si è consumata del tutto, e io sono perso.

"Piangi, Filippo?" lo chiede come a un bambino.

Lecca la lacrima raccolta nella mia cicatrice, bacia sul bagnato.

Infilo una mano nei suoi capelli, chiudo gli occhi e posso riprendere il mio esercizio, sentirli lunghi com'erano nell'intervallo di tempo che ci è stato concesso prima di oggi. Vorrei raccontarle, vorrei spiegarle, vorrei chiederle se può ritrovare le tracce che io ho cancellato. Nelle mie dita la memoria si disfa, io insieme a lei; noi siamo persi.

"Io voglio che tu stia bene."

"Davvero lo vuoi?"

Quando riapro gli occhi lei è ancora sopra di me, ma lontana, dritta sulla schiena: una dea gialla e sconosciuta.

"Sì."

"Lasciami fare. Ho bisogno di tornare sulle scene, Mauro può aiutarmi" dice. "Adesso non posso pensare al resto: mia zia ha accettato di firmare la revoca sull'interdizione."

"Davvero?"

"Sì" Giorgia disegna una linea sulla mia pancia. "Poi dovremo cambiare tutto: questo posto, il tuo lavoro, il mio. Io non ci torno, al supermercato. Dobbiamo andarcene da qui."

Ha un piano tracciato, come il cerchio infinito che graffia intorno al mio ombelico: solo adesso mi accorgo che ha già previsto le prossime mosse. È come l'ho scritta, potente, diversa, una cosa che credevo di volere.

"È così che mi vuoi?" la sua domanda è un'eco, e non so più se lei ha parlato davvero o io l'ho immaginata.

Giorgia porta una mano dietro la nuca, afferra i capelli lunghi che non esistono e in un gesto li porta sulla spalla destra, scoprendo il collo: è Amelia, nel movimento, in camera sua, in quella notte. Nel mio esercizio.

Da Mauro il cancello è aperto, ho libero accesso al giardino nella sera tarda che è quasi notte. Quando è il momento di suonare alla porta, penso di tornare a casa, da Giorgia; dormire, sospendere l'angoscia, la paura. L'ho lasciata sola, è la prima volta da quando è stata dimessa: ho finto di avere bisogno di fare due passi, dopo la nostra discussione – "Stai bene?" ha chiesto lei. "Alla fine non è successo niente di grave, no?" Ha usato quel tono melenso, mi ha accarezzato ancora, per blandirmi. Teme che io possa parlare con il primario e interferire nei suoi piani.

Sto ancora aspettando di prendere una decisione e non riesco a stare fermo, mi aggiro intorno alla casa. La luce della sala da pranzo è accesa, si riflette sugli aceri, anche quella gialla, un oro sporco. La porta-finestra è aperta, sento Mauro parlare. Mi fermo prima dell'angolo e da qui posso vedere solo la sua ombra che si allunga sul terreno. La sua voce si muove nei confini tremolanti del suo corpo – "Ancora questa storia, Valeria? Ti prego."

La voce che gli risponde è femminile e alta, appartiene a una donna matura – di lei solo il profilo spezzettato nella terra nera, scomposto tra resti di foglie e sassi.

"Io da sola non ce la faccio più, ci sono troppe cose a cui pensare. E poi il cancro, Mauro, sai che i controlli sono continui, estenuanti."

"Vorrei che non lo facessi."

"Che non facessi cosa?"

"Che non usassi la tua malattia per questo ricatto."

La risata in risposta è limpida, un inizio e una fine netti, di qualcuno che accende l'interruttore.

"Smettila di fare il melodrammatico" la voce si indurisce. "Mi serve il tuo aiuto."

"Io non subentrerò mai come socio."

"Va bene. Vuoi un vero ricatto? Se non subentrerai come socio, azzererò del tutto la tua rendita."

"L'artiglieria pesante. È per questo che hai portato la Sacher?"

"Non ho intenzione di sostenere le spese per la figlia illegittima di tuo padre."

"Illegittima, santo dio. Torna su questo pianeta. Ancora un po' di gin?"

C'è un lungo silenzio, poi il gorgoglio del liquido in un bicchiere.

"Non dovresti essere tu a occuparti di lei. Ha un padre. Tu non le devi niente."

"Perché lo fai? Perché ogni tanto ti presenti qui, mi minacci e poi te ne vai? Cosa ti ha fatto di male Amelia?"

"Nulla, sono sicura che sia una brava ragazza, ma non è parte della mia famiglia. Tu sei parte della mia famiglia: solo tu."

"Mamma."

"Ti ha abbandonato quando avevi sei anni."

"Non è me che ha abbandonato."

Quando cala di nuovo il silenzio, mi lascio scivolare a terra. Seduto contro il muro, penso che vorrei restare qui per sempre, nascosto. Aspetto, ascolto il resto della conversazione tra madre e figlio: è un sogno in cui continuano a dirsi di no, poi c'è il rituale degli ultimatum, infine dei saluti. Quando la madre di Mauro si alza da tavola, sento i suoi tacchi inchiodare il parquet. Me la immagino mora, imponente: protetto dal buio la guardo uscire e percorrere il vialetto, illuminata dalla luce che attraversa la porta aperta, e le mie fantasie sono subito deluse – bassa, capelli corti; schizza fuori dal cancello che io ho appena il tempo di decifrarne la sagoma.

"Filippo."

La voce di Mauro suona improvvisa e non mi spaventa – è comparso nel giardino, al buio non si vedono i suoi occhi.

"Si può sapere che cosa stai facendo?"

"Aspettavo" dico.

"Ho visto l'ombra" dice, segnando con il dito la mia sagoma sul terreno. "Entri?"

Non aspetta la risposta, torna in casa senza di me. Lo seguo, lui è già seduto tra i detriti della cena – i bicchieri opachi, cadaveri di pane sulla tovaglia bianca. Mi indica l'altro capotavola, io prendo il posto ancora caldo di sua madre.

Mauro mi lascia cuocere lentamente, senza dire una parola; sceglie il calice, svuota il fondo di un rosso e mi sorride – il suo sorriso mi aspettava, lo capisco ora che brinda alla mia salute: mi chiedo quanto di ciò che voglio dirgli sia già stato previsto.

"Che cosa succede?" chiede.

Gli è rimasto sulla bocca il sangue del vino, i denti hanno le fughe viola.

"Niente."

"Niente? Ti nascondevi nel mio giardino per niente?"

"No, non so perché-"

"Non sai perché ti nascondevi in giardino?"

"No, no. Volevo dire-"

"Vuoi mangiare qualcosa? Sei pallido."

"No."

"Un po' di vino?"

"No, no!"

Ho alzato la voce, Mauro non si scompone, continua a guardarmi pacifico, i capelli lunghi ordinati intorno alla faccia: un cristo bruno con il naso storto.

"È Giorgia."

Lui raccoglie con la lingua i residui dell'ultimo sorso, la sua espressione è impermeabile.

"Giorgia cosa?"
"Non va."
"Non va."
"No."
"Scusami, non capisco: ne eri entusiasta."
"Lo ero."
"Lo eri." Mauro si alza, percorre a piedi nudi la distanza che ci divide dall'ingresso, torna con il pacchetto di sigarette. "Qual è il problema? Nuove stranezze imprevedibili?"
"Non proprio..." dico. "Però, ecco, la storia delle prove. Perché non me l'hai detto?"
"Dirti che cosa?"
"Che è venuta alle prove, che sta cercando di prendere il posto di Amelia."
"Credevo sapessi. L'hai accompagnata, no?"
"No. Pensavo fosse da sua zia" dico. "Non è da lei comportarsi così."
Mauro sospira con impazienza
"Va bene, è molto determinata. Caparbia" ammette. "Ma a me piace così. La Giorgia di prima era spesso insicura, rallentava il lavoro..."
"Ma vuole escludere Amelia dallo spettacolo."
"Prova a guardare la situazione dal suo punto di vista: è veramente più brava, perché dovrebbe stare a guardare in silenzio?"
Mauro accende una sigaretta, mi guarda affacciato alla brace del primo tiro.
"Non puoi permetterlo" dico.
"Perché no?"

"È rischioso" tento.

"Ma sta seguendo la terapia, giusto?" rilancia Mauro.

"Sì, ma non è prudente."

"Non vedo problemi, se la condizione è stabile, e lo è. Se dovessi notare qualche segnale d'allarme sai che te lo comunicherei" dice Mauro, scrollando la cenere. "Anche con i farmaci è superiore a qualsiasi altro interprete a mia disposizione. Può essere un valore aggiunto per la compagnia."

"Ma Amelia-"

"Filippo, non ti seguo" sbotta Mauro. "Qual è il problema? Giorgia sta bene, è stata dimessa, le visite mediche stanno confermando un recupero eccezionale, e tu ti presenti a casa mia a mezzanotte, sudato come un maiale, a piagnucolare per Amelia."

Mi sonda: ho paura che veda il segreto, la testa dorata di Amelia sul letto, la goccia più torbida e lenta.

"Non si tratta di Amelia" dico. "È Giorgia. Non è… Non è lei, io non la riconosco. Io non so più…"

Sotto lo sguardo laconico di Mauro, verso dell'acqua in un bicchiere sporco di rossetto, bevo nel tentativo di ritrovare il respiro. Quando ho finito, lui continua a fissarmi, non mi dà tregua; io sto soffocando.

"Non è lei" dico, asciugando l'acqua colata sul mento. "Non la riconosco. Non è solo Amelia, è tutto… Vuole un altro lavoro, vuole che lasci il bar, vuole una casa nuova… Io…"

"Filippo."

"Io non ci riesco, a lei non importa, è quello che vuole… Io queste cose che vuole non posso-"

"Filippo, per favore, calmati."

Rispondo all'ordine, finiamo per stare in silenzio a guardarci, dai lati opposti del tavolo.

"Non è per questo che abbiamo dovuto pensare a un nuovo copione?" dice Mauro, poi. "Non è per questo che l'hai riscritta?"

"Io l'ho riscritta perché com'era prima non funzionava. Per il suo bene."

"Già" lui distoglie lo sguardo e mi restituisce l'ossigeno. "Cos'è che non andava, nella prima versione? È curioso. Quasi non lo ricordo."

Cerca la risposta nella boccata di fumo, gratta una crosta dalla tovaglia.

"Era troppo sincera" dico. "Troppo gentile. Non sapeva scegliere i vestiti. Non aveva uno scopo nella vita."

Mauro sorride all'ingiù.

"Hai descritto almeno sette persone che conosco."

Non riesco a stare fermo sulla sedia, scivolo in avanti, mi trema il muscolo di un ginocchio.

"Non è il momento delle battute a effetto" dico.

"No, Filippo, così non va" ribatte lui, serafico. "Devi calmarti, te l'ho detto. Per questa sera ho già pagato la mia penalità. Se non ti calmi, ti sbatto fuori di casa."

Lo dice senza alzare gli occhi, la voce piatta. La sua minaccia colpisce il mio orgoglio, vorrei alzarmi, andarmene io stesso, e non posso. Inizio un respiro profondo, fallisco, riprovo e l'aria scende fino alla bocca dello stomaco; al terzo tentativo, riempio la pancia. Capisco che, se non mi adatterò al suo codice, non otterrò da Mauro quello che voglio: è come dice la nuova Giorgia.

"Scusa" dico, controllando il tono. "Sono agitato."

"Non ce n'è motivo. Tutto è risolvibile" Mauro sceglie un'altra sigaretta, la accende con i resti di quella quasi finita. "Ricominciamo da capo."

Aspetto in silenzio che finisca la sua pausa di riflessione.

"La prima Giorgia era solo una prova, sono d'accordo con te, non era completa. Un nuovo copione era indispensabile" dice, poi. "Ma questo? L'hai scritto tu da cima a fondo, i miei interventi sono stati sostanzialmente inesistenti. Credevo fosse questo che intendevi, quando hai detto di volerla... com'è che avevi detto? Più sicura, più ferma. Non è anche di questo che parli, nel copione? Del superamento del trauma della madre, del padre."

"Sì, ma-"

"E poi la questione dello scopo: sei stato tu a scegliere la carriera di attrice."

"Perché tu hai detto che era la cosa che lei voleva di più."

"Ed era vero."

"Ma non in questo modo."

Mauro scuote la testa, infastidito.

"Non è così che funziona" dice. "La Giorgia che voleva fare l'attrice quando l'ho conosciuta è differente da questa. Non puoi pretendere le stesse reazioni."

"Ma adesso è aggressiva, non le importa di fare del male a qualcuno."

"È straordinario" Mauro sorride davvero, questa volta, senza guardarmi.

"Che?" sfiato, esasperato.

Lui misura le parole, mi tortura: capisco di essere il suo gioco, lo sfogo per il fastidio dell'incontro con sua madre. Si diverte a farmi elemosinare la sua cura.

"È sorprendente quanto poco basti per stravolgere un carattere" risponde. "Cosa può diventare una persona se privata del dolore che le è proprio. La sottrazione del singolo elemento è costata a Giorgia gran parte della sua identità, non sei d'accordo? Non c'è più traccia in lei della paura infantile di farsi male, o di fare del male. È diventata un adulto."

"Tu hai letto il copione, prima. Perché non me l'hai detto?"

"Io non potevo sapere. La sua gestione del personaggio resta un fattore imprevedibile."

"Io volevo solo che lei fosse felice."

Mi tornano in mente tutte le fantasie percorse mentre scrivevo il copione, i momenti che ho pregustato – un pomeriggio con lei, un sorriso al posto della piega triste, non più le curve nel corpo di chi aspetta di ricevere un colpo ma la schiena dritta, la voce chiara.

"Ma ora lei è felice" dice Mauro. "Non l'ho mai vista così piena di energia, sicura di sé. È uno spettacolo da guardare."

"Ma le differenze-"

"Dannazione, Filippo, le differenze. Le differenze ci sono, ma non è per questo che l'abbiamo riscritta?" lui scrolla le spalle, la cenere. "Se proprio vuoi fissarti con i dettagli, va bene, lo ammetto: a volte è sopra le righe. Con l'abbigliamento, per esempio, ancora non ci siamo, è di un esibizionismo al limite del buon gusto. Credo tu abbia calcato un po' la mano anche con la carica seduttiva. Ma è normale, i personaggi degli autori alle prime armi sono sempre troppo intensi: è la loro bellezza e il loro difetto."

Resto in silenzio, ripeto a me stesso i passaggi, le scene che ho curato senza considerarne l'impatto in una dimensione più ampia – non solo la Giorgia dentro al copione ma quella fuori, nel mondo; alla seconda, scrivendo, ho pensato pochissimo.

"Volevi Giorgia felice, e lo è. La volevi sicura, e lo è. Volevi che fosse quello che desideravi: Giorgia lo è. Adesso Giorgia è quello che desiderano tutti" dice Mauro, nel mio silenzio.

"No. Non è questo che desideravo" dico.

"Sei tu che l'hai scritta. Sapevi cosa stavi facendo mentre la scrivevi. Ho letto il copione, non giocare con me."

Penso di provare a mentire, o almeno a camuffare la verità, ma lui sa, sarebbe inutile. Vuole che lo dica a voce alta.

"Va bene. Certe scelte sono state consapevoli. Ti prego, non mi fraintendere, ma è così difficile… avere la possibilità di scegliere, sapere che poi accadrà per davvero…"

"Sapere che quello che crei inizierà a esistere" dice Mauro.

"Sì."

"Ti sei fatto prendere la mano."

"Sì."

"E ora scopri che quello che credevi di volere è fuori posto, storto, quasi fastidioso."

"Ho capito che voglio solo la mia vecchia vita. Voglio Giorgia com'era prima. Non voglio più cambiarla di una virgola, andava bene così com'era, era perfetta così com'era. Era tutto perfetto."

Mauro mi guarda a lungo, di nuovo senza espressione, passa una mano sul volto. È stanco, e io sono piegato a metà, davanti a lui, con la preghiera che ha già intuito.

"Vuoi riscriverla" dice.

"Dobbiamo."

"Ho bisogno di bere."

Lo guardo alzarsi, raggiungere il mobile bar. Sceglie una bottiglia a colpo sicuro – il poitín della mia prima confessione, delle stesure in tavernetta. Sparisce dove non posso vederlo, alle mie spalle, in cucina, e torna con due bicchieri puliti. Riempie entrambi in un rituale lento, me ne offre uno.

"Non c'è nessuna distinzione" dice, accomodandosi di nuovo al suo posto. "Non c'è nessuna distinzione tra quello che crediamo di conoscere e ciò che conosciamo. Quello che crediamo di conoscere è tutto ciò che conosciamo."

È perso in un altro pensiero, non riesco a seguirlo. Beve un sorso, io lo imito per tenere il corpo impegnato.

"È una questione di semplificazione, semplificazione fino all'osso, una strategia che applichiamo senza averne coscienza. Non siamo in grado di tollerare il peso delle infinite possibilità, così *semplifichiamo, semplifichiamo*; scegliamo una possibilità che intuiamo adatta a noi; semplifichiamo. Nell'unica arbitrariamente scelta, crediamo. Ci crediamo fino alla negazione dell'evidenza" Mauro mi guarda, in attesa di una reazione.

"Scusami, non ti seguo" dico; asciugo il mento, mi è finito addosso anche il poitín.

"Tu vuoi Giorgia com'era prima."

"Sì, vorrei-"

"Ma cos'era Giorgia prima, se non un prodotto della tua immaginazione?"

L'idea mi gela.

"Aspetta" aggiunge subito Mauro. "Non è un'accusa, è la constatazione di uno stato di cose. Non c'è nessuno di noi che sia immune alla regola della semplificazione, è il nostro modo di mediare il mondo per sopravvivere."

"Io non ho immaginato Giorgia." Mi irrigidisco nella sedia.

Mauro ha il tono morbido, lo sguardo gentile, e lo stesso sento l'allarme, la presa fredda di una mano intorno alla mia gola.

"Siamo noi a scegliere le identità delle persone che ci circondano" dice. "Lo schema di comportamenti predeterminati, ricordi? Trattiamo le persone come personaggi, costruiamo loro addosso l'elenco dettagliato di ciò che possono e non possono fare, dei torti che se da loro inflitti siamo disposti a subire, delle debolezze che se a loro appartengono possiamo sopportare. Le nostre caratterizzazioni sono dettagliate e rigide e, più il personaggio è vicino a noi, che siamo il protagonista della storia, più siamo esigenti."

Mauro ingoia un altro sorso, si allunga per recuperare la bottiglia.

"Non c'è niente di sbagliato, in questo" continua. "La realtà passa attraverso il filtro, il nostro stesso riflesso nello specchio, l'idea che abbiamo di noi. Immagina di trascorrere una vita intera con la consapevolezza costante che coloro che ami sarebbero capaci di farti cose orrende. Il potenziale distruttivo degli atti irreversibili. Il rischio continuo di una deviazione dal percorso preordinato."

"Io so chi è Giorgia" dico. Vorrei trovare altre parole, un tono più sicuro.

"Conosci l'identità che hai scelto per lei, hai elaborato il tuo modello accettabile sulla base di ciò che lei ti ha mostrato. Una soluzione efficace ed economica" dice Mauro, riempiendo di nuovo il bicchiere. "Non credere che valga solo per te. Vale anche per me, per chiunque."

Penso alla malattia, all'elenco di omissioni su cui abbiamo costruito nei tre anni trascorsi insieme. Eppure, qualcosa, mi ripeto, doveva esserci qualcosa di autentico.

"Io non le ho imposto un'identità" dico.

"Ogni relazione è un gioco di interpretazione: si recita il proprio ruolo fino all'ultimo atto. È giusto che sia così" dice Mauro, poi tira giù un sorso. "In ogni modo, sto divagando, non sei qui per parlare di questo. Sei qui per una nuova stesura, e io ti aiuterò. A cosa stavi pensando?"

Mi guarda, è sincero e molto affaticato, e la faglia aperta dal suo discorso è troppo inquietante perché io possa affrontarla adesso – non ne ho il tempo, le forze.

"Voglio indietro Giorgia."

"Sei un disco rotto" dice Mauro. "Cosa posso fare per te?"

"Devi scriverla tu."

Lui mi studia dal suo lato del tavolo, resta in silenzio.

"A me manca un pezzo della sua vita, quello prima di me. E tu sai come si fa, che cosa serve" aggiungo, allontanando il mio bicchiere ancora pieno verso il centro della tovaglia.

Mauro guarda il poitín, poi di nuovo me.

"Io non credo di-"

"Ascolta: tu sai cosa scegliere. Penso che sia un mio problema, finisco sempre per isolare i dettagli sbagliati, non ho un'idea chiara della costruzione del personaggio. Tu sì" dico.

"Io non sono un drammaturgo, te l'ho detto."
"Hai a che fare con i copioni da tutta una vita."
"Una vita, adesso, non esageriamo."
"È la tua materia, il tuo ambiente."

Mauro si lascia andare contro lo schienale della sedia, massaggia le tempie.

"Questa volta è diverso, sono troppo coinvolto" dice.

"*Io* sono troppo coinvolto. Non so più dove mettere mano" mi manca di nuovo il respiro, afferro un lembo della tovaglia, graffiandomi il palmo con le briciole del pane. "Da quando ho iniziato l'esercizio, i ricordi sono così tanti che non riesco a distinguere la realtà dalla fantasia. Più mi addentro, più mi perdo. Ho bisogno di un esterno, qualcuno che conosca Giorgia bene come la conosco io, che conosca bene me."

"Non ti conosco così bene."

"Mi conosci meglio di molti che ho considerato amici."

Lo guardo valutare la proposta, diluirla sul fondo del suo bicchiere.

"È complesso" dice, senza alzare gli occhi.

"Immagino."

"Non è solo scrivere" continua Mauro, facendo ruotare il poitín. "Si tratta di conciliare tre immagini: quella che tu hai di Giorgia, quella che ne ho io e quella che Giorgia ha di se stessa. Il rischio di un altro fallimento è altissimo."

"Io non riesco a rimanere con lei così" dico. "Oggi sono le lamentele sul mio lavoro, il posto rubato ad Amelia, ma domani? Cosa succede se la sua ambizione diventa incontrollabile?"

Lui evita il mio sguardo, gioca con una frangia del tovagliolo.

"Sua zia sta per ritirare l'interdizione" continuo, tendendomi verso di lui. "Se non agiamo il prima possibile, rischiamo di perderla."

Mauro fa un lungo sospiro, incrocia le braccia al petto – mi chiedo se anche io sembro così vecchio, questa notte.

"Dovrai rileggerlo" si arrende, alla fine.

Provo il primo vero sollievo della giornata.

"Anche cento volte" dico.

"Se non lo leggi, non se ne fa niente."

"Niente. Va benissimo, lo leggerò. Lo leggerò quante volte vuoi."

"Se qualcosa ti sembrerà fuori posto dovrai dirmelo subito. Niente storie."

"Lo farò senz'altro."

"Farò del mio meglio."

"Ne sono sicuro."

"Prima stesura tra dieci giorni?"

"Una settimana?"

"Andata."

Non ci guardiamo quasi più, dopo. L'accordo sta sospeso tra noi come una cosa che rischia di rompersi, e nessuno dei due vuole infrangere l'equilibrio. Facciamo come se la nostra conversazione non fosse mai avvenuta: Mauro mi invita a svuotare il bicchiere e io obbedisco, poi sprofondiamo per una mezz'ora nel discorso dell'eredità, di sua madre e della sua società.

Quando Mauro mi accompagna a casa è molto tardi, c'è il buio spesso bucato dalle luci artificiali, e fuori da Milano il mondo non esiste. Seduto in macchina, penso che la mia ultima speranza sta guidando storta lungo la corsia che occupiamo – ma il conforto non sbiadisce, mi sento sollevato come se mi avessero comunicato l'improvvisa guarigione da una lunga malattia. Già mi immagino il copione di Mauro, pulito e perfetto, fedele. Lo immagino e Giorgia è di nuovo vicina.

Anche Mauro ha ritrovato il buon umore – canta una filastrocca, sempre le stesse strofe lente, intervallate da qualche tiro di sigaretta: *"Andai passeggiando alla chiara fontana. Lì ho trovato un'acqua così chiara che mi ci sono bagnato. È da tanto tempo che t'amo, mai ti dimenticherò. È da tanto tempo che t'amo, mai ti dimenticherò."*

Capitolo Dieci
L'esercizio

Guardo Giorgia e penso abbia il dono della bellezza fuori posto, che la metti in ordine da una parte e si disfa dall'altra – i capelli, la postura, il vestito, tutto si sbilancia in una corrente continua.

Siamo al bar, la giornata sta per concludersi, e lei è seduta nel suo posto preferito, l'ultimo tavolino a metà tra platea, palco e quinte. Mi guarda appiattirmi, lucidare le superfici. Quante volte ho visitato questo ricordo, nel mio esercizio? Ripeto le transizioni, il ricalco differisce nel colore dello straccio, nella luce – la prima volta era giorno, ora è tardo pomeriggio; la gradazione è cambiata, e io la vorrei ancora fredda com'era nel suo originale. Mi accontento di osservare Giorgia, quando è distratta, e in lei la realtà si riappropria dei contorni familiari, tutto torna al giusto posto.

C'è in lei l'esitazione, la paura. Ho visto la terza stesura diffondersi nel suo corpo, rimpicciolirle i movimenti; ogni giorno più a fondo, la caratterizzazione di Mauro uno schema preciso, coerente all'autografo, e i passi di Giorgia sempre più stretti e lenti, i suoi vestiti più lunghi, la sua voce di un tono minore – Giorgia che riprendeva la forma riconoscibile.

"Andiamo?" dico, quando ho finito.

Lei annuisce, il suo sorriso è cauto, non scopre i denti.

Fuori dal bar, la saracinesca fa resistenza, siamo al caldo tiepido di giugno.

"Pensavo di accompagnarti al colloquio, domani" propongo, mentre ci incamminiamo verso la fermata dell'autobus.

"Ma è qui vicino" fa Giorgia, raccogliendo la braccia al petto. "Non c'è bisogno."

"Sei agitata?"

"No" dice lei. "Voglio solo trovare un posto. I colloqui sono snervanti."

La stringo a me, e lei sfrega il viso contro la mia spalla. Ci intrufoliamo inosservati nel gruppo di passeggeri in attesa della prossima corsa.

Ho scoperto un nuovo senso di colpa: è dolce, innocuo; è conoscere il lato lungo il quale Giorgia inclinerà la testa, la prescienza di cui godo nella nostra dimensione. Penso a lei mentre leggeva, con la gonna corta, senza alzare gli occhi dal copione. Mauro è riuscito a convincerla fingendo di proporle il ruolo da protagonista per un nuovo spettacolo. Mentirle non ci ha disturbato, l'abbiamo fatto per il suo bene, e lei si è prestata senza obiezioni, ha ceduto il passo alla sua autentica identità. Mi piace pensare che, nel limite estremo di se stessa, lei fosse cosciente, che sapesse di dover tornare.

Che cos'è la realtà?, vorrei chiederle. Le tre scelte che abbiamo di fronte all'autobus in avvicinamento: salire, aspettare, andarcene. La realtà è ciò che conosciamo.

"Potrei riprovare anche lì" dice Giorgia, durante il tragitto, quando sulla curva si affaccia il fianco del supermercato.

La luce dell'insegna è brutta, bianca, metà del suo profilo diventa una maschera.

"Potresti" dico, le accarezzo la testa.

Tutto torna al suo posto, sì, tutto torna.

**

Giorgia ha fatto un lungo sogno: quando ci pensa, ricorda le misure precise della stanza – il rettangolo del pavimento, e dentro a quello il rettangolo del letto, e dentro al letto anche il suo corpo che prendeva una forma geometrica rigida. Abbiamo ripetuto insieme i mesi di degenza, la formula delle nuove cure. Gli psicofarmaci hanno tutti nomi di preghiere latine, ma *il suo problema empatico con le persone* è risolto: chiunque incontri resta al suo posto, non tenta più di inchiodarla da parte a parte – mi ha detto che è un sollievo, c'è molta meno confusione dentro di lei. Per le prime settimane, è come se qualcuno l'avesse calata nel mondo da un pianeta extra solare: Giorgia capisce improvvisamente di esserci, un mezzogiorno, di fronte alla fesa di tacchino che le ha preparato sua zia. Riconosce la casa, il silenzio dei muri senza televisione che da adolescente la faceva impazzire; riconosce sua zia, che mangia con la bocca sigillata e somiglia a sua madre. Riconosce che sua zia non è sua madre, allora scoppia a piangere sul tacchino, e si chiede perché mai ha scelto di indossare una gonna così corta, perché i tacchi così alti, e perché sua madre ha chiuso la porta alle sue spalle, e perché la porta non si è aperta più.

Dal mezzogiorno del tacchino in poi, a Giorgia sembra di aver vissuto un'esperienza extracorporea, o di non essere esistita. Anche adesso che il nostro mondo è tornato in equilibrio, lei è leggera che potrebbero spazzarla via con una spinta, ma non me lo dice: ingrana presto con il funzionamento a più livelli, forse la seconda o la terza settimana, e da lì in poi ogni cosa si fa semplice – non più rettangoli ma linee parallele che non si incontreranno mai.

Nella vita dopo il sogno, io conosco la malattia e non ne ho paura, e nemmeno Giorgia ne ha paura: ogni giorno c'è l'orario stabilito per una preghiera latina; di preghiera in preghiera lei sente il mostro addormentarsi in un sonno millenario.

***

"Come stai?"

È Mauro a prendere il mio posto, un pomeriggio: mi fa il piacere di accompagnare Giorgia a un colloquio mentre io sono al bar. Lei sale in macchina con addosso un imbarazzo fuori posto, si accomoda nel sedile scavato tra i copioni e la carta accumulati nell'abitacolo.

"Bene" risponde, allacciando la cintura.

Mauro non parte subito. Sta a guardarla per un lungo momento, come se le stesse chiedendo il permesso di ingranare la prima. Ha i capelli legati all'indietro: sui suoi capelli Giorgia misura i mesi trascorsi in clinica, allora sposta subito gli occhi, si concentra sul curriculum che ha portato con sé, conservato in una busta di plastica rigida, rettangolare.

"Dove andiamo?" chiede Mauro, mettendo in moto.
"Redecesio" dice lei.

Lui guida tranquillo – "Ti dà fastidio?" dice, dopo aver abbassato i finestrini –, a metà strada fa partire un disco di Bennato, canticchia. Giorgia scopre di conoscere questa canzone a memoria.

"Per che lavoro?" fa lui, quando rallentano per un semaforo rosso.

"Cosa?"

"Il colloquio. Per che lavoro?"

"Commessa."

"Ma dove?"

"Un supermercato."

Mauro non parla più per un po' e Giorgia pensa si sia offeso. Continua lungo la strada, a un altro semaforo infila una sigaretta spenta in bocca, la fa rullare senza posa, da un lato all'altro, poi prende a lanciare occhiate truci al suo curriculum, tanto che Giorgia lo arrotola, tentando di nasconderlo. Vorrebbe chiedergli di smetterla, ma non può rimproverarlo per il cattivo umore, sembrerebbe stupida. Spera che il viaggio si concluda presto.

"È lì" dice, quando avvistano il capannone di un'Esselunga di quartiere.

Mauro rallenta, imbocca l'accesso del parcheggio, poi si ferma davanti all'entrata.

"Grazie. Non penso di metterci più di mezz'ora."

Lui non reagisce. Giorgia slaccia la cintura, apre la portiera. Il clacson della macchina dietro di loro li sollecita a togliersi di mezzo.

"Scusa, potresti chiudere un secondo?" dice Mauro.

"Vado" Giorgia fa per mettere un piede fuori, ma l'auto si muove.

"Solo un secondo, ci spostiamo da qui" taglia corto lui.

Giorgia obbedisce. Quando è il momento di approfittare di un posteggio libero, Mauro accelera, prende l'uscita dal parcheggio in contromano, e si lancia giù per la strada nella direzione opposta al supermercato.

"Cosa stai facendo?"

"Nulla, ci spostiamo un attimo… Intendo, se andiamo per di qua…"

"Ci stiamo allontanando."

"Ma sì, ma sì."

"Ho il colloquio tra cinque minuti."

La plastica del curriculum si scioglie tra le dita di Giorgia, che ha ancora una mano incastrata nella maniglia della portiera.

Mauro sorride, accende la sigaretta alla sosta obbligata di uno stop.

"Non ci andiamo più" dice.

"Cosa?"

"Non andiamo al colloquio" ripete lui. "Andiamo in un altro posto."

"Ma io devo andarci. Il lavoro…"

"Il lavoro, il lavoro" Mauro accelera, allontanandosi sempre di più dalla destinazione. "Farai un altro colloquio, mica sarà l'unico della tua vita, no?"

"Ma…"

"E dai, Giò, un supermercato di merda lo trovi dappertutto" lui soffia fuori un tiro stizzoso. "Questa città è piena di supermercati, ci sono più supermercati che persone, tutti fanno la spesa nei supermercati, è una specie di epidemia collettiva, sono tutti-"

"Va bene, va bene. Basta" Giorgia lascia la presa sulla portiera, allaccia di nuovo la cintura.

Ricorda bene questo Mauro, quello dei capricci. C'è qualcosa che lo tormenta, si vede nel modo in cui dondola il ginocchio sinistro, quando è a riposo dalla frizione, nella testa della sigaretta che si consuma veloce. Giorgia pensa al colloquio, ricorda bene le domande del suo ultimo – *Quali email visualizzare se si hanno solo venti minuti di tempo e quaranta email da leggere? Chi salvereste se tra venti minuti dei missili atomici raggiungessero la vostra postazione? Si possono scegliere solo due persone da portare nel bunker, tra: uno studente di medicina fuori corso, una donna di colore incinta di cinque mesi, un bambino di sette anni francese, un sacerdote o un'intrattenitrice francese.*

"Cosa dico a Filippo?" chiede a voce alta.

"Che è andato male" risponde Mauro. "È la verità."

Giorgia abbassa il finestrino, allunga un braccio nell'aria calda di giugno.

"Dove stiamo andando?" dice, quando Mauro spegne la radio.

"Devo passare da un posto. Ti porto con me, se non ti dispiace" risponde lui.

Non parlano più, Giorgia appoggia la testa al sedile, osserva il mondo fuori. Conosce tutti i luoghi che scorrono, anche gli angoli ciechi delle strade; si concentra così tanto nell'osservazione che a un certo punto vede se stessa, il suo corpo di tutte le misure, i suoi capelli di tutte le lunghezze, e le sue pause lungo la strada, uno dei giorni in cui ha perso il cellulare – *Chi salvereste se tra venti minuti dei missili atomici raggiungessero la vostra postazione?* – si guarda camminare, rincorrere un tram, appoggiare la fronte al vetro unto dell'autobus – *Si possono scegliere solo due persone da portare nel bunker.* Quale tra tutte le sé sceglierebbe? Uno studente, una donna, un bambino, un sacerdote, un'intrattenitrice.

"Facciamo un pezzo a piedi" dice Mauro, dopo una manovra complessa dentro a un parcheggio minuscolo.

Giorgia non si ribella, le piace assecondare gli eventi, come se qualcosa di bello dovesse sempre accadere. Segue Mauro: è un altro percorso che conosce bene, ma che non ricorda con precisione. Dei tracciati paralleli a via Cesare Correnti, la foce stretta di un vicolo che sgorga nel traffico del martedì mattina. Il riflesso del sole nello specchietto di una moto la acceca, Giorgia continua a camminare, nell'ombra bianca Mauro la precede di due passi; lo perde in un gruppo di turisti polacchi, lui torna indietro a recuperarla, la prende per mano. Fino all'ingresso del teatro sono pochi metri, ma Giorgia tiene teso il braccio tra loro, massimizza le distanze e Mauro si accontenta di trascinarla.

Nel cortile, incontrano due ragazzi alle prese con un fondale, uno di loro saluta Mauro – "Partacini è al furgone, torna tra dieci minuti."

"Possiamo?" chiede Mauro, quando sono già un passo oltre l'arco d'entrata.

"Vai, vai, gli dico di raggiungerti."

Giorgia conosce anche il buio del suo primo giorno in questo posto, ci è arrivata allo stesso modo, sei anni fa, con Mauro che la portava per mano. Come nel ricordo, superato l'ingresso, lui cammina sul palco, che è un pavimento liscio e silenzioso – sei anni fa era sgombro, ora gli scheletri di tre cubi ingombrano la scena.

"Nel Milleduecento, questa era una chiesa" dice Mauro, toccando una trave. "È così che avevo detto, vero, Giò? Te lo ricordi?"

Lui sta in uno degli occhi di luce che vengono dalle finestre aperte nei muri altissimi – botole di vetro nel soffitto: Giorgia si sorprende a pensare lo stesso pensiero.

"Ti ricordi?"

"Sì" risponde lei, senza uscire dall'ombra.

"Ti ricordi che cos'avevi detto?"

"Sì."

"Lo diresti ancora, per favore? Lo diresti come se stesse succedendo adesso?"

Giorgia non ha bisogno di cercare la battuta a lungo.

"Mi fa paura" dice, e la sua voce torna indietro dalle pareti, dal passato.

Anche Mauro scompare nel buio, scivola fuori dal riflettore.

"Anche a me" dice – fa due passi laterali, come per dirigersi verso la platea, ma Giorgia ricorda bene l'orbita di quel percorso, dal suo fianco alle sue spalle. "Tutti i teatri vuoti mi fanno paura."

La sua voce è più vicina e lui è invisibile.

"Dobbiamo lavorare insieme" continua. "Hai un potenziale straordinario."

Mauro le afferra il polso destro, la fa voltare.

"Lavorare insieme?" ripete Giorgia, si forza in una risata nervosa. "Ma io non ho nessuna preparazione. Ho iniziato a frequentare il corso di recitazione solo perché lo psichiatra ha detto che avevo bisogno di svolgere attività ricreative."

"Devi fidarti di me, so di che parlo" dice Mauro, sorride. "Non ho mai incontrato nessuno con un talento naturale come il tuo."

Giorgia scuote la testa, scaccia il pensiero impossibile di una speranza.

"Non è come fare volontariato in un centro sociale" dice. "Tu sei un regista vero. Lo so che al centro insegni solo le basi. Non riuscirei mai a seguirti."

"Ti dico di sì, Giò."

"E poi, te lo immagini se dovessi impazzire?" Giorgia sfugge alla presa di Mauro, gratta in fretta un avambraccio. "Io sono lì perché sono malata, te lo ricordi? Sono malata come tutti gli altri che stanno lì."

"Non sei malata" Mauro le ordina una piega inesistente sulla spalla – sei anni fa era inverno, c'era un maglione, adesso invece solo pelle, ma lui la stende ugualmente, le dedica la stessa cura. "E poi c'è sempre la filastrocca d'emergenza, no?"

"Non si risolve tutto con la filastrocca d'emergenza." dice Giorgia. "Non è una formula magica."

"Ma sì, invece" lui risale il profilo della guancia con un indice, cerca qualcosa con lo sguardo tra i suoi capelli, e Giorgia, come sei anni fa, non riesce a spostarsi. "Prova con me, ti va? Te ne accorgerai da te. È magica."

"Che scemenza" Giorgia abbassa gli occhi, cerca una via d'uscita alla forza che la tiene immobile.

"Andai passeggiando alla chiara fontana" la voce di Mauro viene da un mondo nascosto, profondo. "Forza, Giò. Andai passeggiando…"

"Alla chiara fontana" cede Giorgia.

"Da capo. Andai passeggiando alla chiara fontana."

"Andai passeggiando alla chiara fontana."

"Bravissima" Mauro segna un ricamo rotondo sulla sua tempia. "Lì ho trovato un'acqua così chiara che mi ci sono bagnato."

"Lì ho trovato un'acqua così chiara che mi ci sono bagnato."

Lui è tanto vicino che perde forma, i segmenti del suo volto si confondono; più è vicino, più si disgrega, e insieme a lui Giorgia: il suo corpo prende a scomporsi dal centro.

"È da tanto tempo che t'amo, mai ti dimenticherò."

"È da tanto tempo che t'amo, mai ti dimenticherò."

"È da tanto tempo che-"

***

Una settimana dopo, la mattina è disordinata, la luce eccessiva: il teatro in cui Mauro tiene le prove per le repliche dello spettacolo è lo stesso del primo dramma. Lo raggiungo di corsa, ho il sudore che mi lacrima negli occhi, ho dimenticato indietro tutto me stesso: le parti essenziali sono rimaste a casa, insieme a Giorgia, e da esse mi divide un'ora di delirio, i singhiozzi, una calma ibernante e falsa.

Nessuno mi ferma, da fuori a dentro la transizione è repentina – fondali di velluti rossi, linoleum, biglietterie vuote. La platea è deserta, il palco animato: in scena solo due attori, nessuno a guardarli, non un movimento che tradisca il brulicare delle quinte. Il copione, che stringo in una mano, mi sbilancia.

Uno dei due interpreti è mascherato, il travestimento gli copre il volto, lascia libera la bocca; si tende verso il ragazzo che lo guarda atterrito, bianco – "Io ti schiudo il mondo" e la sua voce è dappertutto. Inciampo tra le poltrone della terza fila, raggiungo gli accessi alle quinte, e oltre la barriera trovo i corpi in attesa lungo le scale, il mormorio. Mauro non c'è. Lo so prima di cercare con lo sguardo, lo stesso scandaglio ogni singolo volto, rallento il momento dell'incontro. Ora che sono arrivato non c'è quasi più furia, né angoscia; mi sono spento.

Amelia mi riconosce prima che possa schivarla: mi viene incontro – "Che ci fai qui?" mormora, nella semioscurità; riesco a indovinare i suoi occhi, la confusione: per un momento pensa sia qui per lei.

"Mauro" dico.

"È appena entrato in scena" dice lei, dissimulando la delusione. "Tutto bene?"

Non rispondo, calpesto qualche gamba nel tragitto, mi guadagno uno spintone. Dalla quinta si vede Mauro, nascosto alle spalle dei due attori.

"Chi è lei? Chi è?" riconosco l'interprete di Melchior. "Non posso affidarmi a uno che non conosco."

"Tu non mi puoi conoscere senza affidarti a me."

"Un passo verso la platea, tutti e due" Mauro parla ad alta voce, segue lo spostamento da vicino. "Più teso, più teso."

Invado il campo del palco senza aspettare che la scena si concluda, dimentico di educazione, vergogna, paura. Lui mi vede, e subito socchiude gli occhi, calcola la prossima mossa.

"Pausa di dieci minuti" proclama, all'improvviso, cogliendo gli attori impreparati.

"Ma ne abbiamo fatta una mezz'ora fa" tenta l'interprete di Melchior.

Sento gli sconosciuti osservarmi dalle quinte, spilli nella nuca, in mezzo a quelli il più profondo, quello di Amelia.

"Fuori tutti, via" taglia corto Mauro, lanciando uno sguardo furioso alle quinte.

Siamo soli, ancora prima che gli altri ci lascino. Lui sa: lo vedo nella sigaretta sfilata dai pantaloni, nella bocca che la prende.

"Filippo" dice, un cenno ufficiale di saluto.

Penso ai metri che ci dividono, scelgo di non colmarli – e dov'è tutto il mio sconvolgimento, l'universo che si è ribaltato, se non riesco a fare altro che stare in silenzio a guardare?

"Sai perché sono qui?" la mia voce è debole, è di qualcun altro.

Mauro sorride all'ingiù, si concede un istante di pausa prima del gesto ampio che abbraccia noi, il palcoscenico, la platea.

"La scena madre" annuncia – il proclama ha una lunga eco.

Penso a Giorgia. La vedo sedersi sul nostro letto, mi offre la schiena – io la guardo, e non immagino; è solo la sua schiena, invece nasconde la verità più affilata – e la sua voce mentre lo dice, mentre lo dice io inizio a perdere tutti i miei pezzi.

"Dove?" il copione è ancora nella mia mano – lo getto a terra, lo guardiamo afflosciarsi sul legno. "Dove l'hai scritto?"

"Deduco che Giorgia ti abbia raccontato" Mauro porta tra le dita la sigaretta spenta.

"Io l'ho letto tutto" dico. "L'ho letto tutto, per lei, e non c'era niente del genere, lì dentro. Che trucco hai usato? Dove l'hai scritto?"

Vedo Giorgia piegarsi, anche se non è qui, e l'orlo della sua spina dorsale, l'altezza da cui ho iniziato a precipitare quando ho capito – il *sentimento*, è *finita*, *quello che provo davvero*.

"Non c'è nessun trucco, Filippo."

"Deve esserci. Questo... Tutto questo non le appartiene."

"E cos'è che dovrebbe appartenerle?" Mauro avanza di un passo. "Un mezzo appartamento miserabile, un lavoro da commessa in un supermercato? Tu?"

È un disegno che si allarga, la mappa ha il suo punto di partenza in un luogo e un momento che io neppure conosco, ne sono certo: è stato prima di me. Leggo Mauro, i suoi sforzi , il suo aiuto.

"Era il tuo piano, fin dall'inizio."

Lui preme la punta di una scarpa nel parquet, tira sul fianco l'orlo della camicia.

"No" dice. "Io ci ho provato davvero, a lasciarti fare. Mi sono detto che ci saresti riuscito, che forse eri meglio di quel che credevo. Invece sei stato una delusione, Filippo. Una delusione prevista e cocente."

"Hai giocato con noi."

Fuori dalla mia bocca, le accuse diventano ridicole; mi sento parlare dal centro della scena, la mia interpretazione è debole, il pubblico non cederà.

"Giocato, io? No. Ho una colpa sola, ed è quella di averti concesso del tempo che non meritavi" Mauro non mi vede, fissa il vuoto nero della platea. "Avrei dovuto capirlo dalla prima stesura. Ti ho offerto l'opportunità di scrivere della persona che dovresti amare, e tu ne hai tirato fuori un essere tremolante, un insieme flaccido di luoghi comuni, pensieri lacrimevoli. Un mollusco."

Lui si avvicina ancora, la calma è studiata, i confini del suo personaggio misurati.

"Ho avuto un momento di insofferenza, ma ho scelto di darti una seconda possibilità: ero curioso" un cerchio largo intorno al mio corpo. "Non hai disatteso le mie aspettative. La seconda stesura, Filippo... tremenda. Ti chiedo di compiere il tuo esercizio, e tu mi rispondi con un immaginario trito, una caratterizzazione nauseante. Gonne corte, velleità da femme fatale, sguardi ammalianti; e quell'aria ridicola da eroina. Un essere umano che non esita, che piace a tutti. Orribile."

"Io mi sono fidato di te" riesco a sfiatare, quando lui è alle mie spalle, dove non posso vederlo.

"Anche io mi sono fidato di te" dice Mauro. "Ti ho ceduto il passo. Ho pensato che forse eri quello di cui Giorgia aveva davvero bisogno, qualcuno senza pretese, qualcuno che non la forzasse. Invece, eccoti qua: non è passato neppure un anno e sei già pronto a parcheggiarla di nuovo nella tua esistenza, a segregarla in un supermercato. Qualsiasi cosa pur di non rinunciare alla tua versione della realtà, pur di non cambiare il corso degli eventi. Ti piace la tua vita così com'è, in putrefazione, e non hai esitato a trascinare Giorgia giù insieme a te, non hai pensato che avrebbe potuto avere di meglio."

"Tu non hai il diritto-"

"E tu? Che diritto hai?" Mauro è di nuovo di fronte a me, vicino da sentire il suo respiro lento sulla mia faccia. "Eserciti il tuo potere su Giorgia forte di quale virtù, quale spirito nobile?"

"La vuoi solo perché puoi farne quello che desideri."

"È lo stesso motivo per cui la vuoi tu" il sorriso di Mauro è fermo, una smorfia di trionfo senza vita. "La differenza tra me e te, è che io sono sincero, e tu fingi, racconti a te stesso la favola del 'fare il suo bene'. Ah, che spasso, sentirtelo dire in continuazione, e guardarti deformarla, giocare a misurare le dosi: un poco di intraprendenza qui, due gocce di sottomissione lì, e perché no, già che ci siamo, facciamole credere che il sesso orale sia il suo passatempo preferito."

Allungo una mano per afferrarlo, ma lui si sottrae, io inciampo nelle mie scarpe, barcollo. Non è questo. Non è così che finisce.

"Io la amo."

"Filippo, per carità" Mauro infila ancora la sigaretta in bocca, questa volta cerca l'accendino. "Il tuo non è stato che un tentativo, ti sei costruito un mondo, e Giorgia ne era parte come elemento neutro, intercambiabile. Non vuoi indietro lei, ma le tue giornate insulse, i ricordi universitari, le lamentele sterili."

Restiamo a guardarci e il palcoscenico ci inghiotte. La verità non ha più importanza. Giorgia si è voltata verso di me, l'ha recitato come nella più classica delle commedie: *"Dobbiamo lasciarci"* – che cosa, eh? Perché, Giorgia? Che ti prende? Che cosa dici? Proprio adesso che tutto torna al suo posto?

"Che cosa vuoi farne?"

Mauro soffia l'onda di fumo bianco verso la quinta, mi pesa con gli occhi.

"Non ho piani."

"Il tuo giullare? Un copione diverso ogni stagione? Un nuovo personaggio?"

Lui sorride ancora, sa di avere vinto la partita.

"Farò quello che ne hai fatto tu" dice. "Il mio giullare. Un copione diverso ogni stagione. Un nuovo personaggio."

Sto a guardare il fumo che sparisce, nel fumo vedo il volto di Mauro, poi i suoi occhi, e lui che non c'è più, si allontana, si leva sui fantasmi della platea e si discioglie in me.

Applausi. Inchino. Sipario.

Epilogo

Filippo si riflette nella superficie cromata della macchina del caffè: capelli rossi, occhi chiari, una cicatrice nello zigomo sinistro – otto anni, caduta per le scale, sette punti; la cicatrice ha la forma di un'Africa stesa sulla schiena.

L'habitué della mattina è andato via da un'ora buona, e lui continua a pulire, lucidare, asciugare, anche quando non è più necessario. È raro che a quest'ora si presenti qualcuno: la pausa pranzo è lontana, al Politecnico è ora di lezioni. Quando sente il rumore del campanello appeso sulla porta, Filippo crede sia qualcuno in cerca del bagno; si china per spostare la chiave a portata di mano.

"Ehi" lo chiama la voce, dall'altro lato del bancone. "Amico mio."

Amelia gli sorride, ha i capelli biondi chiusi dentro a un basco, le mani nelle tasche del giubbotto leggero.

"Amelia" riesce a dire Filippo, dopo un momento di esitazione.

"Allora te lo ricordi, come mi chiamo."

"Che ci fai qui?"

Lei si guarda intorno.

"Sarei venuta a trovarti" dice. "Non mi dispiacerebbe un caffè, già che ci siamo."

"Certo, accomodati."

Filippo si nasconde nel gesto di afferrare un portafiltro, poi nel caffè da macinare – così riescono facili le domande preliminari casuali: come stai? L'università? Il teatro? Con la testa impegnata nella scelta di una tazzina, per Filippo è un gioco evitare ciò che vuole evitare e seppellire l'argomento in un angolo insensibile della coscienza.

Mentre Amelia beve, sta a guardarla. Ha il collo scoperto, una traccia vivida della memoria. È impossibile che sia passato insieme così tanto e così poco tempo, e che lei sia lì per davvero.

"E tu, come stai?" chiede lei, quando ha finito.

Filippo fa un resoconto simpatico del nulla, avvenimenti insignificanti, bollette, le ansie di sua madre, e Amelia ride, proprio come lui si aspettava.

"Non vivo più con Mauro" dice lei.

Filippo sa che è questa la vera ragione della visita; si sporge sul bancone, incrocia le braccia.

"Perché non hai risposto ai miei messaggi?" chiede lei.

Lui schiaccia una goccia d'acqua con il dorso della mano.

"Avevo bisogno di un po' di tempo."

Amelia annuisce, fa di nuovo quel gesto sospeso a metà, di cercare i capelli che invece sono infilati dentro il cappello, di spostarli su un lato, e Filippo sente forte e improvvisa la sensazione di familiarità. È come tornare a casa, trovare un'entità amica ad attenderlo. Dopo, parlano di argomenti neutri per un altro po'.

"Senti... io sto pensando di lasciare l'università, o di spostarmi in una statale. Non voglio più che sia Mauro a pagarmi gli studi" dice Amelia, alzandosi, quando è il momento di andare. "Ho affittato una camera in zona Loreto, ho un lavoretto da commessa."

"Dove?"

"Al Carrefour di via Spinoza, vicino alla banca."

Filippo la guarda dondolare avanti e indietro – è una bambina. In uno degli adattamenti di questo spettacolo, dovrebbe farla ragionare, convincerla a tornare di corsa da suo fratello, concludere gli studi; dirle che quella che ha avuto è un'idea stupida, il preludio a un fallimento.

"Che dici? Usciamo, una sera di queste?"

Lei è proprio come la ricorda, anche da davanti, come il primo giorno che l'ha incontrata – bianca e bionda, leggera. Filippo davvero vorrebbe dirglielo: che idea stupida, Amelia, che brutta idea.

"Va bene. Sabato?"

Lei sorride, Filippo registra il dato di una fossetta nel mento, un dettaglio che prima di oggi non aveva notato.

"Sabato. Otto. Via Pecchio diciassette."

Quando è il momento, Filippo la guarda andare via, la guarda anche quando lei non c'è più; poi ripete le sue gambe accavallarsi al tavolo, il vestito verde sotto al giubbotto, i nodi piccoli nelle dita che si piegano.

È un nuovo esercizio.

Ringraziamenti

Grazie a Marco, Chiara e Claire di aver creduto in questo progetto e in me, e del loro indispensabile, impeccabile lavoro. Grazie a Elisabetta Sgarbi della fiducia e dell'entusiasmo, e grazie a Oliviero e Ilaria del loro impegno e attenzione sul testo. Senza il fondamentale contributo di queste persone, non ci sarebbe stato alcun libro, né alcun ringraziamento da scrivere.

Ringrazio il dott. Federico Stifani dell'apporto professionale e della generosità umana con cui ha gestito i nostri confronti.

Grazie a Francesca Asciolla, donna fantastica e preparatissima. Grazie di aver letto, supportato e sopportato questa storia fin da quando non esisteva e noi si era solo due appassionate che non si erano mai viste in faccia. Con l'impegno di condividere più prosecchi e meno visite guidate ai cimiteri monumentali.

Grazie a Massimiliano Racis, prezioso beta-reader e persona con un garbo di altri tempi; ad Alex de Meo, lettore entusiasta e instancabile consigliere; a Luigina del sostegno in momenti meno felici.
Grazie a Gabriella, che ho la fortuna di potere chiamare amica e alla quale non sarò mai abbastanza grata per la bontà con la quale mi tratta.

Grazie a Michela dell'amicizia pulita che abbiamo conservato e della sua capacità di essere felice per me.

Grazie alla mia famiglia – a Renata, Giovanni, Maria Rosa, Gabriella, Marco – a mia madre, a mio padre, a Laura. Grazie di garantirmi sempre un posto in cui sono libera di essere me stessa al peggio delle mie possibilità e grazie di amarmi comunque, grazie di essere la mia ispirazione.

Grazie a chi per primo ha ascoltato l'inizio e la fine di questa storia, che è una cosa piccola, mentre ci sono state altre cose, più grandi, che nessuno potrà mai stampare.

Grazie a Lucio di essere stato se stesso. Quando ci rivedremo saremo giovani insieme.

Finito di stampare
nel mese di gennaio 2020
presso
 Grafica Veneta S.p.A.
Via Malcanton 2 – Trebaseleghe (pd)
Printed in Italy